# OEUVRES

### DE

# Mr. DE VOLTAIRE

## NOUVELLE EDITION

### REVUE, CORRIGÉE

ET CONSIDERABLEMENT AUGMENTÉE

### PAR L'AUTEUR

ENRICHIE DE FIGURES EN TAILLE-DOUCE.

## TOME SIXIEME.

### A DRESDE 1748.

## CHEZ GEORGE CONRAD WALTHER

LIBRAIRE DU ROI.

### AVEC PRIVILEGE.

# TABLE
# DES CHAPITRES
### contenus dans le Tome VI.

## *PREMIERE PARTIE.*

## METAPHYSIQUE.

## *DEUXIEME PARTIE.*

## PHYSIQUE NEUTONIENNE.

*Chap.*

DISSER-

# DISSERTATION,

*ENVOYÉE PAR L'AUTEUR, EN ITALIEN*
*à l'Académie de Boulogne, & traduite par lui-même*
*en français.*

## SUR LES CHANGEMENS ARRIVÉS
### DANS NOTRE GLOBE,
## ET SUR LES PETRIFICATIONS
qu'on prétend en être encore
les témoignages.

Il y a des erreurs qui ne font que pour le peuple. Il y en a qui ne font que pour les Philofophes. Peut-être en eft-ce une de ce genre, que l'idée où font tant de Phyficiens qu'on voit par toute la terre des témoignages d'un bouleverfement general. On a trouvé dans les montagnes de la Heffe une pierre qui paraiffoit porter l'empreinte d'un turbot ; & fur les Alpes un brochet pétrifié. On en conclut, que la mer & les rivieres ont coulé tour à tour fur les montagnes. Il étoit plus naturel de foupçonner, que ces poiffons, apportés par un voyageur, s'étant gatés furent jettés, & fe pétrifierent dans la fuite des tems ; mais cette idée étoit trop fimple & trop peu fiftématique. On dit, qu'on a découvert un ancre de vaiffeau fur une montagne de la Suiffe : on ne fait pas reflexion qu'on

A   y a

y a fouvent transporté à bras de grands fardeaux &
fur tout du canon, qu'on s'eft pû fervir d'un ancre
pour arrêter les fardeaux à quelque fente de rochers,
qu'il eft très vraifemblable qu'on aura pris cet ancre
dans les petits ports du Lac de Genêve; que peut-
être enfin l'hiftoire de l'ancre eft fabuleufe; & on aime
mieux affirmer que c'eft l'ancre d'un vaiffeau, qui fut
amarré en Suiffe avant le Déluge.

La langue d'un chien marin a quelque rapport
avec une pierre qu'on nomme *Gloffopetre* : c'en eft affez pour que des Phyficiens ayent affuré que ces pierres font autant de langues que les chiens marins laiffé-
rent dans les Apennins du tems de Noé, que n'ont-ils
dit auffi, que les Coquilles que l'on appelle *Conque de
Venus*, font en effet la chofe même dont elles portent
le nom.

Les reptiles forment prefque toujours une fpirale
lorfqu'il ne font pas en mouvement ; & il n'eft pas
furprenant, que quand ils fe pétrifient la pierre prenne
la figure informe d'une volute. Il y a plu aux Natu-
raliftes d'appeller ces pierres des *cornes d'Ammon*. On
veut y reconnaître le poiffon qu'on nomme *Nautilus*,
qu'on n'a jamais vû & qui étoit produit, dit-on, dans
les mers des Indes. Sans trop examiner, fi ce poiffon
pétrifié eft un Nautilus ou une Anguille, on conclut
que la mer des Indes a inondée long-tems les montagnes de l'Europe.

On a vû auffi dans des provinces d'Italie, de
France &c. de petits coquillages qu'on affure être ori-
ginaires de la mer de Sirie. Je ne veux pas contefter
leur origine ; mais ne pourroit-on pas fe fouvenir que
cette foule innombrable de pelerins & de croifés, qui
porta fon argent dans la terre fainte, en rapporta des
coquilles ? & aimera-t-on mieux croire que la mer

de

de Joppé & de Sidon eft venu couvrir la Bourgogne & le Milanez?

On pourroit encore fe difpenfer de croire l'une & l'autre de ces hypothéfes, & penfer avec beaucoup des Phyficiens que ces coquilles qu'on croit venuës de fi loin, font des foffiles que produit notre terre. Mais quelque opinion, ou quelque erreur qu'on embraffe, ces coquilles prouvent-elles que tout l'Univers a été bouleverfé de fond en comble ?

Les montagnes vers Calais & vers Douvres font d'une craye qui fe reffemble; donc autrefois ces montagnes n'étoient point feparées par les eaux. Le terrain vers Gibraltar & vers Tanger eft à peu près de la même nature ; donc l'Afrique & l'Europe fe touchoient & il n'y avoit point de mer méditerrannée ; les Pirennées, les Alpes, l'Apennin, ont paru à plufieurs Philofophes des débris d'un monde, qui a changé plufieurs fois de forme. Cette opinion a été long-tems foutenuë par toute l'école de Pythagore, & par plufieurs autres. Elles affirmoient, que toute la terre habitable avoit été mer autrefois, & que la mer avoit long-tems été terre.

On fait, qu'Ovide ne fait que rapporter le fentiment des Phyficiens de l'Orient, quand il met dans la bouche de Pythagore ces vers latins dont voici le fens.

Le tems qui donne à tout le mouvement & l'être
Produit, accroit, détruit, fait mourir, fait renaître,
Change tout dans les cieux, fur la terre & dans l'air;
L'âge d'or à fon tour fuivra l'âge de fer.
Flore embellit des champs l'aridité fauvage,
La mer change fon lit, fon flux & fon rivage,

A 2
Le

Le limon qui nous porte est né du sein des eaux.
Le Caucase est semé du débris des vaisseaux.
La main lente du tems applanit les montagnes.
Il creuse les Vallons, il étend les campagnes
Tandis que l'Eternel, le Souverain des tems,
Demeure inébranlable en ces grands changemens.

Voilà, quelle étoit l'opinion des Indiens & de Pythagore, & ce n'est pas lui faire tort de la rapporter en vers.

Cette opinion a été plus que jamais accreditée par l'inspection de ces lits de coquillages qu'on trouve amoncelés par couches dans la Calabre, en Touraine & ailleurs, dans des terrains placés à une assez grande distance de la mer. Il y a en effet apparence qu'elles y ont été déposées dans une longue suite d'années.

La mer, qui s'est retirée à quelques lieues de ses anciens rivages, a regagné peu à peu sur quelques autres terrains. De cette perte presque insensible, on s'est crû en droit de conclure, qu'elle a long-tems couvert le reste du globe. Frejus & Narbonne, Ferrare, &c. ne sont plus des ports de mer, la moitié du petit païs de l'Ostfrise a été submergée par l'Ocean; dont autrefois les baleines ont nagé pendant des siécles sur le mont Taurus & sur les Alpes, & le fond de la mer a été peuplé d'hommes.

Ce siftême des révolutions physiques de ce monde a été fortifié dans l'esprit de quelques philosophes par la découverte du Chevalier de Louville. On sait, que cet Astronome en 1714 alla exprès à Marseille pour observer si l'obliquité de l'ecliptique étoit encore telle quelle y avoit été fixée par Piteas environ deux mille

ans

ans auparavant. Il la trouva moindre de vingt minutes, c'eſt à dire, qu'en deux mille ans l'écliptique
ſelon lui, s'étoit approché de l'équateur d'un tiers de
dégré, ce qui prouve qu'en ſix mille ans, il s'approche-
roit d'un dégré entier.

Cela ſuppoſé, il eſt évident que la terre, outre
les mouvemens qu'on lui connaît, en auroit encore
un, qui la feroit tourner ſur elle même d'un Pole à
l'autre. Il ſe trouveroit que dans vingt trois mille
ans le ſoleil ſeroit pour la terre très long - tems
dans l'équateur, & que dans une période d'environ
deux millions d'années tous les climats du monde auroient été tour à tour dans la Zone torride, & dans
la Zone glaciale. Pourquoi, diſoit - on, s'effrayer
d'une periode de deux millions d'années, il y en a
probablement de plus longues entre les poſitions reci-
proques des aſtres; nous connaiſſons déja un mouvement à la terre lequel s'accomplit en plus de vingt
cinq mille ans, c'eſt la préceſſion des équinoxes.
Des revolutions de mille millions d'années ſont infiniment moindres aux yeux de l'architecte éternel de
l'Univers, que n'eſt pour nous celle d'une roue, qui
acheve ſon tour en un clin d'œil. Cette nouvelle
periode imaginée par le Chevalier de Louville, ſoute-
nuë & corrigée par pluſieurs Aſtronomes, fit recher-
cher les anciennes obſervations de Babylone transmi-
ſes aux Grecs par Alexandre & conſervées à la poſtérité
par Ptolomée dans ſon Almageſte.

Les Babyloniens prétendoient au tems d'Alexandre avoir des obſervations aſtronomiques de quatre cent
mille trois cent années.

On tacha de concilier ces calculs des Babyloniens avec l'hypotheſe de la revolution de deux millions

A 3                              d'and'années. Enfin quelques Philofophes conclurent que chaque climat ayant été à fon tour, tantôt pole, tantôt ligne équinoxiale, toutes les mers avoient changé de place.

L'extraordinaire, le vafte, les grandes mutations font des objets qui plaifent quelques fois à l'imagination des plus fages. Les philofophes veulent de grands changemens dans la fcene du monde comme le peuple en veut aux fpectacles. Du point de notre exiftence & de notre durée, notre imagination s'élance dans des milliers de fiecles, pour voir avec plaifir le Canada fous l'équateur & la mer de la nouvelle Zemble fur le mont Atlas.

Un Auteur, qui s'eft rendu plus célébre qu'utile par fa Théorie de la terre, a prétendu que le Déluge bouleverfa tout notre globe, forma les débris du monde, les rochers & les montagnes & mit tout dans une confufion irreparable; il ne voit dans l'Univers que des ruines. L'Auteur d'une autre Théorie non moins célébre n'y voit que de l'arangement, & il affure que fans le déluge cette harmonie ne fubfifteroit pas; tous deux n'admettent les montagnes que comme une fuite de l'inondation univerfelle, ~~quoique les écrivains facrés difent le contraire.~~

Burnet en fon cinquiéme chapitre affure, que la terre avant le déluge étoit unie, reguliere, uniforme, fans montagnes, fans vallées, & fans mers; le déluge fit tout cela felon lui, & voilà pourquoi on trouve des cornes d'Ammon dans l'Apennin.

Voudouard veut bien avouer qu'il y avoit des montagnes; mais il eft perfuadé que le déluge vint à bout de les diffoudre avec tous les metaux, qu'il s'en

forma

forma d'autres, & que c'eft dans cette nouvelle terre
qu'on trouve ces cailloux autrefois amolis par les eaux,
& remplis aujourd'hui d'animaux petrifiés.

Voudouard auroit pû à la verité s'appercevoir que
le marbre, le caillou &c. ne fe diffolvent point dans
l'eau & que les écueils de la mer font encor fort durs.
N'importe ; il faloit pour fon fiftême que l'eau eut
diffous , en cent cinquante jours, toutes les pierres &
tous les mineraux de l'Univers pour y loger des huitres & des pétoncles.

Il faudroit plus de tems que le déluge n'a duré
pour lire tous Auteurs qui en ont fait de beaux fiftêmes. Chacun d'eux détruit & renouvelle la terre à fa
mode, ainfi que Descartes l'a formée; car la pluspart des philofophes fe font mis fans façon à la place
de Dieu, ils penfent créer un Univers avec la parole.

Mon deffein n'eft pas de les imiter, & je n'ay
point du tout l'efperance de découvrir les moyens
dont Dieu s'eft fervi pour former le monde, pour le
noyer, pour le conferver. Je m'en tiens à la parole de
l'écriture, fans prétendre l'expliquer ; & fans ofer admettre ce qu'elle ne dit point.  Qu'il me foit permis
d'examiner feulement felon les regles de la probabilité,
fi ce globe a été & doive être un jour fi abfolument
different de ce qu'il eft.  Il ne s'agit ici que d'avoir
des yeux.

J'examine d'abord ces montagnes que le Docteur
Burnet & tant d'autres regardent comme les ruines
d'un ancien monde difperfé çà & là fans ordre, fans
deffein, femblable aux débris d'une ville que le Canon a
foudroyée.

A 4                    Je

Je les vois au contraire arrangées avec un ordre infini d'un bout de l'Univers à l'autre. C'est en effet une chaine de hauts acquéducs continuels qui en s'ouvrant en plusieurs endroits laissent aux fleuves & aux bras de mer l'espace dont ils ont besoin pour humecter la terre.

Du Cap de bonne Esperance naît une suite de rochers qui s'abaissent pour laisser passer le Niger & le Zaïr, & qui se relevent ensuite sous le nom du mont Atlas, tandis que le Nil coule d'une autre branche de ces montagnes.

Un bras de mer étroit separe l'Atlas du promontoire de Gibraltar qui se rejoint à la Siera Morena, celle-ci touche aux Pirenées, les Pirenées aux Sevenes, les Sevenes aux Alpes, les Alpes à l'Apennin qui ne finit qu'au bout du Royaume de Naples, vis à vis sont les montagnes d'Epire & de la Thessalie. À peine avez-vous passé le détroit de Gallipoli que vous trouvez le mont Taurus dont les branches sous le nom de Caucase, de l'Immaus &c. s'étendent aux extremités du globe ; c'est ainsi que la terre est couronnée en tous sens de ces reservoirs d'eau d'où partent sans exception toutes les rivieres qui l'arosent & qui la fécondent, & il n'y a aucun rivage à qui la mer fournisse un seul ruisseau de son eau salée.

Burnet fit graver une carte de la terre divisée en montagnes, au lieu de provinces, il s'éfforce par cette représentation & par ses paroles de mettre sous les yeux l'image du plus horrible désordre ; mais de ses propres paroles comme de sa carte on ne peut conclure qu'harmonie & utilité.

*Les Andés, dit-il, dans l'Amerique ont mille lieues de long, le Taurus divise l'Asie en deux parties &c.*

*Un*

*Un homme qui pourroit embraſſer tout cela d'un coup d'œil verroit que le globe de la terre eſt plus informe encor qu'on ne l'imagine.*

Il parait tout au contraire qu'un homme raiſonnable qui verroit d'un coup d'œil l'un & l'autre Hemiſphere traverſé par une ſuite de montagnes, qui ſervent de réſervoirs aux pluyes, & de ſources aux fleuves, ne pourroient s'empêcher de reconnaître dans cette prétendue confuſion toute la ſageſſe & la bienfaiſance de Dieu même.

Il n'y a pas un ſeul climat ſur la terre ſans montagnes, & ſans riviere qui en ſorte.

Cette chaine de rochers eſt une piece eſſentielle à la machine du monde. Sans elle les animaux terreſtres ne pourroient vivre ; car point de vie ſans eau ; l'eau eſt élevée des mers & purifiée par l'evaporation continuelle, les vents la portent ſur les ſommets des rochers d'où elle ſe précipite en rivieres, & il eſt prouvé que cette evaporation eſt aſſez grande pour qu'elle ſuffiſe à former les fleuves & à répandre les pluyes.

L'autre opinion, qui prétend que dans la periode de deux millions d'années l'axe de la terre ſe relevant continuellement & tournant ſur lui-même, a forcé l'Ocean de changer ſon lit. Cette opinion, dis-je, n'eſt pas moins contraire à la phyſique. Un mouvement qui releve l'axe de la terre de 10 Minutes en mille ans ne parait pas aſſez violent pour fracaſſer le globe ; ce mouvement s'il exiſtoit laiſſeroit aſſurement les montagnes à leurs places, & franchement il n'y a pas d'apparence que les Alpes & le Caucaſe aïent été portées où elles ſont ni petit à petit, ni tout à coup des coſtes de la Cafrerie.

L'inſpection ſeule de l'Ocean ſert autant que celle des montagnes à détruire ce ſiſtême.

A 5 Le

Le lit de l'Ocean est creusé; plus ce vaste bassin s'eloigne des costes, plus il est profond. Il n'y a pas un rocher en pleine mer, si vous en exceptez quelques isles.

Or s'il avoit été un tems où l'Ocean eut été sur nos montagnes, si les hommes & les animaux eussent alors vécu dans ce fonds qui sert de base à la mer, eussent-ils pu subsister? De quelles montagnes alors auroient-ils reçu des rivieres? il eût fallu un globe d'une nature toute differente. Et comment ce globe eut-il tourné alors sur lui-même, ayant une *creuse* moitié & une autre moitié élevée surchargée encor de tout l'Ocean? Les loix de la gravidation, & celles des fluides n'eussent jamais été accomplies, comment cet Ocean se fut-il tenu sur les montagnes sans couler dans ce lit immense que la nature lui a creusé? Les Philosophes qui font un monde ne font guerres qu'un monde ridicule.

Je suppose un moment avec ceux qui admettent la periode de deux millions d'années que nous sommes parvenus au point, où l'ecliptique coincidera avec l'équateur, je suppose qu'alors l'Italie, la France & l'Allemagne seront dans la Zone torride, il ne faut pas s'imaginer qu'alors ni dans aucun tems l'Ocean put changer de place, aucun mouvement de la terre ne peut s'opposer aux loix de la pesanteur en quelque sens que notre globe soit tourné, tout pressera également le centre. La mécanique universelle est toujours la même.

Il n'y a donc aucun sistême qui puisse donner la moindre vraisemblance à cette Idée si generalement répandue que notre globe a changé de face, que l'Ocean a été tres long-tems sur la terre habitée, & que les hommes ont vécu autrefois où sont aujourd'hui les Marsoüins & les Baleines.

Rien

Rien de ce qui vegete & de ce qui est animé n'a changé, toutes les especes sont demeurés invariablement les mêmes, il seroit bien étrange que la graine de millet conservât éternellement sa nature, & que le globe entier variât la sienne.

Ce qu'on dit ici de l'Ocean, il faut le dire de la méditerranée & du grand lac qu'on appelle mer Caspienne. Si ces lacs n'ont pas toujours été où ils sont, il faut absolument que la nature de ce globe ait été tout autre qu'elle n'est aujourd'hui.

Une foule d'Auteurs a écrit qu'un tremblement de terre ayant englouti un jour les montagnes qui joignoient l'Afrique & l'Europe, l'Ocean se fit un passage entre Calpé & Abila & alla former la mediterranée qui finit à cinq cent lieues de la aux palus Meotides. C'est à dire que cinq cent lieues de païs se creuserent tout d'un coup pour recevoir l'Ocean. On remarque encor que la mer n'a point de fonds vis à vis Gibraltar & qu'ainsi l'avanture de la montagne est encore plus merveilleuse.

Si on vouloit bien seulement faire attention à tous les fleuves de l'Europe & de l'Asie qui tombent dans la mediterranée, on verroit, qu'il faut necessairement qu'ils y forment un grand lac. Le Tanais, le Boristene, le Danube, le Po, le Rhone &c. ne pouvoient avoir d'embouchure dans l'Ocean, à moins qu'on ne se donnât encor le plaisir d'imaginer un tems où le Tanais & le Boristene venoient par les Pirennées se rendre en Biscaye.

Les Philosophes disoient qu'il faloit bien cependant que la mediterranée eut été produite par quelque accident. On demandoit encor ce que devenoient les eaux de tant de fleuves reçus continuellement dans
son

fon fein, que faire des eaux de la mer Cafpienne? On imaginoit un vafte fouterrain formé dans le boulever-fement qui donna naiffance à ces mers, on difoit que ces mers communiquoient entre elles & avec l'Ocean par ce goufre fuppofé, on affuroit même que des poif-fons qu'on avoit jettés dans la mer Cafpienne avec un anneau au mufeau, avoient été repechés dans la medi-terraneé. C'eft ainfi qu'on a traité long-tems l'hiftoire & la philofophie; mais depuis qu'on a fubftitué la veri-table hiftoire à la fable & la veritable phyfique aux fi-ftêmes, on ne doit plus croire de pareils contes, il eft affez prouvé que l'évaporation feule fuffit à expli-quer comment ces mers ne fe débordent pas; elles n'ont pas befoin de donner leurs eaux à l'Ocean. Et il eft bien vraifemblable que la mer mediterannée a été toujours à fa place, & que la conftitution fonda-mentale de cet Univers n'a point changé.

Je fai bien qu'il fe trouvera toujours des gens fur l'efprit desquels un brochet petrifié fur le mont Ce-nis & un turbot trouvé dans le païs de Heffe auront plus de pouvoir que tous les raifonnemens de la faine phyfique, ils fe plairont toujours à imaginer que la cime des montagnes a été autrefois le lit d'une rivie-re, ou de l'Ocean, quoique la chofe paraiffe incom-patible; & d'autres penferont en voyant des préten-dues coquilles de Sirie, en Allemagne, que la mer de Sirie eft venue à Francfort. Le goût du merveilleux enfante les fiftêmes; mais la nature parait fe plaire dans l'uniformité & dans la conftance, autant que notre imagination aime les grands changemens. Et comme dit le grand Neuton : *Natura eft fibi confona*: L'écriture nous dit qu'il y a eu un Déluge, mais, il n'en a laiffé (ce femble) d'autre monument fur la terre que la memoire d'un prodige terrible qui nous avertit en vain d'être juftes.

DIGRES-

\*\*\*\*\*\*\*\*\*\*\*\*\*\*\*\*\*\*\*\*\*\*\*\*\*

# DIGRESSION

## SUR

## LA MANIÈRE

### DONT NOTRE GLOBE A PU ETRE INONDÉ.

Quand je dis que le Déluge univerfel, qui éleva les eaux quinze coudées au deffus des plus hautes montagnes, eft un miracle, inéxecutable par les loix de la nature que nous connaiffons, je ne dis rien que de très-veritable. Ceux qui ont voulu trouver des raifons phyfiques de ce prodige fingulier, n'ont pas été plus heureux que ceux qui voudroient expliquer par les loix de la mécanique comment quatre mille perfonnes furent nouries avec cinq pains & trois poiffons. La phyfique n'a rien de commun avec les miracles, la religion ordonne de les croire, & la raifon deffend de les expliquer.

Quelques uns ont imaginé que les nuages feuls peuvent fuffire à inonder la terre, mais ces nuages ne font que les eaux de la mer même élevées continuellement de la furface & attenuées & purifiées. Plus l'air en eft chargé, plus les eaux de notre globe en ont perdu. Ainfi la même quantité d'eau fubfifte toûjours, fi les nuages fe fondent également fur tout le globe, il n'y a pas un pouce de terre inondé. S'ils font amoncelés par le vent dans un climat & qu'ils retombent fur une lieue quarrée de terrain aux depens des autres terres qui reftent fans pluye, il n'y a que cette lieue quarrée de fubmergée.

D'autres

* * D'autres ont fait fortir tout l'Ocean de fon lit & l'ont envoyé couvrir toute la terre. On comte aujourd'hui que la mer, en prenant enfemble les fonds qu'on a fondés & ceux qui font inacceffibles à la fonde, peut avoir environ mille pieds de profondeur. Elle n'a que cinquante pieds en beaucoup d'endroits, & fur les coftes bien moins. En fuppofant par tout fa profondeur de mille pieds on ne s'éloigne pas beaucoup de la verité.

Or les montagnes vers Quito s'élevent audeffus du niveau de la mer de plus de dix mille pieds. Il auroit donc fallu dix Oceans l'un fur l'autre élevés, fur la moitié aqueufe du globe, & dix autres Oceans fur l'autre moitié, & comme la Sphere auroit alors plus de circonference, il faudroit encore quatre Oceans pour en couvrir la furface agrandie ; ainfi il faudroit neceffairement vingt quatre Oceans au moins pour inonder le fommet des montagnes de Quito ; & quand il n'en faudroit que quatre comme le prétend le Docteur Burnet, un phyficien feroit encor bien embaraffé avec ces quatre Oceans, qui croiroit que Burnet imagine de les faire bouillir pour en augmenter le volume. Mais l'eau en bouillant ne fe gonfle jamais un quart feulement au delà de fon volume ordinaire. A quoi eft-on réduit quand on veut approfondir ce qu'il ne faut que refpecter ?

\* \* \* \* \* \* \* \* \* \* \* \* \* \* \* \* \*

# EPITRE DEDICATOIRE

A

MADAME LA MARQUISE

## DU CHASTELLET.

---

## MADAME,

Lorsque je mis pour la premiere fois votre nom refpectable à la tête de ces Elemens de Philofophie, je m'inftruifois avec vous. Mais vous avez pris depuis un vol que je ne peux plus fuivre. Je me trouve à prefent dans le cas d'un Grammairien qui auroit prefenté un effay de Rhetorique ou à Demoftenes ou à Ciceron. J'offre de fimples Elemens à celle qui a penetré toutes les profondeurs de la Géométrie tranfcendante & qui feule parmi nous a traduit & commenté le grand Neuton.

Ce Philofophe recueillit pendant fa vie toute la gloire qu'il méritoit; il n'excita point l'envie parce qu'il ne put avoir de rival. Le monde favant fut fon difciple, le refte l'admira fans ofer prétendre à le concevoir. Mais l'honneur que vous lui faites aujourd'hui eft fans doute le plus grand qu'il ait jamais reçu. Je ne fais qui des deux je dois admirer d'avantage, ou Neuton, l'inventeur du calcul de l'infini, qui découvrit de nouvelles loix de la Nature, & qui anatomiza la lumiere, ou vous, Madame, qui au milieu des diffipations attachées à votre état poffedez fi bien tout ce qu'il a inventé. Ceux qui vous voyent à la cour

ne

ne vous prendroient affurement pas pour un Commentateur de Philofophe. Et les favants qui font affez favants pour vous lire fe douteront encor moins que vous defcendez aux amufemens de ce monde avec la même facilité que vous vous élevez aux verités les plus fublimes. Ce naturel & cette fimplicité, toujours fi eftimables mais fi rares avec des talens & avec la fcience, feront au moins qu'on vous pardonnera votre mérite. C'eft en general tout ce qu'on peut efpérer des perfonnes avec lesquelles on paffe fa vie ; mais le petit nombre d'efprits fuperieurs qui fe font appliqués aux mêmes études que vous, aura pour vous la plus grande Veneration , & la pofterité vous regardera avec étonnement. Je ne fuis pas furpris que des perfonnes de votre fexe ayent regné glorieufement fur de grands Empires. Une femme avec un bon confeil peut gouverner comme Augufte ; mais penetrer par un travail infatigable dans des verités dont l'approche intimide la pluspart des hommes, aprofondir dans fes heures de loifir ce que les Philofophes les plus profonds étudient fans relache, c'eft ce qui n'a été donné qu'à vous, Madame, & c'eft un exemple qui fera bien peu imité. &c.

META-

# PREMIERE
# PARTIE.

# METAPHYSIQUE.

## CHAPITRE I.

### De DIEU.

Neuton étoit intimement persuadé de l'existence d'un Dieu, & il entendoit par ce mot,
non seulement un Etre infini, tout-puissant,
éternel & Créateur, mais un Maître qui a
mis une relation entre lui & ses créatures ; car sans
cette relation, la connaissance d'un Dieu n'est qu'u-
ne idée stérile qui sembleroit inviter au crime, par
l'espoir de l'impunité, tout raisonneur né pervers.

Aussi ce grand Philosophe fait une remarque singuliere à la fin de ses principes. C'est qu'on ne dit
point, *mon éternel*, *mon infini*, parceque ces attributs
n'ont rien de relatif à notre nature; mais on dit, &
on doit dire, mon Dieu, & par-là il faut entendre le
Maître & le Conservateur de notre vie, & l'objet de
nos pensées. Je me souviens que dans plusieurs Con-
ferences que j'eus en 1726 avec le Docteur Clarke, jamais ce Philosophe ne prononçoit le nom de Dieu
qu'avec un air de recueillement & de respect très-
remarquable. Je lui avouai l'impression que cela

B 2        faisoit

faisoit sur moi, & il me dit, que c'étoit de Neuton
qu'il avoit pris insensiblement cette coutume, laquelle
doit être en effet celle de tous les hommes.

Toute la Philosophie de Neuton conduit néceffairement à la connaissance d'un Etre suprême, qui a
tout créé, tout arrangé librement.   Car si felon
Neuton ( & felon la raison ) le monde eft fini, s'il
y a du vuide, la matiere n'existe donc pas nécessairement ; elle a donc reçu l'exiftence d'une caufe libre.
Si la matiere gravite, comme cela eft démontré, elle
ne gravite pas de fa nature, ainfi qu'elle eft étendüe
de fa nature : Elle a donc reçu de Dieu la gravitation.
Si les Planetes tournent en un fens, plûtôt qu'en un
autre, dans un efpace non réfiftant, la main de leur
Créateur a donc dirigé leur cours en ce fens avec une
liberté abfolüe.

Il s'en faut bien que les prétendus principes phyfiques de Defcartes conduifent ainfi l'efprit à la connaiffance de fon Créateur.   A Dieu ne plaife que par
une calomnie horrible j'accufe ce grand homme d'a-
voir méconnu la fuprême Intelligence à laquelle il devoit tant, & qui l'avoit élevé au-deffus de prefque tous
les hommes de fon fiécle.   Je dis feulement, que
l'abus qu'il a fait quelquefois de fon efprit, a conduit
fes difciples à des précipices, dont le Maître étoit fort
éloigné ; je dis, que le Syftême Cartefien a produit
celui de Spinofa ; je dis, que j'ai connu beaucoup de
perfonnes que le Cartéfianifme a conduites à n'admettre
d'autre Dieu que l'immenfité des chofes, & que je
n'ai vû au contraire aucun Neutonien qui ne fût Thé-
ifte dans le fens le plus rigoureux.

Dès qu'on s'eft perfuadé avec Defcartes, qu'il eft
impoffible que le monde foit fini, que le mouvement
eft toujours dans la même quantité ; dès qu'on ofe di-

re,

re, donnez-moi du mouvement & de la matiere, &
je vais faire un monde ; alors il le faut avouer, ces
idées femblent exclure, par des conféquences trop juftes, l'idée d'un Etre feul infini, feul Auteur du
mouvement, feul Auteur de l'organifation des fubftances.

Plufieurs perfonnes s'étonneront ici peut-être,
que de toutes les preuves de l'exiftence d'un Dieu,
celle des Caufes finales fut la plus forte aux yeux de
Neuton. Le deffein, ou plûtôt les deffeins variés à
l'infini qui éclatent dans les plus vaftes & les plus petites parties de l'Univers, font une démonftration, qui
à force d'être fenfible, en eft prefque méprifée par
quelques Philofophes ; mais enfin Neuton penfoit que
ces rapports infinis, qu'il appercevoit plus qu'un autre,
étoient l'ouvrage d'un artifan infiniment habile.

Il ne goûtoit pas beaucoup la grande preuve qui Raifons que tous les efprits ne goûtent pas.
fe tire de la fucceffion des Etres. On dit communé-
ment, que fi les hommes, les animaux, les végetaux,
tout ce qui compofe le monde, étoit éternel, on feroit forcé d'admettre une fuite de générations fans
caufe. Ces Etres, dit-on, n'auroient point d'origine
de leur exiftence ; ils n'en auroient point d'extérieure,
puifqu'ils font fuppofés remonter de génération en
génération, fans commencement. Ils n'en auroient
point d'intérieure, puifqu'aucun d'eux n'exifteroit par
foi-même. Ainfi tout feroit effet, & rien ne feroit
caufe.

Il trouvoit que cet Argument n'étoit fondé que Raifons des Matériali-ftes.
fur l'équivoque de *générations* & *d'êtres formés les uns*
*par les autres* ; car les Athées, qui admettent le plein,
répondent, qu'à proprement parler, il n'y a point de
générations ; il n'y a point d'êtres produits ; il n'y a
point plufieurs fubftances. L'Univers eft un tout,

B 3 exiftant

exiftant néceffairement, qui fe développe fans ceffe;
c'eft un même être dont la nature eft d'être immu-
able dans fa fubftance, & éternellement varié dans fes
modifications ; ainfi l'Argument tiré feulement des
Etres qui fe fuccedent, prouveroit peut-être peu contre
l'Athée, qui nieroit la pluralité des êtres.    L'Athée
appelleroit à fon fecours ces anciens axiomes que rien
ne nait de rien, qu'une fubftance n'en peut produire
une autre, que tout eft éternel & néceffaire. Il faudroit
donc le combattre avec d'autres armes; il faudroit lui
prouver, que la matiere ne peut avoir d'elle-même aucun mouvement.    Il faudroit lui faire entendre, que
fi elle avoit le moindre mouvement par elle-même,
ce mouvement lui feroit effentiel, il feroit alors contradictoire qu'il y eût du repos; mais fi l'Athée répond
qu'il n'y a rien en repos, que le repos eft une fiction,
une idée incompatible avec la nature de l'Univers:
qu'une matiere infiniment déliée circule éternellement
dans tous les pores des corps.    S'il foutient, qu'il y a
toujours également des forces motrices dans la nature,
& que cette permanente égalité de forces femble prouver un mouvement néceffaire, alors il faut encore recourir contre lui à d'autres armes, & il peut prolonger le combat : en un mot, je ne fais s'il y a aucune
preuve Métaphyfique plus frappante, & qui parle plus
fortement à l'homme que cet ordre admirable qui
regne dans le monde ; & fi jamais il y a eu un plus
bel Argument que ce verfet : *Cœli enarrant gloriam
Dei.*    Auffi vous voyez, que Neuton n'en apporte
point d'autre à la fin de fon Optique & de fes Principes.
Il ne trouvoit point de raifonnement plus convain-
quant & plus beau en faveur de la Divinité que celui
de Platon, qui fait dire à un de fes Interlocuteurs, vous
jugez que j'ai une ame intelligente, parceque vous
appercevez de l'ordre dans mes paroles & dans mes
                                                    actions,

actions, jugez donc en voyant l'ordre de ce monde, qu'il y a une ame souverainement intelligente.

S'il est prouvé qu'il existe un Etre éternel, infini, tout-puissant, il n'est pas prouvé de même que cet Etre soit infiniment bienfaisant dans le sens que nous donnons à ce terme.

C'est là le grand refuge de l'Athée si j'admets un Dieu, dit-il, ce Dieu doit être la Bonté même, qui m'a donné l'être, me doit le bien Etre ; or je ne vois dans le genre humain que desordre & calamité, la nécessité d'une matiére éternelle me répugne moins qu'un Créateur qui traite si mal ses créatures. On ne peut satisfaire, continuë-t-il, à mes justes plaintes & à mes doutes cruels, en me disant, qu'un premier homme composé d'un corps & d'une ame, irrita le Créateur & que le genre humain en porte la peine ; car premierement, si nos corps viennent de ce premier homme, nos ames n'en viennent point, & quand même elles en pourroient venir, la punition du pere dans tous les enfans paraît la plus horrible de toutes les injustices. Secondement, il semble évident, que les Amériquains & les peuples de l'ancien monde, les Negres & les Lappons ne sont point descendus du premier homme. La constitution interieure des organes de Negres en est une demonstration palpable ; nulle raison ne peut donc appaiser les murmures qui s'élévent dans mon cœur contre les maux dont ce globe est inondé. Je suis donc forcé de rejetter l'idée d'un être suprême, d'un Créateur que je concevrois infiniment bon, & qui auroit fait des maux infinis, & j'aime mieux admettre la nécessité de la matiere & des générations & des vicissitudes éternelles, qu'un Dieu, qui auroit fait librement des malheureux.

On

On répond à cet Athée : le mot de bon, de *bien être*, est équivoque. Ce qui est mauvais par rapport à vous est bon dans l'arrangement général. L'idée d'un Etre infini, tout-puissant, tout-intelligent & présent par-tout ne révolte point votre raison, nierez-vous un Dieu, parceque vous aurez eû un accès de fiévre? Il vous devoit le *bien-être*, dites-vous, quelle raison avez-vous de penser ainsi? Pourquoi vous devoit-il ce bien-être? Quel traité avoit-il fait avec vous? Il ne vous manque donc que d'être toujours heureux dans la vie pour reconnaître un Dieu? Vous, qui ne pouvez être parfait en rien pourquoi prétendriez-vous être parfaitement heureux? Mais je suppose que dans un bonheur continu de cent années, vous ayez un mal de tête; ce moment de peine vous fera-t-il nier un Créateur? Il n'y a pas d'apparence. Or si un quart d'heure de souffrance ne vous arrête pas, pourquoi deux heures? pourquoi un jour? pourquoi une année de tourment vous feront-ils rejetter l'idée d'un artisan suprême & universel?

Il est prouvé, qu'il y a plus de bien que de mal dans ce monde puisqu'en effet peu d'hommes souhaitent la mort; vous avez donc tort de porter des plaintes au nom du genre humain, & plus grand tort encore de renier votre Souverain sous prétexte que quelques uns de ses sujets sont malheureux. Lorsque vous avez examiné les rapports, qui se trouvent dans les ressorts d'un animal & les desseins, qui éclatent de toutes parts dans la maniere dont cet animal reçoit la vie, dont il la soutient, & dont il la donne, vous reconnaissez sans peine cet artisan souverain; changerez-vous de sentiment, parceque les loups mangent les moutons, & que les araignées prennent de mouches? Ne voyez-vous pas au contraire, que ces générations continuelles toujours dévorées & toujours reproduites entrent dans le le plan de l'Univers ? J'y vois de l'habilité & de la puissance, répondez-vous, & je n'y vois point de bonté. Mais quoi ? lorsque dans une ménagerie vous élevez des animaux que vous égorgez, vous ne voulez pas qu'on vous appelle méchant, & vous accusez de cruauté le Maître de tous les animaux, qui les a faits pour être mangés dans leurs tems ? Enfin, si vous pouvez être heureux dans toute l'éternité, quelques douleurs dans cet instant passager qu'on nomme la vie, valent-elles la peine qu'on en parle ?

Vous ne trouvez pas que le Créateur soit *bon*, parcequ'il y a du *mal* sur la terre. Mais la nécessité, qui tiendroit lieu d'un Etre suprême, seroit-elle quelque chose de meilleur ? Dans le Sistême, qui admet un Dieu, on n'a que des difficultés à surmonter & dans tous les autres Sistêmes on a des absurdités à dévorer.

La philosophie nous montre bien qu'il y a un Dieu ; mais elle est impuissante à nous apprendre ce qu'il est, ce qu'il fait, comment & pourquoi il le fait. Il me semble, qu'il faudroit être lui même, pour le *savoir*.

CHA-

# CHAPITRE II.

### De l'espace & de la durée comme proprietés de Dieu.

Neuton regarde l'espace & la durée comme deux êtres dont l'existence suit nécessairement de Dieu même ; car l'Etre infini est en tout lieu , donc tout lieu existe : l'Etre éternel dure de toute éternité ; donc une éternelle durée est réelle.

Il étoit échappé à Neuton de dire à la fin de ses questions d'Optique. Ces *Phénomènes de la nature ne font-ils pas voir, qu'il y a un Etre incorporel vivant, intelligent , present par tout , qui dans l'espace infini, comme dans son Senforium , voit , difcerne , & comprend tout de la maniere la plus intime & la plus parfaite ?*

Le célébre Philofophe Leibnits, qui avoit auparavant reconnu avec Neuton la réalité de l'espace pur, & de la durée , mais qui depuis long-tems n'étoit plus d'aucun avis de Neuton , & qui s'étoit mis en Allemagne à la tête d'une Ecole oppofée, attaqua ces expreffions du Philofophe Anglais dans une Lettre qu'il écrivit en 1715, à la feuë Reine d'Angleterre, époufe de George fecond , cette Princeffe digne d'être en commerce avec Leibnits & Neuton, engagea une difpute reglée par lettres entre les deux parties. Mais Neuton, ennemi de toute difpute, & avare de fon tems, laiffa le Docteur Clarke fon Difciple en Phyfique , & pour le moins fon égal en Métaphyfique, entrer pour lui dans la lice. La difpute roula fur prefque toutes les idées Métaphyfiques de Neuton , &

c'eſt

c'eſt peut-être le plus beau Monument que nous ayons des combats Litteraires.

Clarke commença par juſtifier la comparaiſon priſe du *Senſorium*, dont Neuton s'étoit ſervi ; il établit que nul être ne peut agir, connaître, voir où il n'eſt pas ; or Dieu agiſſant, voyant par tout, agit & voit dans tous les points de l'eſpace, qui en ce ſens ſeul peut-être conſideré comme ſon *Senſorium*, atten-du l'impoſſibilité où l'on eſt en toute langue de s'ex-primer quand on oſe parler de Dieu.

Leibnits ſoutient que l'eſpace n'eſt rien, ſinon la relation que nous concevons entre les êtres coëxi-ſtants, rien, ſinon l'ordre des corps, leur arrange-ment, leurs diſtances, &c. Clarke, après Neuton, ſoutient que ſi l'eſpace n'eſt pas réel, il s'enſuit une abſurdité ; car ſi Dieu avoit mis la terre, la lune & le ſoleil à la place où ſont les étoiles fixes, pourvû que la terre, la lune & le ſoleil fuſſent entre eux dans le même ordre où ils ſont, il ſuivroit de-là que la terre, la lune & le ſoleil ſeroient dans le même lieu où ils ſont aujourd'hui, ce qui eſt une contradiction dans les termes.

*Sentimens de Leibnits.*

Il faut, ſelon Neuton, penſer de la durée com-me de l'eſpace, que c'eſt une choſe très-réelle ; car ſi la durée n'étoit qu'un ordre de ſucceſſion entre les créatures, il s'enſuivroit que ce qui ſe faiſoit aujourd'-hui, & ce qui ſe fit il y a des milliers d'années, ſe-roient en eux-mêmes faits dans le même inſtant, ce qui eſt encore contradictoire.

*Sentimens & raiſons de Neuton.*

Enfin, l'eſpace & la durée ſont des quantités ; c'eſt donc quelque choſe de très-poſitif.

Il eſt bon de faire attention à cet ancien Argu-ment, auquel on n'a jamais répondu. Qu'un homme

aux

aux bornes de l'Univers étende son bras, ce bras doit
être dans l'espace pur; car il n'est pas dans le rien; &
si l'on répond qu'il est encore dans la matiere, le monde en ce cas est donc infini, le monde est donc Dieu.

L'espace pur, le vuide existe donc, aussi-bien
que la matiere, & il existe même nécessairement, au
lieu que la matiere n'existe que par la libre volonté du
Créateur.

Matiere in-<br>finie impos-<br>sible. Mais dira-t-on, vous admettez un espace immense infini ; pourquoi n'en ferez-vous pas autant de
la matiere ? Voici la difference. L'espace existe nécessairement, parce que Dieu existe nécessairement,
il est immense, il est comme la durée un mode, une
propriété infinie d'un être nécessaire infini. La matiere n'est rien de tout cela; elle n'existe point nécessairement ; & si cette substance étoit infinie, elle seroit, ou une propriété essentielle de Dieu, ou Dieu
même ; or elle n'est ni l'un ni l'autre ; elle n'est donc
pas infinie, & ne sauroit l'être.

J'infererai ici une remarque qui me paraît mériter quelque attention.

Epicure de-<br>voit admet-<br>tre un Dieu<br>Créateur &<br>Gouver-<br>neur. Descartes admettoit un Dieu Créateur, & cause
de tout; mais il nioit la possibilité *du vuide :* Epicure
nioit un Dieu Créateur, & cause de tout, & il admettoit *le vuide ;* or c'étoit Descartes, qui par ses principes devoit nier un Dieu Créateur, & c'étoit Epicure
qui devoit l'admettre. En voici la preuve évidente.

Si le vuide étoit impossible, si la matiere étoit
infinie, si l'étendüe & la matiere étoient la même
chose, il faudroit que la matiere fût nécessaire : or si
la matiere étoit nécessaire, elle existeroit par elle-même d'une nécessité absolüe, inhérente dans sa nature,
primordiale, antécédente à tout, donc elle seroit Dieu;

donc

donc celui qui admet l'impossibilité *du vuide*, doit, s'il raisonne conséquemment, ne point admettre d'autre Dieu que la matiere.

Au contraire, s'il y a du vuide, la matiere n'est donc point un être nécessaire, existant par lui-même, &c. car qui n'est pas en tout lieu, ne peut exister *nécessairement* en aucun lieu. Donc la matiere est un être non nécessaire, donc elle a été créée, donc c'étoit à Epicure à croire, je ne dis pas des Dieux inutiles, mais un Dieu Créateur & Gouverneur, & c'étoit à Descartes à le nier. Pourquoi donc au contraire Descartes a-t-il toujours parlé de l'existence d'un Etre Créateur, & Conservateur, & Epicure l'a-t-il rejetté? C'est que les hommes, dans leurs sentimens, comme dans leur conduite, suivent rarement leurs principes, & que leurs systêmes, ainsi que leurs vies, font des contradictions.

L'espace est une suite nécessaire de l'existence de Dieu; Dieu n'est, à proprement parler, ni dans l'espace, ni dans un lieu; mais Dieu étant nécessairement par tout, constituë par cela seul l'espace immense & le lieu; de même la durée, la permanence éternelle est une suite indispensable de l'existence de Dieu. Il n'est ni dans la durée infinie, ni dans un tems, mais existant éternellement, il constituë par-là l'éternité & le tems.

L'espace immense étendu, inséparable, peut être conçu en plusieurs portions; par exemple, l'espace où est Saturne n'est pas l'espace où est Jupiter; mais on ne peut séparer ces parties conçûës; on ne peut mettre l'une à la place d'une autre, comme on peut mettre un corps à la place d'un autre.

*Propriétés de l'espace pur & de la durée.*

De

De même la durée infinie, inséparable & sans parties, peut être conçue en plusieurs portions, sans que jamais on puisse concevoir une portion de durée mise à la place d'une autre. Les êtres existent dans une certaine portion de la durée, qu'on nomme tems, & peuvent exister dans tout autre tems; mais une partie conçue de la durée, un tems quelconque ne peut être ailleurs qu'il est; le passé ne peut être avenir.

L'espace & la durée sont deux attributs nécessaires, immuables, de l'Etre éternel & immense.

Dieu seul peut connaître tout l'espace, Dieu seul peut connaître toute la durée; nous mesurons quelques parties improprement dites de l'espace par le moyen des corps étendus que nous touchons. Nous mesurons des parties improprement dites de la durée par le moyen des mouvemens que nous appercevons.

On n'entre point ici dans le détail des preuves Physiques réservées pour d'autres Chapitres; il suffit de remarquer, qu'en tout ce qui regarde l'espace, la durée, les bornes du monde, Neuton suivoit les anciennes opinions de Démocrite, d'Epicure, & d'une foule de Philosophes rectifiés par notre célébre Gassendi. Neuton a dit plusieurs fois à quelques Français qui vivent encore, qu'il regardoit Gassendi comme un esprit très-juste & très-sage, & qu'il faisoit gloire d'être entierement de son avis dans toutes les choses dont on vient de parler.

CHA-

# CHAPITRE III.

## De la liberté dans Dieu, & du grand Principe de la raison suffisante.

Neuton soutenoit que Dieu, infiniment libre comme infiniment puissant, a fait beaucoup de choses, qui n'ont d'autre raison de leur existence que sa seule volonté.

Par exemple que les Planetes se meuvent d'Occident en Orient, plûtôt qu'autrement, qu'il y ait un tel nombre d'animaux, d'étoiles, de mondes, plûtôt qu'un autre; que l'Univers fini, soit dans un tel ou tel point de l'espace, &c. la volonté de l'Etre suprême en est la seule raison.

Le célébre Leibnits prétendoit le contraire, & se fondoit sur un ancien axiome employé autrefois par Archimede, *rien ne se fait sans cause ou sans raison suffisante*, disoit-il, & Dieu a fait en tout le meilleur, parce que s'il ne l'avoit pas fait comme meilleur, il n'eût pas eu raison de le faire. Mais il n'y a point de meilleur dans les choses indifferentes, disoient les Neutoniens; mais il n'y a point de choses indifferentes, répondent les Leibnitiens. Votre idée méne à la fatalité absoluë, disoit Clarke, vous faites de Dieu un Etre qui agit par nécessité, & par conséquent un Etre purement passif. Ce n'est plus Dieu. Votre Dieu, répondoit Leibnits, est un ouvrier capricieux, qui se détermine sans raison suffisante. La volonté de Dieu est la raison, répondoit l'Anglais. Leibnits insistoit & faisoit des attaques très-fortes en cette maniere.

*Principes de Leibnits.*

*Poussés peut-être trop loin.*

Nous

Ses raifon-
nemens
très-fédui-
fans.

Nous ne connaiffons point deux corps entierement femblables dans la nature, & il ne peut en
être ; car s'ils étoient femblables, premierement cela
marqueroit dans Dieu tout-puiffant & tout fécond,
un manque de fécondité & de puiffance. En fécond
lieu, il n'y auroit nulle raifon pourquoi l'un feroit à
cette place, plûtôt que l'autre.

Réponfe.

Les Neutoniens répondoient :

Premierement, il eft faux que plufieurs êtres
femblables marquent de la ftérilité dans la puiffance du
Créateur ; car fi les Elémens des chofes doivent être
abfolument femblables pour produire des effets femblables, fi par exemple les Elémens des rayons éternellement rouges de la lumiere, doivent être les mêmes
pour donner ces rayons rouges, fi les Elémens de l'eau
doivent être les mêmes pour former l'eau ; cette parfaite reffemblance, cette identité, loin de déroger à
la grandeur de Dieu, m'eft un des plus beaux témoignages de fa puiffance & de fa fageffe.

Si j'ofois ici ajoûter quelque chofe aux Argumens
d'un Clarke & d'un Neuton, & prendre la liberté de
difputer contre un Leibnits, je dirois qu'il n'y a qu'un
Etre infiniment puiffant qui puiffe faire des chofes parfaitement femblables. Quelque peine que prenne un
homme à faire de tels ouvrages, il ne pourra jamais
y parvenir, parce que fa vue ne fera jamais affez fine
pour difcerner les inégalités des deux corps, il faut
donc voir jufques dans l'infinie petiteffe pour faire toutes les parties d'un corps femblable à celles d'un autre.
C'eft donc le partage unique de l'Etre infini.

Nouvelle
inftance
contre le
principe des
indifcerna-
bles

Secondement, peuvent dire encore les Neutoniens, nous combattons Leibnits par fes propres armes. Si les Elémens des chofes font tous differens, fi
les premieres parties d'un rayon rouge ne font pas en-
tiere-

tierement femblables, il n'y a plus alors de raifon fuffifante, pourquoi des parties differentes donnent toujours une couleur invariable.

En troifiéme lieu, pourroient dire les Neutoniens, fi vous demandez la raifon fuffifante, pourquoi cet atome, A, eft dans un lieu, & cet atome,
B, entierement femblable, eft dans un autre lieu, la
raifon en eft dans le mouvement qui les pouffe; & fi
vous demandez quelle eft la raifon de ce mouvement,
ou bien vous êtes forcé de dire que ce mouvement eft
néceffaire, ou vous devez avouer que Dieu l'a commencé; fi vous demandez enfin, pourquoi Dieu l'a
commencé, quelle autre raifon fuffifante en pouvez-
vous trouver, finon qu'il falloit que Dieu ordonnât ce
mouvement, pour exécuter les ouvrages qu' avoit
projetté fa fageffe? Mais pourquoi ce mouvement à
droite, plûtôt qu'à gauche, vers l'Occident, plûtôt
que vers l'Orient, en ce point de la durée, plûtôt
qu'en un autre point? Ne faut-il pas alors recourir à
la volonté d'indifference dans le Créateur? C'eft ce
qu'on laiffe à examiner à tout Lecteur
impartial.

# CHAPITRE IV.

## De la liberté dans l'homme.

Selon Neuton & Clarke, l'Etre infiniment libre a communiqué à l'homme sa créature une portion limitée de cette liberté, & on n'entend pas ici par liberté la simple puissance d'appliquer sa pensée à tel ou tel objet, & de commencer le mouvement ; On n'entend pas seulement la faculté de vouloir, mais celle de vouloir très-librement avec une volonté pleine & efficace, & de vouloir même quelquefois sans autre raison que sa volonté. Il n'y a aucun homme sur la terre qui ne sente quelquefois qu'il possede cette liberté. Plusieurs Philosophes pensent d'une maniere opposée; ils croyent que toutes nos actions sont nécessitées, & que nous n'avons d'autre liberté que celle de porter quelquefois de bon gré les fers auxquels la fatalité nous attache.

**Excellent Ouvrage contre la liberté.** De tous les Philosophes qui ont écrit hardiment contre la liberté, celui qui sans contredit l'a fait avec plus de méthode, de force & de clarté, c'est Collins, Magistrat de Londres, Auteur du Livre de la Liberté de penser, & de plusieurs autres ouvrages aussi hardis que Philosophiques.

**Si bon que le Docteur Clarke y répondit par des injures.** Clarke, qui étoit entierement dans le sentiment de Neuton sur la liberté, & qui d'ailleurs en soutenoit les droits autant en Théologien d'une Secte singuliere, qu'en Philosophe, répondit vivement à Collins, & mêla tant d'aigreur à ses raisons, qu'il fit croire qu'au moins il sentoit toute la force de son ennemi. Il lui reproche de confondre toutes les idées, parce que Collins appelle l'homme un Agent nécessaire. Il dit

qu'en

qu'en ce cas l'homme n'eſt point Agent; mais qui ne
voit que c'eſt-là une vraie chicane ? Collins appelle
Agent néceſſaire tout ce qui produit des effets néceſſaires. Qu'on l'appelle Agent ou Patient, qu'importe ?
Le point eſt de ſavoir s'il eſt déterminé néceſſairement.

Il ſemble, que ſi l'on peut trouver un ſeul cas    Liberté
où l'homme ſoit véritablement libre d'une liberté d'in-   d'indiffé-
difference, cela ſeul ſuffit pour décider la queſtion.   rence.
Or quel cas prendrons-nous, ſinon celui où l'on vou-
dra éprouver notre liberté ? Par exemple, on me pro-
poſe de me tourner à droite ou à gauche, ou de faire
telle autre action, à laquelle aucun plaiſir ne m'en-
traine, & dont aucun dégoût ne me détourne. Je
choiſis alors, & je ne ſuis pas le *dictamen* de mon entendement, qui me repréſente le meilleur ; car il n'y
a ici ni meilleur, ni pire. Que fais-je donc ? J'exerce
le droit que m'a donné le Créateur de vouloir, & d'a-
gir en certains cas ſans autre raiſon que ma volonté
même. J'ai le droit & le pouvoir de commencer le
mouvement, & de le commencer du côté que je veux.
Si on ne peut aſſigner en ce cas d'autre cauſe de ma
volonté, pourquoi la chercher ailleurs que dans ma
volonté même ? Il paraît donc probable que nous
avons la liberté d'indifference dans les choſes indifferentes. Car qui pourra dire que Dieu ne nous a pas
fait, ou n'a pas pû nous faire ce préſent ? Et s'il l'a
pû, & ſi nous ſentons en nous ce pouvoir, comment
aſſurer que nous ne l'avons pas ?

J'ai ſouvent entendu traiter de chimere cette liberté d'indifference ; on dit que ſe déterminer ſans
raiſon, ne ſeroit que le partage des inſenſés ; mais on
ne ſonge pas que les inſenſés ſont des malades, qui
n'ont aucune liberté. Ils ſont déterminés néceſſairement par le vice de leurs organes; ils ne ſont point

les maîtres d'eux-mêmes, ils ne choisissent rien. Celui-là est libre qui se détermine soi-même. Or pourquoi ne nous déterminerons-nous pas nous-mêmes par notre seule volonté dans les choses indifferentes ?

**Liberté de Spontanéité.** Nous possedons la liberté que j'appelle de *spontanéité* dans tous les autres cas ; c'est-à-dire, que lorsque nous avons des motifs, notre volonté se détermine par eux, & ces motifs font toujours le dernier résultat de l'entendement, ou de l'instinct ; ainsi, quand mon entendement se représente, qu'il vaut mieux pour moi obéir à la loi que la violer, j'obéis à la loi avec une liberté spontanée, je fais volontairement ce que le dernier *dictamen* de mon entendement m'oblige de faire.

On ne sent jamais mieux cette espéce de liberté, que quand notre volonté combat nos désirs. J'ai une passion violente, mais mon entendement conclut que je dois résister à cette passion ; il me représente un plus grand bien dans la victoire, que dans l'asservissement à mon goût. Ce dernier motif l'emporte sur l'autre, & je combats mon désir par ma volonté ; j'obéis nécessairement, mais de bon gré à cet ordre de ma raison ; je fais, non ce que je désire, mais ce que je veux, & en ce cas je suis libre de toute la liberté dont une telle circonstance peut me laisser susceptible.

**Privation de liberté, chose très-commune.** Enfin je ne suis libre en aucun sens, quand ma passion est trop forte, & mon entendement trop faible, ou quand mes organes sont dérangés, & malheureusement c'est le cas où se trouvent très-souvent les hommes ; ainsi il me paraît que la liberté spontanée est à l'ame ce que la santé est au corps ; quelques personnes l'ont toute entiere & durable ; plusieurs la perdent souvent, d'autres sont malades toute leur vie ; je vois, que toutes les autres facultés de l'homme sont sujettes aux mêmes inégalités. La vuë, l'ouie, le goût, la force,

le

le don de penfer, font tantôt plus forts, tantôt plus
faibles; notre liberté eft comme tout le refte, limitée,
variable, en un mot très-peu de chofe, parceque l'homme eft très-peu de chofe.

La difficulté d'accorder la liberté de nos actions
avec la préfcience éternelle de Dieu, n'arrêtoit point
Neuton, parcequ'il ne s'engageoit pas dans ce labyrinthe; la liberté une fois établie, ce n'eft pas à nous à
déterminer comment Dieu prévoit ce que nous ferons
librement. Nous ne favons pas de quelle maniere
Dieu voit actuellement ce qui fe paffe. Nous n'avons
aucune idée de fa façon de voir, pourquoi en aurions-
nous de fa façon de prévoir? Tous fes attributs nous
doivent être également incompréhenfibles.

Il faut avouer qu'il s'éleve contre cette idée de
liberté des objections qui effrayent.

D'abord on voit que cette liberté d'indifference
feroit un préfent bien frivole, fi elle ne s'étendoit qu'à
cracher à droite & à gauche, & à choifir pair ou im-
pair. Ce qui importe c'eft que Cartouche & Sha Nadir ayent la liberté de ne pas répandre le fang humain.
Il importe peu, que Cartouche & Sha Nadir foient libres d'avancer le pied gauche ou le pied droit.

Enfuite on trouve cette liberté d'indifference impoffible: car comment fe déterminer fans raifon?
Tu veux, mais pourquoi veux-tu? on te propofe pair
ou non; tu choifis pair, & tu n'en vois pas le motif,
mais ton motif eft que pair fe préfente à ton efprit à
l'inftant qu'il faut faire un choix.

Tout a fa caufe, ta volonté en a donc une. On
ne peut donc vouloir, qu'en confequence de la derniere idée qu'on a reçue.

Objections puiffantes contre la li-berté.

C 3                              Per-

Perfonne ne peut favoir quelle idée il aura dans un moment; donc perfonne n'eft le maître de fes idées, donc perfonne n'eft le maître de vouloir & de ne pas vouloir.

Si on en étoit le maître, on pourroit faire le contraire de ce que Dieu a arrangé dans l'enchainement des chofes de ce monde. Ainfi chaque homme pourroit changer & changeroit en effet à chaque inftant l'ordre éternel.

Voilà, pourquoi le fage Loke n'ofe pas prononcer le nom de liberté; une volonté libre ne lui paraît qu'une chimére. Il ne connait d'autre liberté que la puiffance de faire ce qu'on veut. Le gouteux n'a pas la liberté de marcher, le prifonnier n'a pas celle de fortir. L'un eft libre quand il eft gueri, l'autre quand on lui ouvre la porte.

Pour mettre dans un plus grand jour ces horribles difficultés, je fuppofe que Cicéron veut prouver à Catilina, qu'il ne doit pas confpirer contre fa patrie. Catilina lui dit, qu'il n'en eft pas le Maître, que fes derniers entretiens avec Cethegus lui ont imprimé dans la tête l'idée de la confpiration, que cette idée lui plait plus qu'une autre & qu'on ne peut vouloir qu'en conféquence de fon dernier jugement. Mais vous pourriez, diroit Ciceron, prendre avec moi d'autres idées, appliqués votre efprit à m'écouter, & à voir qu'il faut être bon Citoyen. J'ai beau faire, repond Catilina. Vos idées me revoltent & l'envie de vous affaffiner l'emporte. Je plains votre frenefie, lui dit Ciceron, tachez de prendre de mes remedes. Si je fuis frenetique, reprend Catilina, je ne fuis pas le Maître de tâcher de guerir; mais, lui dit le Conful, les hommes ont un fond de raifon, qu'ils peuvent confulter & qui peut remedier à ce dérangement d'organes,

qui

qui fait de vous un pervers; furtout, quand ce dérangement n'eft pas trop fort. Indiquez moi, répond Catilina, le point où ce dérangement peut ceder au remede.
Pour moi, j'avoue que depuis le premier moment, où j'ai
confpiré, toutes mes reflexions m'ont porté à la conju-
ration. Quand avez-vous commencé à prendre cette fu-
nefte refolution ? lui demande le Conful. Quand j'eus perdu mon argent au jeu. Eh bien! ne pouviez-vous pas
vous empecher de jouer ? Non; car cette idée de jeu
l'emporta dans moi ce jour-là fur toutes les autres
idées ; & fi je n'avois pas joué j'aurois derangé l'ordre
de l'Univers, qui portoit que Quarfilla me gagneroit
quatre cent mille Sefterces, qu'elle en acheteroit une
maifon & un Amant, que de cet Amant il naitroit
un fils, que Cethegus & Lentulus viendroient chez
moi & que nous confpirerions contre la République.
Le deftin m'a fait un loup, & il vous a fait un chien
de berger, le deftin decidera qui des deux doit égorger
l'autre. A cela Ciceron n'auroit répondu que par une
Catilinaire : en effet, il faut convenir qu'on ne peut
gueres répondre que par une éloquence vague aux
objections contre la liberté : trifte fujet fur lequel le
plus fage craint même d'ofer penfer.

Une feule reflexion confole, c'eft que quelque
Siftéme qu'on embraffe, à quelque fatalité qu'on croye
toutes nos actions attachées, on agira toujours comme
fi on étoit libre.

CHA-

# CHAPITRE V.

## *De la Religion Naturelle.*

**Reproche de Leibnits à Neuton.** Leibnits, dans sa dispute avec Neuton, lui reprocha de donner de Dieu des idées fort basses, & d'anéantir la Religion naturelle. Il prétendoit que Neuton faisoit Dieu corporel, & cette imputation, comme nous l'avons vû, étoit fondée sur ce mot *Sensorium organe.* Il ajoûtoit, que le Dieu de Neuton avoit fait de ce monde une fort mauvaise machine, qui a besoin d'être décrassée, (c'est le mot dont se sert Leibnits.) Neuton avoit dit : *manum emendatricem desideraret.*

Ce reproche est fondé sur ce que Neuton dit, qu'avec le tems les mouvemens diminueront, les irrégularités des Planetes augmenteront, & l'Univers perira, ou sera remis en ordre par son Auteur.

**Peu fondé.** Il est trop clair par l'expérience que Dieu a fait des machines pour être détruites. Nous sommes l'ouvrage de sa sagesse, & nous périssons; pourquoi n'en seroit-il pas de même du monde ? Leibnits veut que ce monde soit parfait ; mais si Dieu ne l'a formé que pour durer un certain tems, sa perfection consiste alors à ne durer que jusqu'à l'instant fixé pour sa dissolution.

Quant à la Religion naturelle, jamais homme n'en a été plus partisan que Neuton, si ce n'est Leibnits lui-même, son rival en science & en vertu. J'entends par Religion naturelle, les principes de morale communs au genre humain; Neuton n'admettoit à la vérité aucune notion innée avec nous, ni idées, ni sentimens, ni principes. Il étoit persuadé avec Loke que toutes les idées nous viennent par les sens, à mesure fure que les fens fe développent ; mais il croyoit que Dieu ayant donné les mêmes fens à tous les hommes, il en refulte chez eux les mêmes befoins ; les mêmes fentimens, par confequent les mêmes notions groffieres, qui font par tout le fondement de la fociété ; il eft conftant, que Dieu a donné aux abeilles & aux fourmis quelque chofe pour les faire vivre en commun, qu'il n'a donné ni aux loups, ni aux faucons ; il eft certain, puifque tous les hommes vivent en fociété, qu'il y a dans leur être un lien fecret, par lequel Dieu a voulu les attacher les uns aux autres. Or fi à un certain âge les idées venuës par les mêmes fens à des hommes tous organifés de la même maniere, ne leur donnoient pas peu à peu les mêmes principes néceffaires à toute fociété, il eft encore très-fûr que ces fociétés ne fubfifteroient pas. Voilà pourquoi de Siam jufqu'au Méxique, la vérité, la reconnaiffance, l'amitié, &c. font en honneur.

J'ai toujours été étonné que le fage Loke, dans le commencement de fon Traité de l'Entendement humain, en réfutant fi bien *les idées innées*, ait prétendu qu'il n'y a aucune notion du bien & du mal qui foit commune à tous les hommes. Je crois, qu'il eft tombé là dans une erreur. Il fe fonde fur des relations de Voyageurs, qui difent, que dans certains Païs la coutume eft de manger les enfans, & de manger auffi les meres, quand elles ne peuvent plus enfanter : que dans d'autres on honore du nom de Saints certains Enthufiaftes, qui fe fervent d'âneffes au lieu de femmes ; mais un homme comme le fage Loke ne devoit-il pas tenir ces Voyageurs pour fufpects ? Rien n'eft fi commun parmi eux que de mal voir, de mal rapporter ce qu'on a vû, de prendre fur tout dans une Nation, dont on ignore la langue, l'abus

Réfutation d'un fentiment de Loke.

C 5 d'une

d'une loi pour la loi même, & enfin de juger des mœurs de tout un peuple par un fait particulier, dont on ignore encore les circonſtances.

Qu'un Perſan paſſe à Lisbonne, à Madrid, ou à Goa le jour d'un *Autodafé*, il croira, non ſans apparence de raiſon, que les Chrétiens ſacrifient des hommes à Dieu; qu'il liſe les Almanacs qu'on débite dans toute l'Europe au petit peuple, il penſera, que nous croyons tous aux effets de la Lune, & cependant nous en rions loin d'y croire.    Ainſi tout Voyageur, qui me dira par exemple, que des Sauvages mangent leur pere & leur mere par piété, me permettra de lui-répondre, qu'en premier lieu le fait eſt fort douteux; ſecondement ſi cela eſt vrai, loin de détruire l'idée du reſpect, qu'on doit à ſes paréns, c'eſt probablement une façon barbare de marquer ſa tendreſſe, un abus horrible de la loi naturelle; car apparemment qu'on ne tuë ſon pere & ſa mere par devoir, que pour les délivrer, ou des incommodités de la vieilleſſe, ou des fureurs de l'ennemi, & ſi alors on lui donne un tombeau dans le ſein filial, au lieu de le laiſſer manger par des vainqueurs, cette coutume, toute effroyable qu'elle eſt à l'imagination, vient pourtant néceſſairement de la bonté du cœur.    La Religion naturelle n'eſt autre choſe que cette loi qu'on connaît dans tout l'Univers. *Fais ce que tu voudrois qu'on te fît;* or le Barbare, qui tuë ſon pere pour le ſauver de ſon ennemi, & qui l'enſevelit dans ſon ſein, de peur qu'il n'ait ſon ennemi pour tombeau, ſouhaite que ſon fils le traite de même en cas pareil.    Cette loi de traiter ſon prochain comme ſoi-même découle naturellement des notions les plus groſſieres, & ſe fait entendre tôt ou tard au cœur de tous les hommes; car ayant tous la même raiſon, il faut bien que tôt ou tard les fruits de cet

arbre

arbre fe reffemblent , & ils fe reffemblent en effet, en
ce que dans toute fociété on appelle du nom de vertu ce qu'on croit utile à la fociété.

Qu'on me trouve un Païs, une Compagnie de
dix perfonnes fur la terre où l'on n'eftime pas ce qui
fera utile au bien commun, & alors je conviendrai
qu'il n'y a point de regle naturelle. Cette regle varie
à l'infini fans doute ; mais qu'en conclure, finon
qu'elle exifte ? La matiere reçoit par tout des formes
differentes, mais elle retient partout fa nature.

On a beau nous dire, par exemple, qu'à Lacédémone le larcin étoit ordonné ; ce n'eft là qu'un abus
des mots. La même chofe que nous appellons *larcin*,
n'étoit point commandée à Lacédémone ; mais dans
une Ville, où tout étoit en commun, la permiffion
qu'on donnoit de prendre habilement ce que des par-
ticuliers s'approprioient contre la loi, étoit une maniere de punir l'efprit de propriété défendu chez ces
peuples. *Le tien & le mien*, étoit un crime, dont
ce que nous appellons *larcin* étoit la punition, & chez
eux & chez nous il y avoit de la regle pour laquelle
Dieu nous a faits, comme il a fait les fourmis pour
vivre enfemble.

Neuton penfoit donc que cette difpofition que
nous avons tous à vivre en fociété, eft le fondement
de la loi naturelle que le Chriftianifme perfectionne. — Le bien de la fociété, Religion naturelle.

Il y a fur tout dans l'homme une difpofition à
la compaffion auffi généralement répanduë que nos
autres inftincts ; Neuton avoit cultivé ce fentiment
d'humanité, & il l'étendoit jufqu'aux animaux ; il étoit
fortement convaincu avec Loke, que Dieu a donné
aux animaux (qui femblent n'être que matiere) une
mefure d'idées, & les mêmes fentimens qu'à nous.

Il

Il ne pouvoit penſer que Dieu, qui ne fait rien en vain, eût donné aux bêtes des organes de ſentiment, afin qu'elles n'euſſent point de ſentiment.

Humanité.    Il trouvoit une contradiction bien affreuſe a croire, que les bêtes ſentent & à les faire ſouffrir. Sa morale s'accordoit en ce point avec ſa Philoſophie; il ne cédoit qu'avec répugnance à l'uſage barbare de nous nourrir du ſang & de la chair des êtres ſemblables à nous, que nous careſſons tous les jours, & il ne permit jamais dans ſa maiſon qu'on les fît mourir par des morts lentes & recherchées pour en rendre la nourriture plus délicieuſe.

Cette compaſſion qu'il avoit pour les animaux ſe tournoit en vraie charité pour les hommes. En effet ſans l'humanité, vertu qui comprend toutes les vertus, on ne mériteroit gueres le nom de Philoſophe.

CHA-

# CHAPITRE VI.

*De l'ame & de la maniere dont elle eft unie au corps , & dont elle a fes idées.*

Neuton étoit perfuadé, comme prefque tous les bons Philofophes, que l'ame eft une fubftance incomprehenfible; & plufieurs perfonnes qui ont beaucoup vécu avec Loke, m'ont affuré que Neuton avoit avoué à Loke : *que nous n'avons pas affez de connaiffance de la nature pour ofer prononcer qu'il foit impoffible à Dieu d'ajoûter le don de la penfée à un Etre étendu quelconque.* La grande difficulté eft plûtôt de favoir comment un Etre (quel qu'il foit) peut penfer, que de favoir comment la matiere peut devenir penfante. La penfée, il eft vrai, femble n'avoir rien de commun avec les attributs que nous connaiffons dans l'être é-tendu qu'on appelle corps; mais connaiffons-nous toutes les propriétés des corps? C'eft une chofe qui pa-raît bien hardie, que de dire à Dieu, vous avez pû donner le mouvement, la gravitation, la végétation, la vie à un être, & vous ne pouvez lui donner la penfée?

Ceux qui difent, que fi la matiere pouvoit rece-voir le don de la penfée, l'ame ne feroit pas immor-telle. Raifonnent-ils *bien* conféquemment? Eft-il plus difficile à Dieu de conferver que de faire?

De plus fi un atome infécable dure éternellement, pourquoi le don de penfer en lui ne durera-t-il pas comme lui? Si je ne me trompe, ceux qui refufent à Dieu le pouvoir de joindre des idées à la matiere, font obligés de dire, que ce qu'on appelle efprit, eft un être, dont l'effence eft de penfer à l'exclufion de

tout

tout être étendu. 'Or s'il eſt de la nature de l'eſprit de penſer eſſentiellement , il penſe donc néceſſaire-ment, & il penſe toujours , comme tout triangle a néceſſairement & toujours trois angles, indépendam-ment de Dieu.    Quoi , dèsque Dieu crée quelque choſe, qui n'eſt pas matiere, il faut abſolument que ce quelque choſe penſe ?    Faibles & hardis que nous ſommes !  Savons-nous, ſi Dieu n'a pas formé des mi-lions d'êtres, qui n'ont ni les proprietés de l'eſprit ni celles de la matiere à nous connues ?  Nous ſommes dans le cas d'un pâtre, qui n'ayant jamais vu que des beufs, diroit: *ſi Dieu veut faire d'autres animaux, il faut qu'ils ayent des cornes & qu'ils ruminent.*  Qu'on juge donc ce qui eſt plus reſpectueux pour la Divinité, ou d'affirmer qu'il y a des êtres qui ont ſans lui l'attribut divin de la penſée, ou de ſoupçonner que Dieu peut accorder cet attribut à l'être qu'il daigne choiſir.

On voit par cela ſeul, combien injuſtes ſont ceux qui ont voulu faire à Loke un crime de ce ſentiment, & combattre par une malignité cruelle avec les ar-mes de la Religion une idée purement Philoſophique.

Au reſte Neuton étoit bien loin de haſarder une définition de l'ame, comme tant d'autres ont oſé le faire, il croyoit qu'il étoit poſſible qu'il y eût des millions d'autres ſubſtances penſantes, dont la nature pouvoit être abſolument differente de la nature de notre ame.    Ainſi la diviſion que quelques-uns ont faite de toute la nature entre corps & eſprit paraît la définition d'un ſourd & d'un aveugle, qui en definiſ-ſant les ſens, ne ſoupçonneroient ni la vuë, ni l'ouie; de quel droit en effet pourroit-on dire que Dieu n'a pas rempli l'eſpace immenſe d'une infinité des ſubſtan-ces qui n'ont rien de commun avec nous?

Neu-

Neuton ne s'étoit point fait de fyftême fur la maniere dont l'ame eft unie au corps, & fur la formation des idées. Ennemi des fyftêmes il ne jugeoit de rien que par analife, & lorfque ce flambeau lui manquoit, il favoit s'arrêter.

Il y a eu jufqu'ici dans le monde quatre opinions fur la formation des idées; la premiere eft celle de prefque toutes les anciennes Nations, qui n'imaginant rien au-delà de la matiere, ont regardé nos idées dans notre entendement comme l'impreffion du cachet fur la cire. Cette opinion confufe étoit plûtôt un inftinct groffier, qu'un raifonnement; les Philofophes, qui ont voulu enfuite prouver que la matiere penfe par elle-même, ont erré bien davantage; car le vulgaire fe trompoit fans raifonner, & ceux-ci erroient par principes; aucun d'eux n'a pû jamais rien trouver dans la matiere qui pût prouver qu'elle a l'intelligence par elle-même.

Quatre opinions fur la formation des idées.

Celles des anciens Materialiftes.

Loke paraît le feul qui ait ôté la contradiction entre la matiere & la penfée, en recourant tout d'un coup au Créateur de toute penfée & de toute matiere, & en difant modeftement, *celui qui peut tout ne peut-il pas faire penfer un être materiel, un atome, un élément de la matiere?* Il s'en eft tenu à cette poffibilité en homme fage; affirmer que la matiere penfe en effet, parce que Dieu a pû lui communiquer ce don, feroit le comble de la témérité; mais affirmer le contraire eft-il moins hardi?

Le fecond fentiment & le plus généralement reçu, eft celui, qui établiffant l'ame & le corps comme deux êtres qui n'ont rien de commun, affirme cependant que Dieu les a créés pour agir l'un fur l'autre. La feule preuve qu'on ait de cette action eft l'expérience que chacun croit en avoir; nous éprouvons que nôtre

corps,

corps, tantôt obéit à notre volonté , tantôt la maîtrise ; nous imaginons qu'ils agiffent l'un fur l'autre réellement , parce que nous le fentons , & il nous eft impoffible de pouffer la recherche plus loin.  On fait à ce fyftême une objection qui parait fans replique ; c'eft que fi un objet extérieur, par exemple, communique un ébranlement à nos nerfs, ce mouvement va à notre ame , ou n'y va pas ; s'il y va, il lui communique du mouvement , ce qui fuppoferoit l'ame corporelle ; s'il n'y va point, en ce cas il n'y a plus d'action.  Tout ce qu'on peut répondre à cela, c'eft que cette action eft du nombre des chofes dont le mécanifme fera toujours ignoré ; trifte maniere de conclure, mais prefque la feule qui convienne à l'homme en plus d'un point de Métaphyfique.

Celle de Malebranche. Le troifiéme fyftême eft celui des caufes occafionnélles de Defcartes, pouffés encore plus loin par Malebranche, il commence par fuppofer que l'ame ne peut avoir aucune influence fur le corps , & de-là il s'avance trop ; car de ce que l'influence de l'ame fur le corps ne peut être conçuë, il ne s'enfuit point du tout qu'elle foit impoffible ; il fuppofe enfuite que la matiere , comme caufe occafionelle, fait impreffion fur notre corps, & qu'alors Dieu produit une idée dans notre ame , & que réciproquement l'homme produit un acte de volonté , & Dieu agit immédiatement fur le corps en conféquence de cette volonté ; ainfi l'homme n'agit, ne penfe, que dans Dieu.  Ce qui ne peut, me femble, recevoir un fens clair, qu'en difant que Dieu feul agit & penfe pour nous.

On eft accablé fous le poids des difficultés qui naiffent de cette hypothéfe ; car comment dans ce fyftême l'homme peut-il vouloir lui-même , & ne peut-il pas penfer lui-même ? Si Dieu ne nous a pas donné
la

la faculté de produire du mouvement & des idées, fi c'eſt lui feul qui agit & penſe, c'eſt lui feul qui veut. Non feulement nous ne ſommes plus libres, mais nous ne ſommes rien, ou bien nous ſommes des modifications de Dieu même. En ce cas il n'y a plus une ame, une intelligence dans l'homme, & ce n'eſt pas la peine d'expliquer l'union du corps & de l'ame, puiſqu'elle n'exiſte pas, & que Dieu feul exiſte.

Le quatriéme ſentiment eſt celui de l'harmonie préétablie de Leibnits.   Dans ſon hypothéſe l'ame n'a aucun commerce avec ſon corps ; ce ſont deux horloges que Dieu a faites, qui ont chacune un reſſort, & qui vont un certain tems dans une correſpondance parfaite ; l'une montre les heures, l'autre ſonne. L'horloge qui montre l'heure, ne la montre pas, parce que l'autre ſonne, mais Dieu a établi leur mouvement de façon, que l'éguille & la ſonnerie ſe rapportent continuellement.   Ainſi l'ame de Virgile produiſoit l'Énéïde, & ſa main écrivoit l'Enéïde, fans que cette main obéît en aucune façon à l'intention de l'Auteur ; mais Dieu avoit reglé de tout tems que l'ame de Virgile feroit des vers, & qu'une main attachée au corps de Virgile les mettroit par écrit.

**Celle de Leibnits.**

Sans parler de l'extrême embarras qu'on a encore à concilier la liberté avec cette harmonie préétablie, il y a une objection bien forte à faire, c'eſt que fi ſelon Leibnits rien ne ſe fait ſans une raiſon ſuffiſante, priſe du fond des choſes, quelle raiſon a eu Dieu d'unir enſemble deux êtres incommenſurables, deux êtres auſſi hétérogenes, auſſi infiniment differens que l'ame & le corps, & dont l'un n'influë en rien ſur l'autre ? Autant valoit placer mon ame dans Saturne que dans mon corps ; l'union de l'ame & du corps eſt ici une choſe très-ſuperfluë ; mais le reſte du ſyſtême de Leibnits

eft bien plus extraordinaire ; on en peut voir les fondemens dans le Supplément aux Actes de Leipfik,
tome 7. & on peut confulter les Commentaires que
plufieurs Allemands en ont fait amplement avec une
Méthode toute Géométrique.

    Selon Leibnits, il y a quatre fortes d'êtres fim-
ples, qu'il nomme *monades*, comme on le verra au
Chapitre 8, on ne parle ici que de l'efpece de *monade*
qu'on appelle notre ame. L'ame, dit-il, eft une con-
centration, *un miroir vivant de tout l'Univers*, qui a
en foi toutes les idées confufes de toutes les modifications de ce monde, préfentes, paffées & futures. Neuton, Loke & Clarke, quand ils entendirent parler
d'une telle opinion, marquerent pour elle un auffi
grand mépris, que fi Leibnits n'en avoit pas été l'Auteur ; mais puifque de très-grands Philofophes Allemands fe font faits gloire d'expliquer ce qu'aucun Anglais n'a jamais voulu entendre, je fuis obligé d'expo-
fer avec clarté cette hypothéfe du fameux Leibnits, de-
venuë pour moi plus refpectable depuis que vous en
avez fait l'objet de vos recherches.

    Tout être fimple, créé, dit-il, eft fujet au
changement, fans quoi il feroit Dieu ; l'ame eft un
être fimple, créé, elle ne peut donc refter dans un même état ; mais les corps étant compofés, ne peuvent
faire aucune altération dans un être fimple ; il faut
donc que fes changemens prennent leur fource dans
fa propre nature. Ses changemens font donc des idées
fucceffives des chofes de cet Univers, elle en a quel-
ques-unes de claires ; mais toutes les chofes de cet
Univers, dit Leibnits, font tellement dépendantes l'u-
ne de l'autre, tellement liées entre elles à jamais, que
fi l'ame a une idée claire d'une de ces chofes, elle a
                       néceffai-

néceffairement des idées confufes & obfcures de tout le refte.

On pourroit, pour éclaircir cette opinion, apporter l'exemple d'un homme, qui a une idée claire d'un jeu, il a en même-tems plufieurs idées confufes de plufieurs combinaifons de ce jeu. Un homme qui a actuellement une idée claire d'un triangle, a une idée de plufieurs propriétés du triangle, lefquelles peuvent fe préfenter à leur tour plus clairement à fon efprit. Voilà en quel fens la *monade* de l'homme eft *un miroir vivant de cet Univers.*

Il eft aifé de répondre à une telle hypothéfe, que fi Dieu a fait de l'ame un miroir, il en a fait un miroir bien terne, & que fi on n'a d'autres raifons pour avancer des fuppofitions fi étranges que cette liaifon prétenduë indifpenfable de toutes les chofes de ce monde, on bâtit cet édifice hardi fur des fondemens qu'on n'apperçoit guéres; car quand nous avons une idée claire du triangle, c'eft que nous avons une connaiffance des propriétés effentielles du triangle, & fi les idées de toutes ces propriétés ne s'offrent pas tout d'un coup lumineufement à notre efprit, elles y font cependant, elles font renfermées dans cette idée claire, parce qu'elles ont un rapport néceffaire l'un avec l'autre. Mais tout l'affemblage de l'Univers eft-il dans ce cas? Si vous ôtez une propriété au triangle, vous lui ôtez tout; mais fi vous ôtez à l'Univers un grain de fable, le refte fera-t-il tout changé? Si de cent millions d'êtres qui fe fuivent deux à deux, les deux premiers changent entr'eux de place, les autres en changent-ils néceffairement? Ne confervent-ils pas entre eux les mêmes rapports? De plus les idées d'un homme ont-elles entre elles la même chaîne que l'on fuppofe dans

*Opinion de Leibnits combattuë.*

D 2                    les

les choses de ce monde ? Quelle liaison , quel milieu néceffaire y a-t-il entre l'idée de la nuit & des objets inconnus que je vois en m'éveillant ? Quelle chaîne y a-t-il entre la mort paffagere de l'ame dans un profond fommeil , ou dans un évanouiffement , & les idées que l'on reçoit en reprenant fes efprits ? Quand même il feroit poffible que Dieu eût fait tout ce que Leibnits imagine, faudroit-il le croire fur une fimple poffibilité ? Qu'a-t-il prouvé par tous ces nouveaux efforts ? qu'il avoit un très-grand génie ; mais s'eft-il éclairé, & a-t-il éclaire les autres ? Chofe étrange, nous ne favons pas, comment la terre produit un brin d'herbe, comment une femme fait un enfant , & on croit favoir, comment nous faifons des idées ?

Si l'on veut favoir ce que Neuton penfoit fur l'ame , & fur la maniere dont elle opere , & lequel de tous ces fentimens il embraffoit , je répondrai , qu'il n'en fuivoit aucun. Que favoit donc fur cette matiere celui qui avoit foumis l'infini au calcul, & qui avoit découvert les loix de la pefanteur ? Il favoit douter.

CHA-

# CHAPITRE VII.

## Des premiers principes de la Matiere.

Il ne s'agit pas ici d'examiner quel syftême étoit plus ridicule, ou celui qui faifoit l'eau principe de tout, ou celui qui attribuoit tout au feu, ou celui qui imagine des dez mis fans intervale les uns auprès des autres, & tournant je ne fai comment fur eux-mêmes.

Le fyftême le plus plaufible a toujours été, qu'il y a une matirère premiere indifferente à tout, uniforme & capable de toutes les formes, laquelle differemment combinée, conftituë cet Univers. Les élémens de cette matiere font les mêmes ; elle fe modifie felon les differens moules où elle paffe, comme un métal en fufion devient tantôt une urne, tantôt une ftatuë ; c'étoit l'opinion de Defcartes, & elle s'accorde très-bien avec la chimère de fes trois élémens. Neuton penfoit en ce point fur la matiere comme Defcartes ; mais il étoit arrivé à cette conclufion par une autre voïe. Comme il ne formoit prefque jamais de jugement, qui ne fût fondé, ou fur l'évidence mathématique, ou fur l'expérience ; il crut avoir l'expérience pour lui dans cet examen. L'Illuftre Robert Boyle, le fondateur de la Phyfique en Angleterre, avoit longtems tenu de l'eau dans une cornuë à un feu égal, le Chimifte qui travailloit avec lui crut que l'eau s'étoit enfin changée en terre ; le fait étoit faux, comme l'a depuis prouvé Boerhave, Phyficien auffi exact que Médecin habile ; l'eau s'étoit évaporée, & la terre qui avoit paru en fa place venoit d'ailleurs.

*Examen de la matiere premiere.*

*Méprife de Neuton.*

D 3

A quel

A quel point faut-il fe défier de l'expérience, puifque celle-ci trompa Boyle & Neuton? Ces grands Philofophes n'ont pas fait difficulté de croire, que puifque les parties primitives de l'eau fe changeoient en parties primitives de terre, les élémens des chofes ne font que la même matiere differemment arrangée.

Si une fauffe expérience n'avoit pas conduit Neuton à cette conclufion, il eft à croire qu'il eût raifonné tout autrement.

Je fupplie qu'on life avec attention ce qui fuit.

La feule maniere qui appartienne à l'homme de raifonner fur les objets, c'eft l'Analife. Partir tout d'un coup des premiers principes, n'appartient qu'à Dieu ; & fi l'on peut fans blafphême comparer Dieu à un Architecte, & l'Univers à un Edifice, quel eft le Voyageur, qui en voyant une partie de l'extérieur d'un Bâtiment, ofera tout d'un coup imaginer tout l'artifice du dedans ? Voilà pourtant ce qu'ont ofé faire prefque tous les Philofophes avec mille fois plus de témérité ?

Examinons donc cet Edifice autant que nous le pouvons, que trouvons-nous autour de nous ? des animaux, des végétaux, des minéraux, fous le genre defquels je comprends tous les fels, fouffres &c. du limon, du fable, de l'eau, du feu, de l'air, & rien autre chofe, du moins jufqu'à préfent.

Avant que d'examiner feulement fi ces corps font des mixtes ou non, je me demande à moi-même s'il eft poffible qu'une matiere prétenduë uniforme, qui n'eft en elle-même rien de tout ce qui eft, produife cependant tout ce qui eft.

1°. Qu'eft-

1°. Qu'eſt-ce qu'une matiére premiere qui n'eſt rien des choſes de ce monde, & qui les produit toutes? C'eſt une choſe dont je ne puis avoir aucune idée, & que par conſéquent je ne dois point admettre, il eſt bien vrai que je ne puis me former en général l'idée d'une ſubſtance étenduë impénétrable & figurable, ſans déterminer ma penſée à du ſable ou à du limon, ou à de l'or &c. mais cependant ou cette matiere eſt réellement quelqu'une de ces choſes ou elle n'eſt rien du tout; de même je puis penſer à un triangle en général, ſans m'arrêter au triangle équilateral, au ſcalene à l'Iſoſcele &c. mais il faut pourtant qu'un triangle qui exiſte, ſoit l'un de ceux-là. Cette idée ſeule bien peſée ſuffit peut-être pour détruire l'opinion d'une matiere premiere.

2°. Si la matiere quelconque miſe en mouvement ſuffiſoit pour produire ce que nous voyons ſur la terre, il n'y auroit aucune raiſon pour laquelle de la pouſſiere bien remuée dans un tonneau ne pourroit produire des hommes & des arbres, ni pourquoi un champ ſemé de bled ne pourroit pas produire des Baleines & des Ecreviſſes au lieu de froment.

C'eſt en vain qu'on répondroit que les moules & les filieres qui reçoivent les ſemences s'y oppoſent; car il en faudra toujours revenir à cette queſtion, pourquoi ces moules, ces filieres ſont-elles ſi invariablement déterminées?

Or ſi aucun mouvement, aucun art n'a jamais pû faire venir des poiſſons au lieu de bled dans un champ, ni des neffles au lieu d'un agneau dans le ventre d'une brebis, ni des roſes au haut d'un chêne, ni des ſoles dans une ruche d'abeilles, &c. ſi toutes les eſpeces ſont invariablement les mêmes, ne dois-je pas croire d'abord avec quelque raiſon, que toutes les eſpéces ont

D 4          été

été déterminées par le Maître du monde ; qu'il y a
autant de desseins differens, qu'il y a d'espèces differentes, & que de la matière & du mouvement, il ne
naîtroit qu'un cahos éternel sans ces desseins.

Toutes les expériences me confirment dans ce
sentiment.  Si j'examine d'un côté un homme ou
un ver à soye, & de l'autre un oiseau & un poisson,
je les vois tous formés dès le commencement des choses ; je ne vois en eux qu'un dévelopement.  Celui de
l'homme & de l'insecte ont quelques rapports & quelques differences ; celui du poisson & de l'oiseau en ont
d'autres ; nous sommes un ver avant que d'être reçus
dans la matrice de notre mere, nous devenons Crisa-
lides, Nimphes dans l'Uterus, lorsque nous sommes
dans cette enveloppe qu'on nomme coëffe, nous en
sortons avec des bras & des jambes comme le ver devenu moucheron sort de son tombeau avec des aîles &
des pieds, nous vivons quelques jours comme lui, &
notre corps se dissout ensuite comme le sien.  Parmi
les reptiles les uns sont ovipares les autres vivipares,
chez les poissons la femelle est feconde sans les appro-
ches du mâle, qui ne fait que passer sur les œufs depo-
sés pour les faire éclore.  Les pucerons, les huitres &c.
produisent leurs semblables, eux seuls, & sans le me-
lange de deux sexes.  Les polipes ont en eux de quoi
faire renaître leurs têtes quand on les leur a coupées.
Il revient des pattes aux ecrevisses.  Les végétaux, les
mineraux se forment tout differemment.  Chaque
genre d'être est un monde à part ; & bien loin qu'une
matiere aveugle produise tout par le simple mouvement, il est bien vrai-semblable que Dieu a formé
une infinité d'êtres avec des moyens infinis, parce
qu'il est infini lui-même.

Voilà

Voilà d'abord ce que je foupçonne en confidérant la nature. Mais fi j'entre dans le détail, fi je fais des expériences de chaque chofe, voici ce qui en réfulte.

Je vois des mixtes tels que les végétaux & les animaux que je décompofe, & dont je tire quelques élémens grofliers, l'efprit, le phlegme, le fouffre, le fel, la tête morte. Je vois d'autres corps, tels que des métaux, des mineraux, dont je ne peux jamais tirer autre chofe que leurs propres parties plus attenuées. Jamais de l'or pur n'a pû donner que de l'or; jamais avec du mercure pur on n'a pû avoir que du mercure. Du fable, de la bouë fimple, de l'eau fimple, n'ont pû être changés en aucune autre efpéce d'êtres.

Que puis-je en conclure, finon que les végétaux & les animaux font compofés de ces autres êtres primitifs qui ne fe décompofent jamais; ces êtres primitifs inaltérables font les élémens des corps; l'homme & le moucheron font donc un compofé des parties minérales de fange, de fable, de feu, d'air, d'eau, de fouffre, de fel, & toutes ces parties primitives, indécompofables à jamais, font des élémens dont chacun a fa nature propre & invariable.

Pour ofer affurer le contraire, il faudroit avoir vû des tranfmutations; mais quelqu'un en a-t-il jamais découvert par le fecours de la Chymie? La pierre philofophale n'eft-elle pas regardée comme impoffible par tous les efprits fages? Eft-il plus poffible dans l'état préfent de ce monde, que du fel foit changé en fouffre, de l'eau en terre, de l'air en feu, que de faire de l'or avec de la poudre de projection?

*(marginal note:)* Il n'y a point de tranfmutations véritables.

Quand les hommes ont crû aux tranfmutations proprement dites, n'ont-ils point en cela été trom-

pés

pés par l'apparence, comme ceux qui ont crû que le
Soleil marchoit.    Car à voir du bled & de l'eau se
convertir dans les corps humains en sang & en chair,
qui n'auroit crû les transmutations ? Cependant tout
cela est-il autre chose que des sels, des souffres, de la
fange &c. differemment arrangés dans le bled & dans
notre corps ?    Plus j'y fais réflexion, plus une méta-
morphose prise à la rigueur me semble n'être autre
chose qu'une contradiction dans les termes.   Pour que
les parties primitives de sel se changent en parties primitives d'or, il faut, je crois, deux choses, anéantir
ces élémens de sel, & créer des élemens de l'or; voilà au fonds ce que c'est que ces prétenduës métamor-
phoses d'une matiere homogene & uniforme, admise
jusqu'ici par tant de Philosophes ; & voici ma preuve.

Il est impossible de concevoir l'immutabilité des
espéces, sans qu'elles soient composées de principes
inaltérables.   Pour que ces principes, ces premieres
parties constituantes ne changent point, il faut qu'elles
soient parfaitement solides, & par conséquent toujours
de la même figure; si elles sont telles elles ne peuvent
pas devenir d'autres élémens ; car il faudroit qu'elles
reçussent d'autres figures; donc puisqu'il est impossible
que dans la constitution présente de cet Univers, l'élément qui sert à faire un du sel soit changé en l'élément
du mercure, il faudroit, pour faire un élément de sel,
â la place d'un élément du mercure, anéantir un de
ces élémens, & en créer un autre en sa place.   Je ne
sai comment Neuton, qui admettoit des atomes, n'en
avoit pas tiré cette induction si naturelle. Il reconnais-
soit de vrais atomes, des corps indivisibles comme
Gassendi ; mais il étoit arrivé à cette assertion par ses
Mathématiques ; en même tems il croyoit que ces
atomes, ces élémens indivisés se changeoient conti-
nuelle-

Neuton ad-
met des ato-
mes.

nuellement les uns en les autres. Neuton étoit homme ; il pouvoit fe tromper comme nous.

On demandera ici fans doute comment les germes des chofes étant durs, & indivifés, ils peuvent s'accroître & s'étendre ; ils ne s'accroiffent probablement que par affemblage, par contiguité ; plufieurs atomes d'eau forment une goute, & ainfi du refte.

Il reftera à favoir comment cette contiguité s'opere, comment les parties des corps font liées entre elles. Peut-être eft-ce un des fecrets du Créateur, lequel fera inconnu à jamais aux hommes ; pour favoir comment les parties conftituantes de l'or forment un morceau d'or, il femble qui il faudroit voir ces parties.

S'il étoit permis de dire que l'attraction eft probablement caufe de cette adhefion & de cette continuité de la matiere, c'eft ce qu'on pourroit avancer de plus vraifemblable ; car en vérité s'il eft démontré, comme nous le verrons, que toutes les parties de la matiere gravitent les unes fur les autres, quelle qu'en foit la caufe, peut-on rien penfer de plus naturel, finon que les corps qui fe touchent en plus de points, font les plus unis enfemble par la force de cette gravitation ; mais ce n'eft pas ici le lieu d'entrer dans ce détail Phyfique.

# CHAPITRE VIII.

## *De la nature des Elémens de la Matiere, ou des Monades.*

**Sentiment de Neuton.** Si on a jamais dû dire *audax Japeti genus*, c'eſt dans la recherche que les hommes ont oſé faire de ces premiers Elémens, qui ſemblent être placés à une diſtance infinie de la ſphere de nos connaiſſances, peut-être n'y a-t-il rien de plus modeſte que l'opinion de Neuton, qui s'eſt borné à croire que les Elémens de la matiere ſont de la matiere ; c'eſt-à-dire un être étendu & impénétrable dans la nature intime duquel l'entendement ne peut fouiller, que Dieu peut le diviſer à l'infini comme il peut l'anéantir ; mais qu'il ne le fait pourtant pas, & qu'il tient ces parties étenduës & inſécables pour ſervir de baſe à toutes les produ-ctions de l'Univers.

**Sentiment de Leibnits.** Peut-être d'un autre côté n'y a-t-il rien de plus hardi que l'eſſor qu'a pris Leibnits en partant de ſon principe de la *raiſon ſuffiſante*, pour pénétrer s'il ſe peut juſques dans le ſein des cauſes & dans la nature inexplicable de ces Elémens. Tout corps, dit-il, eſt compoſé de parties étenduës ; mais ces parties étenduës, de quoi ſont-elles compoſées ? Elles ſont actuellement, continuë-t-il, diviſibles & diviſées à l'infini, vous ne trouvez donc jamais que de l'étenduë. Or dire que l'étenduë eſt la raiſon ſuffiſante de l'étenduë, c'eſt faire un cercle vicieux, c'eſt ne rien dire ; il faut donc trouver la raiſon, la cauſe des êtres étendus dans des êtres qui ne le ſont pas, dans des êtres ſimples, dans des *Monades*; la matiere n'eſt donc rien qu'un aſſemblage d'êtres ſimples ; on a vû au Chapitre de l'Ame, que ſelon Leib-nits,

nits, chaque être fimple eft fujet au changement; mais
fes altérations, fes déterminations fuccefllives qu'il reçoit, ne peuvent venir du dehors par la raifon que cet
être eft fimple, intangible, & n'occupe point de place; il a donc la fource de tous fes changemens en
lui-même à l'occafion des objets extérieurs; il a donc
des idées; mais il a un rapport néceffaire avec toutes
les parties de l'Univers; il a donc des idées relatives à
tout l'Univers, les Elémens du plus vil excrément ont
donc un nombre infini d'idées : leurs idées, à la vérité, ne font pas bien claires, elles n'ont pas l'*aper*-
*ception*, comme dit Leibnits, elles n'ont pas en elles
le témoignage intime de leurs penfées, mais elles ont
des *perceptions* confufes du préfent, du paffé, & de
l'avenir; il admet quatre efpeces de *Monades*. 1°. Les
Elémens de la matiere qui n'ont aucune penfée claire.
2°. Les *Monades* des bêtes qui ont quelques idées claires & aucunes diftinctes. 3°. Les *Monades* des efprits
finis qui ont des idées confufes, des claires, des diftinctes. 4°. Enfin la *Monade* de Dieu qui n'a que des
idées adéquates.

Les Philofophes Anglais, je l'ai déja dit, qui ne
refpectent point les noms, ont répondu à tout cela en
riant; mais il ne m'eft permis de réfuter Leibnits
qu'en raifonnant; il me femble que je prendrois la
liberté de dire à ceux qui ont accrédité de telles opinions; tout le monde convient avec vous du principe
de la raifon fuffifante; mais en tirez-vous ici une conféquence bien jufte. 1°. Vous admettez la matiere
actuellement divifible à l'infini, la plus petite partie
n'eft donc pas poffible à trouver. Il n'y en a point
qui n'ait des côtés, qui n'occupe un lieu, qui n'ait
une figure, comment donc voulez-vous qu'elle ne foit
formée que d'être fans figure, fans lieu, & fans côtés,
ne

ne heurtez-vous pas le grand principe de la *contradiction* en voulant suivre celui de la *raison suffisante* ?

2°. Est-il bien suffisamment raisonnable, qu'un
composé n'ait rien de semblable à ce qui le compose ?
Que dis-je rien de semblable ? Il y a l'infini entre un
être simple & un être étendu, & vous voulez que l'un
soit fait de l'autre ; celui qui diroit que plusieurs Elémens de fer forment de l'or, que les parties constituantes du sucre font de la coloquinte, diroit-il quelque chose de plus révoltant ?

3°. Pouvez-vous bien avancer qu'une goute d'u-
rine soit une infinité de *Monades*, & que chacune d'elles ait les idées, quoiqu'obscures, de l'Univers entier,
& cela, parce que selon vous tout est plein, parce
que dans le plein tout est lié, parce que tout étant lié
ensemble, & une *Monade* ayant nécessairement des
idées, elle ne peut avoir une perception qui ne tien-
ne à tout ce qui est dans le monde.

Mais est-il prouvé que tout est plein, malgré la
foule des Argumens Métaphysiques & Physiques en
faveur du vuide ? Est-il prouvé que tout étant plein
votre prétenduë *Monade* doive avoir les inutiles idées
de tout ce qui se passe dans ce plein : J'en appelle à votre
conscience, ne sentez-vous pas combien un tel systême
est purement d'imagination ; l'aveu de l'humaine ignorance sur les Elémens de la matiere n'est-il pas au-dessus
d'une science si vaine ? Quel emploi de la Logique & de la
Géométrie lorsqu'on fait servir ce fil à s'égarer dans
un tel labyrinthe, & qu'on marche méthodiquement
vers l'erreur avec de flambeau même destiné à
nous éclairer ?

CHA-

# CHAPITRE IX.

*De la Force Active, qui met tout en mouve-
ment dans l'Univers.*

Je suppose d'abord que l'on convient que la matiere
ne peut avoir le mouvement par elle-même ; il
faut donc qu'elle le reçoive d'ailleurs ; mais elle ne
peut le recevoir d'une autre matiere, car ce seroit
une contradiction ; il faut donc qu'une cause immatérielle produise le mouvement. Dieu est cette cause
immatérielle, & on doit ici bien prendre garde que
cet axiome vulgaire, Qu'il ne faut point recourir à
Dieu en Philosophie, n'est bon que dans les choses
que l'on doit expliquer par les causes prochaines Physiques ; par exemple, je veux expliquer pourquoi un
poids de quatre livres est contrepesé par un poids d'u-
ne livre ; si je dis que Dieu l'a ainsi reglé, je suis un
ignorant ; mais je satisfais à la question, si je dis que
c'est parce que le poids d'une livre est quatre fois autant éloigné du point d'appui que le poids de quatre
livres. Il n'en est pas de même des premiers principes des choses ; c'est alors que ne pas recourir à Dieu,
est d'un ignorant ; car ou il n'y a point de Dieu, ou
il n'y a de premiers principes que dans Dieu.

C'est lui qui a imprimé aux Planetes la force
avec laquelle elles vont d'Occident en Orient, c'est
lui qui fait mouvoir ces Planetes, & le Soleil sur leurs
axes.

Il a imprimé une loi à tous les corps par laquelle
ils tendent tous également à leur centre. Enfin il
a formé des animaux auxquels il a donné une force
active avec laquelle ils font naître du mouvement.

La

La grande queſtion eſt de ſavoir, ſi cette force donnée de Dieu pour commencer le mouvement eſt toujours la même dans la nature.

S'il y a toujours même quantité de forces dans le monde.

Deſcartes, ſans faire mention de la force, avançoit ſans preuve qu'il y a toujours quantité égale de mouvement, & ſon opinion étoit d'autant moins fondée que les loix même du mouvement lui étoient abſolument inconnuës.

Leibnits, venu dans un tems plus éclairé, a été obligé d'avouer avec Neuton qu'il ſe perd du mouvement ; mais il prétend que quoique la même quantité de mouvement ne ſubſiſte pas, la force ſubſiſte toujours la même.

Neuton au contraire étoit perſuadé qu'il implique contradiction, que le mouvement ne ſoit pas proportionnel à la force.

Avant que d'entrer ſur cela dans aucune diſcuſſion mécanique, il faut prendre les choſes dans leur nature même ; car le Métaphyſicien doit toujours conduire le Géometre.

Examen de la force.

Un homme a une certaine quantité de force active, mais où étoit cette force avant ſa naiſſance ? Si on dit qu'elle étoit dans le germe de l'enfant, qu'eſt-ce qu'une force qu'on ne peut exercer ? Mais quand il eſt devenu homme, n'eſt-il pas libre ? Ne peut-il pas employer plus ou moins de ſa force ? Je ſuppoſe qu'il exerce une force de trois cens livres pour mouvoir une machine ; je ſuppoſe comme il eſt poſſible qu'il a exercé cette force en baiſſant un levier, & que la machine attachée à ce levier eſt dans le recipient du vuide ; la machine peut acquerir aiſément une force de deux mille livres.

L'opération étant faite, le bras retiré, le levier ôté, le poids immobile, je demande, ſi de le peu de

matie-

matiere qui étoit dans le recipient, a reçû de la machine une force de deux mille livres , toutes ces considérations ne font-elles pas voir, que la force active se repare & se perd continuellement dans la nature? Que l'on fasse un peu d'attention à cet Argument-ci.

Il ne peut y avoir de mouvement sans vuide; or qu'un corps A. B. C. D. reçoive une impression dans toutes ses parties , je demande si les parties B. C. D. derriere lesquelles il n'y aura aucun corps, ne perdront point de mouvement , & si les parties B C perdent leur mouvement, ne perdent-elles pas évidemment leur force?

Ecoutons maintenant Neuton. & l'expérience pour terminer cette dispute Métaphysique. Le mouvement, dit-il, se produit & se perd. Mais à cause de la tenacité des fluides & du peu d'élasticité des solides, il se perd beaucoup plus de mouvement qu'il n'en renaît dans la nature.

Cela posé, si on considere cet axiome indubitable, que l'effet est toujours proportionnel à la cause; là où le mouvement diminuë, la force diminuë necessairement aussi, il faudroit donc, pour conserver toujours la même quantité de forces dans l'Univers, que ce principe (que la cause est proportionelle à l'effet) cessât d'être vrai.

On a crû que pour conserver toujours cette même force dans la nature, il suffisoit de changer la maniere ordinaire d'estimer cette force : au lieu donc que Mersenne, Descartes, Neuton, Mariotte, Varignon, &c. ont toujours après Archimede mesuré le mouvement d'un corps en multipliant sa masse par sa vitesse, les Leibnits, les Bernoullis, les Hermans, les Polenis, les s'Gravesande, les Wolffs, &c. ont multiplié la masse par le quarré de la vitesse. **Maniere de calculer la force.**

E Cette

Cette difpute a partagé l'Europe ; mais enfin il me femble qu'on reconnaît que c'eft au fond une difpute de mots. Il eft impoffible que ces grands Philofophes, quoique diamétralement oppofés, fe trompent dans leurs calculs. Ils font également juftes; les effets mécaniques répondent également à l'une & à l'autre maniere de compter. Il y a donc indubitablement un fens dans lequel ils ont tous raifon. Or ce point où ils ont raifon eft celui qui doit les réunir, & le voici ; comme le Docteur Clarke l'a indiqué le premier, quoiqu'un peu durement.

**Conclufion des deux partis.** Si vous confiderez le tems dans lequel un mobile agit, fa force eft au bout de ce tems comme le quarré de fa viteffe par fa maffe. Pourquoi ? parce que l'efpace parcouru par la maffe eft comme le quarré du tems dans lequel il eft parcouru. Or le tems eft comme la viteffe ; donc alors le corps qui a parcouru cet efpace dans ce tems, agit au bout de ce tems par fa maffe, multipliée par le quarré de fa viteffe ; ainfi lorfque la maffe 2. parcourt en deux tems un efpace quelconque avec deux dégrés de viteffe, au bout de ce tems fa force eft 2. multipliée par le quarré de fa viteffe 2. le tout fait 8. & le corps fait une impreffion comme 8. en ce cas les Leibnitiens n'ont pas tort. Mais auffi les Cartéfiens & les Neutoniens réunis ont grande raifon, quand ils confiderent la chofe d'un autre fens ; car ils difent, en tems égal un corps du poids de quatre livres, avec un dégré de viteffe, agit précifément comme un poids d'une livre avec quatre dégrés de viteffe., & les corps élaftiques qui fe choquent, rejailliffent toujours en raifon réciproque de leur viteffe & de leur maffe ; c'eft-à-dire, qu'une boule double avec un mouvement comme un, & une boule fous-double avec un mouvement comme deux, lancées l'une contre l'autre,

arri-

arrivent en tems égal, & réjailliffent à des hauteurs
égales, donc il ne faut pas confidérer ce qui arrive à
des mobiles dans des tems inégaux, mais dans des
tems égaux, & voilà la fource du mal entendu. Donc
la nouvelle maniere d'envifager les forces eft vraie en
un fens, & fauffe en un autre, donc elle ne fert qu'à
compliquer, qu'à embrouiller une idée fimple, donc il
faut s'en tenir à l'ancienne regle. Que conclure de ces
deux manieres d'envifager les chofes? Il faut que tout
le monde convienne que l'effet eft toujours proportio-
nel à la caufe; or s'il périt du mouvement dans l'Univers, donc la force qui en eft caufe périt auffi. Voilà ce que penfoit Neuton fur la plûpart des queftions
qui tiennent à la Métaphyfique; c'eft à vous à juger
entre lui & Leibnits.

Je vais paffer à fes découvertes en Phyfique.

REPON-

\* \* \* \* \* \* \* \* \* \* \* \* \* \* \* \* \* \*

# RÉPONSE

## A MONSIEUR

# MARTIN KAHLE,

### PROFESSEUR ET DOYEN DES PHILOSOPHES

#### de Gœttingen,

*Au sujet des Questions métaphysiques ci-dessus.*

## MONSIEUR LE DOYEN,

Je suis bien-aise d'apprendre au public, que vous avez écrit contre moi un petit livre. Vous m'avez fait beaucoup d'honneur. Vous rejettez page 17, la preuve de l'existence de Dieu tirée des causes finales. Si vous aviez raisonné ainsi à Rome, le Révérend Pere Jacobin, Maître du Sacré Palais, vous auroit mis à l'inquisition : Si vous aviez écrit contre un Théologien de Paris, il auroit fait censurer votre proposition par la Sacrée Faculté ; Si contre un Enthousiaste, il vous eut dit des injures, &c. &c. mais je n'ai l'honneur d'être ni Jacobin, ni Théologien, ni Enthousiaste. Je vous laisse dans votre opinion,

nion, & je demeure dans la mienne. Je ferai toujours
perfuadé, qu'une horloge prouve un horloger & que
l'Univers prouve un Dieu. Je fouhaite, que vous *vous*
entendiez vous-même fur ce que vous dites de l'efpace
& de la durée, & de la néceffité, de la matiere, &
des monades, & de l'harmonie préétablie, & je vous
renvoye à ce que j'en ai dit en dernier lieu dans cette nouvelle édition, où je voudrois bien m'etre entendu, ce qui n'eft pas une petite affaire en métaphyfique.

Vous citez à propos de l'efpace, & de l'infini,
la Medée de Seneque, les Philippiques de Ciceron,
les Métamorphofes d'Ovide, des vers du Duc de Bu-
ckinkam, de Gombaud, de Regnier, de Rapin, &c.
J'ai à vous dire, Monfieur, que je fai bien autant de
vers que vous, que je les aime autant que vous, &
que s'il s'agiffoit de vers nous verrions beau jeu; mais
je les crois peu propres à éclaircir une queftion métaphyfique, fuffent-ils de Lucréce, ou du Cardinal de
Polignac. Au refte, fi jamais vous comprenez quelque chofe aux monades, à l'harmonie préétablie, &
pour citer des vers:

Si Monfieur le Doyen peut jamais concevoir,
Comment tout étant plein tout a pû fe mouvoir;

Si vous découvrez auffi comment tout étant néceffaire l'homme eft libre, vous me ferez plaifir de m'en
avertir. Quand vous aurez auffi demontré en vers ou

. E 3                    autre-

autrement, pourquoi tant d'hommes s'égorgent dans le meilleur des mondes possibles, je vous serai très-obligé.

J'attends vos raisonnemens, vos vers, vos invectives, & je vous proteste du meilleur de mon cœur, que ni vous ni moi ne savons rien de cette question. J'ai d'ailleurs l'honneur d'être &c.

SECON.

# SECONDE
# PARTIE.

# PHYSIQUE
# NEUTONIENNE.

## *Introduction.*

**M**on principal but dans la recherche, que je
vais faire, eſt de me donner à moi-même,
& peut-être, à quelques Lecteurs, des idées
nettes de ces loix primitives de la nature,
que Neuton a trouvées. J'examinerai juſqu'où on a
été avant lui, d'où il eſt parti, où il s'eſt arrêté, &
quelquefois ce qu'on a encore trouvé après lui-même.
Je commencerai par la lumiere qu'il a ſeul bien connuë; je finirai par l'Examen de la peſanteur, & de
cette Loi générale de la gravitation ou de l'attraction,
reſſort univerſel de la nature, dont on ne doit qu'à lui
la découverte.

On tâchera de mettre ces *Elémens* à la portée de
ceux qui ne connaiſſent de Neuton & de la Philoſophie que le nom ſeul. La ſcience de la nature eſt un
bien qui appartient à tous les hommes. Tous voudroient avoir connaiſſance de leur bien, peu ont le
tems ou la patience de le calculer ; Neuton a compté

pour

pour eux.　Il faudra ici fe contenter quelquefois de la fomme de ces calculs.　Tous les jours un homme public, un Miniftre, fe forme une idée jufte du réfultat des opérations que lui-même n'a pû faire; d'autres yeux ont vû pour lui, d'autres mains ont travaillé, & le mettent en état par un compte fidéle de porter fon jugement.　Tout homme d'efprit fera à peu près dans le cas de ce Miniftre.

La Philofophie de Neuton a femblé jufqu'à préfent à beaucoup de perfonnes auffi inintelligible que celle des Anciens; mais l'obfcurité des Grecs venoit de ce qu'en effet ils n'avoient point de lumiere, & les ténébres de Neuton viennent de ce que fa lumiere étoit trop loin de nos yeux.　Il a trouvé des vérités; mais il les a cherchées & placées dans un abîme; il faut y defcendre & les apporter au grand jour.

# CHAPITRE I.

### Premieres recherches sur la Lumiere, & comment elle vient à nous. Erreurs de Descartes à ce sujet.

Les Grecs, & ensuite tous les Peuples barbares, qui ont appris d'eux à raisonner & à se tromper, ont dit de siécle en siécle : „La Lumiere est un accident, „& cet accident est l'acte du transparent en tant que „transparent ; les couleurs sont ce qui meut les corps „transparens. Les corps lumineux & colorés ont des „qualités semblables à celles qu'ils excitent en nous „par la grande raison que rien ne donne ce qu'il n'a „pas. Enfin la lumiere & les couleurs sont un mé-„lange du chaud, du froid, du sec & de l'humide ; „car l'humide, le sec, le froid, & le chaud étant les „principes de tout, il faut bien que les couleurs en „soient un composé. „

Définition singuliere par les Péripatéticiens.

C'est cet absurde Galimatias que des Maîtres d'ignorance, payés par le Public, ont fait respecter à la crédulité humaine pendant tant d'années : c'est ainsi qu'on a raisonné presque sur tout jusqu'aux tems des Galilées & des Descartes. Long-tems même après eux, ce jargon qui deshonore l'entendement humain, a subsisté dans plusieurs Ecoles. J'ose dire, que la raison de l'homme, ainsi obscurcie, est bien au-dessous de ces connaissances si bornées, mais si sûres, que nous appellons *instinct* dans les brutes. Ainsi nous ne pouvons trop nous féliciter d'être nés dans un tems & chez un Peuple, où l'on commence à ouvrir les yeux ; & à jouir du plus bel appanage de l'humanité, l'usage de la raison.

Tous

Tous les prétendus Philosophes ayant donc deviné au hasard à travers le voile qui couvroit la Nature, Descartes est venu qui a levé un coin de ce grand voile. Il a dit : La Lumiere est une matiere fine & déliée, & qui frappe nos yeux. Les couleurs sont les sensations que Dieu excite en nous, selon les divers mouvemens qui portent cette matiere à nos organes. Jusques-là Descartes a eu raison ; il falloit, ou qu'il s'en tînt là, ou qu'en allant plus loin, l'expérience fût son guide. Mais il étoit possedé de l'envie d'établir un Systême. Cette passion fit dans ce grand Homme ce que font les passions dans tous les hommes ; elles les entraînent au-delà de leurs principes.

*L'Esprit Systématique a égaré Descartes.*

Il avoit posé pour premier fondement de la Philosophie, qu'il ne falloit rien croire sans évidence ; & cependant, au mépris de sa propre regle, il imagine trois Elémens formés des cubes prétendus qu'il suppose avoir été faits par le Créateur, & s'être brisés en tournant sur eux-mêmes, lorsqu'ils sortirent des mains de Dieu. Ces trois Elémens imaginaires, sont, comme on sait :

*Son Systême.*

La partie la plus épaisse de ces cubes & c'est cet Elément grossier dont se formerent, selon lui, les corps solides des Planetes, les Mers, l'Air même.

La poussiere impalpable, que le brisement de ces dez avoit produite, & qui remplit à l'infini les interstices de l'Univers infini dans lequel il ne suppose aucun vuide.

Les milieux de ces prétendus dez brisés, atténués également de tous côtés, & enfin arrondis en boules, dont il lui plaît de faire la lumiere, & qu'il répand gratuitement dans l'Univers.

Plus

Plus ce Syſtême étoit ingénieuſement imaginé, Faux.
plus vous ſentez qu'il étoit indigne d'un Philoſophe ;
& puiſque rien de tout cela n'eſt prouvé, autant valoit
adopter le froid & le chaud, le ſec & l'humide. Erreur pour erreur, qu'importe laquelle domine ?

Selon Deſcartes, la lumiere ne vient point à nos
yeux du Soleil ; mais c'eſt une matiere globuleuſe répanduë par tout, que le Soleil pouſſe, & qui preſſe
nos yeux comme un bâton pouſſé par un bout preſſe
à l'inſtant à l'autre bout. Il étoit tellement perſuadé
de ce Syſtême, que dans ſa dix - ſeptiéme Lettre du
troiſiéme Tome, il dit & répete poſitivement : *J'a-*
*voüe que je ne ſai rien en Philoſophie, ſi la lumiere du*
*Soleil n'eſt pas tranſmiſe à nos yeux en un inſtant.*

En effet, il faut avouer que, tout grand génie
qu'il étoit, il ſavoit encore peu de choſe en vraie Philoſophie ; il lui manquoit l'expérience du ſiécle qui
l'a ſuivi. Ce ſiécle eſt autant ſupérieur à Deſcartes, que
Deſcartes l'étoit à l'Antiquité.

1°.) Si la Lumiere étoit un fluide toujours ré- Du mouve-
panduë dans l'air, nous verrions clair la nuit, puiſque ment pro-
greſſif de la
le Soleil, ſous l'Hémiſphére, pouſſeroit toujours ce lumiere.
fluide de la Lumiere en tout ſens, & que l'impreſſion
en viendroit à nos yeux. La Lumiere circuleroit
comme le ſon. Nous verrions un objet au-delà d'une
montagne ; enfin nous n'aurions jamais un ſi beau
jour que dans une Eclipſe centrale du Soleil ; car la
Lune, en paſſant entre-nous & cet Aſtre, preſſeroit
(au moins ſelon Deſcartes) les globules de la Lumiere,
& ne feroit qu'augmenter leur action.

2°.) Les rayons qu'on détourne par un Priſme,
& qu'on force de prendre un nouveau chemin, dé-
montrent que la Lumiere ſe meut effectivement, &
n'eſt

n'eſt pas un amas de globules ſimplement preſſés, la Lumiere ſuit trois chemins differens en entrant dans un Priſme ; ſes trois routes dans l'air, dans le Priſme, & au ſortir du Priſme ſont differentes ; bien plus elle accelere ſon mouvement dans le corps du Priſme ; n'eſt-il donc pas un peu étrange de dire qu'un corps, qui change viſiblement trois fois de place, & qui augmente ſon mouvement, ne ſe remuë point, & cependant il vient de paraître un Livre dans lequel on oſe dire que la progreſſion de la lumiere eſt une abſurdité.

*3°.)* Si la Lumiere étoit un amas de globules, un fluide exiſtant dans l'air & en tout lieu, un petit trou qu'on pratique dans une chambre obſcure, devroit l'illuminer toute entiere ; car la Lumiere, pouſſée alors en tout ſens dans ce petit trou, agiroit en tout ſens comme des boules d'yvoire rangées en rond ou en quarrée s'écarteroient toutes, ſi un ſeule d'elles étoit fortement preſſée ; mais il arrive tout le contraire, la Lumiere reçuë par un petit orifice lequel ne laiſſe paſſer qu'un petit Cone de rayons & va à vingt-cinq pieds, éclaire à peine un demi pied de l'endroit qu'elle frappe.

*4°.)* On ſait, que la lumiere, qui émane du Soleil juſqu'à nous, traverſe à peu près en huit minutes ce chemin immenſe qu'un boulet de canon conſervant ſa viteſſe ne feroit pas en vingt-cinq années.

**Erreur du Spectacle de la nature.** L'Auteur du Spectacle de la Nature, Ouvrage très-eſtimable, eſt tombé ici dans une mépriſe, qui peut égarer les commençants pour leſquels ſon livre eſt fait. Il dit, que la lumiere vient en *ſept minutes des Etoiles, ſelon Neuton* ; il a pris les Etoiles pour le Soleil. La lumiere émane des Etoiles les plus prochaines en ſix mois, ſelon un certain calcul fondé ſur

des

des expériences très-délicates & très-fautives. Ce n'eſt point Neuton, c'eſt Hugens & Hartſœker, qui ont fait cette ſuppoſition. Il dit encore, pour prouver que Dieu créa la lumiere avant le Soleil, *que la lumiere eſt répanduë par toute la Nature, & qu'elle ſe fait ſentir, quand les Aſtres lumineux la pouſſent;* mais il eſt démontré qu'elle arrive des Etoiles fixes en un tems très-long. Or, ſi elle fait ce chemin, elle n'étoit donc point répanduë auparavant. Il eſt bon de ſe précautionner contre ces erreurs, que l'on répete tous les jours dans beaucoup de Livres qui ſont l'écho les uns des autres.

Voici en peu de mots la ſubſtance de la Démonſtration ſenſible de Römer, que la lumiere employe ſept à huit minutes dans ſon chemin du Soleil à la Terre.

On obſerve de la Terre en C ce ſatellite de Jupiter, qui s'éclipſe régulierement une fois en quarante-deux heures & demie. Si la Terre étoit immobile, l'Obſervateur en C verroit en trente fois quarante deux-heures & demie, trente émerſions de ce Satellite, mais au bout de ce tems, la Terre ſe trouve en D alors l'Obſervateur ne voit plus cette émerſion préciſement au bout de trente fois quarante-deux heures & demie, mais il faut ajouter le tems que la lumiere met à ſe mouvoir de C en D, & ce tems eſt ſenſiblement conſidérable. Mais cet eſpace C D eſt encore moins grand que l'eſpace G H dans ce Cercle. Or ce Cercle eſt le grand Orbe que décrit la Terre, le Soleil eſt au milieu; la lumiere en venant du Satellite de Jupiter, traverſe C D en dix minutes, & G H en quinze ou ſeize minutes. Le Soleil eſt entre G & H donc la lumiere vient du Soleil en ſept ou huit minutes.

*Démonſtration du mouvement de la lumiere, par Römer. Figure 1.*

Cette

Cette belle obfervation fut long-tems conteftée, enfin on a été forcé de convenir de l'expérience, & le préjugé a tâché d'éluder l'expérience même. Elle prouve tout au plus ( dit - on ) que la matiere de la lumiere exiftant dans l'efpace, & contiguë du Soleil à nos yeux, met fept à huit minutes, à nous transmettre l'impreffion du Soleil ; mais ne devroit-on pas voir qu'une telle réponfe faite au hazard contredit manifeftement tous les principes mécaniques ? Defcartes favoit bien, & il avoit dit, que fi la matiere lumineufe étoit comme un long bâton preffée par le Soleil à un bout, l'impreffion s'en communiqueroit à l'inftant à l'autre bout. Donc fi un Satellite de Jupiter preffoit une prétenduë matiere lumineufe confidérée comme un fil de globules, roide, étendu jufqu'à nos yeux, nous ne verrions point l'emerfion de ce Satellite après plufieurs minutes, mais dans l'inftant de l'émerfion même.

Si pour dernier fubterfuge on fe retranche à dire que la matiere lumineufe doit être regardée, non comme un corps roide, mais comme un fluide, on retombe alors dans l'erreur indigne de tout Phyficien, laquelle fuppofe l'ignorance de l'action des fluides, car ce fluide agiroit en tout fens, & il n'y auroit, comme on l'a dit, jamais de nuit ni d'Eclipfe. Le mouvement feroit bien autrement lent dans ce fluide, & il faudroit des fiécles au lieu de fept minutes pour nous faire fentir la lumiere du Soleil.

La découverte de Römer prouvoit donc inconteftablement la propagation & la progreffion de la lumiere.

Si l'ancien préjugé fe débat encore contre une telle vérité, qu'il céde du moins aux nouvelles découvertes de Mr. Bradley, qui la confirment d'une maniere

niere fi admirable. L'expérience de Bradley eft peut-
être le plus bel effort qu'on ait fait en Aftronomie.

On fait, que cent quatre-vingt-dix millions de
nos lieuës que parcourt au moins la terre dans fon
année, ne font qu'un point par rapport à la diftance
des Etoiles fixes à la terre. La vuë ne fauroit appercevoir fi au bout du Diametre de cette orbite immenfe une étoile a changé de place à notre égard, il eft
pourtant bien certain qu'après fix mois, il y a entre
nous & une étoile fituée près du Pole, environ foixante & fix millions de lieuës de différence ; & ce chemin qu'un boulet de canon ne feroit pas en cinquante
ans en confervant fa viteffe, eft anéanti dans la prodi-
gieufe diftance de notre globe à la plus prochaine é-
toile. Car lorfque l'angle vifuel devient d'une certaine petiteffe, il n'eft plus mefurable, il devient nul.

Trouver le fecret de mefurer cet angle, en connaître la différence, lorfque la terre eft au Cancer, &
lorfqu' elle eft au Capricorne, avoir par ce moyen ce
qu'on appelle la paralaxe de la terre, paraiffoit un
problême auffi difficile que celui des longitudes.

Le fameux Houk fi connu par fa Micrographie,
entreprit de réfoudre le Problême ; il fut fuivi de l'A-
ftronome Flamftead, qui avoit donné la pofition de
trois mille Etoiles, enfuite le Chevalier Molineux avec
l'aide du célebre Mécanicien Graham inventa une machine pour fervir à cette opération, il n'épargna ni
peines ni tems ni dépenfes ; enfin le Docteur Bradley
mit la derniere main à ce grand ouvrage.

La machine qu'on employa fut appellée Tele-
fcope parallactique. On en peut voir la defcription
dans l'excellent Traité d'Optique de Monfieur Smith.
Une longue lunette fufpenduë, perpendiculaire à l'ho-

rifon étoit tellement difpofée qu'on pouvoit avec facilité diriger l'axe de la vifion dans le plan du méridien,
foit un peu plus au Nord, foit un peu plus au Sud,
& connaître par le moyen d'une roüe & d'un indice,
avec la plus grande exactitude de combien on avoit
porté l'inftrument au Sud ou au Nord.    On obferva
plufieurs étoiles avec ce télefcope , & entr'autres on y
fuivit une étoile du Dragon pendant une année entiere.

Que devoit-il arriver de cette recherche affidüe?
certainement fi la terre depuis le commencement de
l'été jufqu'au commencement de l'hiver avoit changé
de place, fi elle avoit parcouru ces foixante & fix millions de lieües, le rayon de lumiere, qui avoit été dardé fix mois auparavant dans l'axe de Vifion de ce télefcope devoit s'en être détourné ; il falloit donc imprimer un mouvement nouveau à ce Tube pour recevoir ce rayon, & on favoit par le moyen de la roüe
& de l'indice quelle quantité de mouvement on lui
avoit donné ;  & par une confequence infaillible, de
combien l'étoile étoit plus feptentrionale ou plus mé-
ridionale que fix mois auparavant.

Ces admirables operations commencerent le trois
Decembre 1725, la terre alors s'approchoit du folftice
d'hiver, il paraiffoit vraifemblable que fi l'étoile pouvoit
donner dès le mois de Décembre quelque marque
d'aberration, elle paraîtroit jetter fa lumiere plus vers
le Nord, puifque la terre vers le Solftice d'hiver alloit
alors au midi.    Mais dès le 17. Décembre l'étoile obfervée parut être avancée dans le Méridien vers le Sud.
On fut fort étonné.    On avoit précifément le contraire de ce qu'on efpéroit, mais par la fuite conftante
des obfervations on eut plus qu'on n'auroit jamais ofé
efpérer.    On connut fenfiblement la parallaxe de
cette

cette étoile fixe, le mouvement annuel de la terre, &
la progreffion de la lumiere.

Si la terre tourne dans fon orbite autour du Soleil, & que la lumiere foit inftantanée, il eft clair,
que l'étoile obfervée doit paraître aller toujours un
peu vers le Nord, quand la terre marche vers le côté
oppofé; mais fi la lumiere eft envoyée de cette étoile,
s'il lui faut un certain tems pour arriver, il faut comparer ce tems avec la viteffe dont marche la terre,
il n'y a plus qu'à calculer, par là on vit que la viteffe
de la lumiere de cette étoile étoit dix mille deux cens
fois plus prompte que le moyen mouvement de la terre. On vit par des obfervations fur d'autres étoiles que
non feulement la lumiere fe meut avec cette énorme
viteffe ; mais qu'elle fe meut toujours uniformement
quoiqu'elle vienne d'étoiles fixes placées à des diftances très-inégales. On vit que la lumiere de chaque
étoile parcourt en même tems l'efpace déterminé par
Römer, c'eft-à-dire environ trente-trois millions de
lieuës en près de huit minutes.

On vit en mefurant la parallaxe annuelle que l'é-
toile obfervée dans le Dragon eft quatre cens mille fois
plus éloignée de nous que le Soleil, maintenant je
fupplie tout Lecteur attentif, & qui aime la vérité de
confidérer que fi la lumiere nous arrive du Soleil uniformement en près de huit minutes, elle arrive de
cette étoile, du Dragon en fix années & plus d'un
mois; & que fi les étoiles fix fois moins grandes font
fix fois plus éloignées de nous, elles nous envoyent
leurs rayons en plus de trente-fix années & demie.
Or le cours de ces rayons eft toujours uniforme.
Qu'on juge maintenant fi cette marche uniforme eft
compatible avec une prétenduë matiere répanduë par
tout. Qu'on fe demande à foi-même, fi cette ma-

tiere

tiere ne dérangeroit pas un peu cette progreſſion uniforme des rayons ; & enfin quand on lira le chapitre
des tourbillons, qu'on ſe ſouvienne de cette étenduë
énorme que franchit la lumiere en tant d'années, qu'on
juge de bonne foi ſi un plein abſolu ne s'oppoſeroit
pas à ſon paſſage.　Qu'on voye enfin dans combien
d'erreurs ce Syſtême a dû entraîner Deſcartes.　Il
n'avoit fait aucune expérience, il imaginoit, il n'exa-
minoit point ce monde, il en créoit un.　Neuton
au contraire, Römer, Bradley &c. n'ont fait que
des expériences, & n'ont jugé que d'après
les faits.

✦✦ ✦✦ ✦✦ ✦✦ ✦✦ ✦✦ ✦✦ ✦✦ ✦✦ ✦✦ ✦✦ ✦✦

# CHAPITRE II.

*Syftême de Mallebranche auffi erroné que celui de Defcartes ; Nature de la lumiere ; fes routes ; fa rapidité.*

L e Pere Mallebranche, qui en examinant les erreurs des fens , ne fut pas exempt de celles que la fubtilité du génie peut caufer , adopta fans preuve les trois Elémens de Defcartes, mais il changea beaucoup de chofes à ce Château enchanté ; & en faifant moins d'expériences encore que Defcartes, il fit comme lui un Syftême.

Des vibrations du corps lumineux impriment, fe- lon lui, des fecouffes à des petits tourbillons mous, capables de compreffion, & tout compofés de matie- re fubtile. Mais fi on avoit demandé à Mallebranche, comment ces petits tourbillons mous auroient tranf- mis à nos yeux la Lumiere, comment l'action du Soleil pourroit paffer en un inftant à travers tant de petits corps comprimés les uns par les autres , & dont un très-petit nombre fuffiroit pour amortir cette action? Comment ces tourbillons mous ne feroient point mê- lés en tournant les uns fur les autres ? Comment ces tourbillons mous feroient élaftiques ? enfin pourquoi il fuppofoit des tourbillons ; qu'auroit répondu le Pe- re Mallebranche ? Sur quel fondement pofoit-il cet édifice imaginaire ? Faut-il que des hommes , qui ne parloient que de vérité, n'ayent jamais écrit que des Romans?

*Erreur du Pere Malle- branche.*

Une expérience paraît détruire abfolument tous ces prétendus tourbillons de matiere lumineufe, qu'on

*Expérien- ce qui dé- truit la chi-*

F 3

fup-

mere des tourbillons lumineux.

suppofe fi gratuitement. Recevez là lumiere du Soleil fur un miroir concave ; oppofez autant que vous le pourrez un verre lenticulaire à ce miroir concave, de façon que les deux pointes des deux cônes lumineux fe joignent dans l'air, vous operez par cet artifice la plus violente chaleur qu'il foit poffible de former fur la terre. Si les pointes de ces cônes étoient des tourbillons tendans à s'échapper de tous côtés, comme on le prétend, n'eft-il pas vrai qu'ils feroient au point de rencontre un combat prodigieux ? N'eft-il pas vrai que l'effet en feroit fenfible à quelque diftance de la pointe des cônes, cependant à un pouce de cette pointe vous ne fentez pas la moindre chaleur, imaginez après cela de petits tourbillons.

Définition de la matiere de la lumiere.

Qu'eft-ce donc enfin que la matiere de la lumiere ? *C'eft le feu lui-même*, lequel brûle à une petite diftance lorfque fes parties font moins tenuës, ou plus rapides, ou plus réunies, & qui éclaire doucement nos yeux, quand il agit de plus loin, quand fes particules font plus fines & moins rapides, & moins réunies.

Ainfi une bougie allumée brûleroit l'œil qui ne feroit qu'à quelques lignes d'elle, & éclaire l'œil qui en eft à quelques pouces ; ainfi les rayons du Soleil épars dans l'efpace de l'air illuminent les objets, & réunis dans un verre ardent, fondent le plomb & l'or.

Si on demande ce que c'eft que le feu, je répondrai que c'eft un Elément que je ne connais que par fes effets, & je dirai ici comme par tout ailleurs, que l'homme n'eft point fait pour connaître la nature intime des chofes, qu'il peut feulement calculer, mefurer, pefer, & expérimenter.

Le

Le feu n'éclaire pas toujours , & la Lumiere ne brille pas toujours; mais il n'y a que l'Elément du feu qui puiffe éclairer & bruler. Le feu qui n'eft pas développé , foit dans une barre de fer , foit dans du bois, ne peut envoyer de rayons de la furface de ce bois ni de ce fer, par conféquent il ne peut être lumineux , il ne le devient que quand cette furface eft embrafée.

Les rayons de la pleine-Lune ne donnent aucune chaleur fenfible au foyer d'un verre ardent, quoique ils donnent une affez grande lumiere. La raifon en eft palpable. Les dégrés de chaleur font toujours en proportion de la denfité des rayons. Or il eft prouvé que le Soleil à pareille hauteur , darde quatrevingt-dix mille fois plus de rayons que la pleine-Lune ne nous en réflechit fur l'Horifon.

Ainfi pour que les rayons de la Lune au foyer d'un verre ardent puffent donner feulement autant de chaleur , que les rayons du foleil en donneroient fur un terrain de pareille grandeur que ce verre, il faudroit qu'il y eût à ce foyer quatre-vingt-dix mille fois plus de rayons qu'il n'y en a.

Ceux qui ont voulu faire deux êtres de la Lumiere & du Feu fe font donc trompés en fe fondant fur ce que tout feu n'éclaire pas, & toute lumiere n'échauffe pas ; c'eft comme fi on faifoit deux êtres de chaque chofe qui peut fervir à deux ufages.

*Feu & lumiere font le même être.*

Ce feu eft dardé en tout fens du point rayonnant ; c'eft ce qui fait qu'il eft apperçu de tous les côtés : il faut donc toujours le confiderer avec les Géométres comme des lignes partant d'un centre à la circonference. Ainfi tout faifceau, tout amas, tout trait

de

de rayons, venant du foleil ou d'un feu quelconque, doit être confideré comme un cône dont la bafe eft fur notre prunelle , & dont la pointe eft dans le feu qui le darde.

**Rapidité de la lumiere.** Cette matiere de feu s'élance du foleil jufqu'à nous & jufqu'à Saturne &c. avec une rapidité qui épouvante l'imagination.

Le calcul apprend que , fi le foleil eft à vingt-quatre mille demi-diametres de la terre, il s'enfuit que la lumiere parcourt de cet aftre à nous ( en nombres ronds ) mille millions de pieds par feconde. Or un boulet d'une livre de balle pouffé par une demi-livre de poudre , ne fait en une feconde que 600. pieds; ainfi donc la rapidité d'un rayon du foleil eft , en nombre rond , feize cens foixante-fix mille fix cens fois plus forte que celle d'un boulet de canon; il eft donc conftant que fi un atome de lumiere étoit feulement la feize cens milliéme partie à peu près d'une livre, il en réfulteroit néceffairement que des ra-**Petiteffe de fes atomes.** yons de lumiere feroient l'effet du canon , & ne fuffent-ils que mille milliards plus petits encore, un feul moment d'émanation de lumiere détruiroit tout ce qui végete fur la furface de la terre. De quelle inconcevable petiteffe faut-il donc que foient ces rayons pour entrer dans nos yeux fans nous bleffer?

Le foleil qui nous darde cette matiere lumineufe en fept ou huit minutes , & les étoiles, ces autres foleils qui nous l'envoyent en plufieurs années, en fourniffent éternellement fans paraitre s'épuifer à peu près comme le mufc élance fans ceffe autour de lui des corps odoriferans fans rien perdre fenfiblement de fon poids.

Enfin

Enfin la rapidité avec laquelle le soleil darde ses rayons, est probablement en proportion avec sa grosseur, qui surpasse environ un million de fois celle de la terre, & avec la vitesse dont ce corps de feu immense roule sur lui - même en vingt - cinq jours & demi.

Quelques personnes se sont imaginées que je prétendois que cette lumiere étoit attirée par la terre, de la substance du soleil ; mais je n'ai jamais rien dit qui ait pû donner le moindre prétexte à une telle idée. *Fausse idée sur la maniere dont elle nous vient.*

D'autres ont prétendu que le soleil devoit perdre en peu de jours toute sa substance, & qu'il doit envoyer des millions de livres pesant de lumiere à chaque minute ; mais si on faisoit attention qu'à peine la lumiere pese, qu'à peine le soleil en fournit peut-être une once par an, & qu'il en reçoit de tous les autres soleils, on ne feroit pas de ces critiques précipitées.

Nous pouvons en passant conclure de la célerité avec laquelle la substance du soleil s'échappe ainsi vers nous en ligne droite, combien le plein de Descartes est inadmissible. Car 1º. comment une ligne droite pourroit-elle parvenir à nous à travers tant de millions de couches de materie muës en ligne courbe, & à travers tant de mouvemens divers ? 2º. Comment un corps si délié pourroit-il en sept ou huit minutes parcourir l'espace de quatre cens mille fois trente-trois millions de lieuës d'une étoile à nous, s'il avoit à pénétrer dans cet espace une materie resistante ? Il faudroit que chaque rayon dérangeât en un moment trente-trois millions de lieuës de materie subtile quatre cens mille fois. *Progression de la lumiere. Preuve de l'impossibilité du plein.*

F 5          Remar-

Remarquez encore que cette prétenduë matiere subtile réſiſteroit dans le plein abſolu, autant que la matiere la plus compacte. Car une livre de poudre d'or, preſſée dans une boëte, réſiſte autant qu'un morceau d'or peſant une livre. Ainſi un rayon d'une étoile auroient bien plus d'effort à faire, que s'il avoit à percer un cone d'or, dont l'axe ſeroit treize milliaſſes deux cens milliards de lieuës.

Il y a plus, l'expérience, ce vrai Maître de Philoſophie, nous apprend que la lumiere, en venant d'un élément dans un autre élément, d'un milieu dans un autre milieu, n'y paſſe pas toute entiere, comme nous le dirons : une grande partie eſt réfléchie, l'air en fait rejaillir plus qu'il n'en tranſmet; ainſi il ſeroit impoſſible qu'il nous vînt aucune lumiere des étoiles, elle ſeroit toute abſorbée, toute répercutée, avant qu'un ſeul rayon pût ſeulement venir à moitié de notre atmoſphére. Et que ſeroit-ce ſi ce rayon avoit encore tant d'autres atmoſphéres à traverſer ? Mais dans les Chapitres où nous expliquerons les principes de la gravitation, nous verrons une foule d'argumens, qui prouvent que ce plein prétendu étoit un Roman.

Arrêtons-nous ici un moment pour voir combien la vérité s'établit lentement chez les hommes.

*Obſtination contre ces vérités.* Il y a près de cinquante ans que Römer avoit démontré par les obſervations ſur les Eclipſes des Satellites de Jupiter, que la lumiere émane du ſoleil à la terre en ſept minutes & demie ou environ, cependant non ſeulement on ſoutient encore le contraire dans pluſieurs Livres de Phyſique ; mais voici comme on parle dans un Recueil en trois Volumes, tiré des obſervations de toutes les Académies de l'Europe, imprimé en 1730. *page 35. Volume 1.*

„Quel-

„Quelques-uns ont prétendu que d'un corps lu-
„mineux, comme le foleil, il fe fait un écoulement
„continuel d'une infinité de petites parties infenfibles,
„qui portent la lumiere jufqu'à nos yeux ; mais cette
„opinion, qui fe reffent encore un peu de la vieille
„Philofophie, n'eft pas foutenable. „

Cette opinion eft pourtant démontrée de plus
d'une façon : & loin de reffentir la vieille Philofophie,
elle y eft directement contraire ; car quoi de plus contraire à des mots vuides de fens, que tant de mefures,
de calculs & d'expériences ?

Il s'eft élévé d'autres Contradicteurs qui ont atta-
qué cette vérité de l'émanation & de la progreffion de
la lumiere avec les mêmes armes dont des hommes
plus refpectés qu'éclairés oferent autrefois attaquer fi
impérieufement & fi vainement le fentiment de Galilée
fur le mouvement de la terre.

Abus de la
fainte Ecri-
ture contre
ces vérités.

Ceux qui combattent la raifon par l'autorité, em-
ployent l'Ecriture fainte, qui doit nous apprendre à bien
vivre, pour en tirer des leçons de leur Philofophie ;
ils ont fait réellement de Moyfe un Phyficien. Si c'eft
fimplicité il faut les plaindre. S'ils croyent avec cet
artifice rendre odieux ceux qui ne font pas de leur
fentiment, il faut les plaindre d'avantage ; ils devroient
fe fouvenir que ceux qui ont condamné Galilée fur un
pareil prétexte, ont couvert leur patrie d'une honte
que le nom de Galilée feul peut effacer. Il faut croire,
difent-ils, que la lumiere du jour ne vient pas du foleil, parce que felon la Genefe Dieu créa la Lumiere
avant le Soleil.

Mais ces Meffieurs ne fongent pas que fuivant la
Genefe Dieu fépara auffi la lumiere des ténèbres, &
appella la lumiere jour, & ténébres la nuit, & com-
pofa

poſa un jour du ſoir & du matin, &c. & tout cela avant que de créer le ſoleil.

Il faudroit donc, au compte de ces Phyſiciens, que le ſoleil ne fît pas le jour, & que l'abſence du ſo‑ leil ne fît pas la nuit.

Ils ajoutent encore que Dieu ſépara les eaux des eaux, & ils entendent par cette ſéparation la mer & les nuages. Mais ſelon eux, il faudroit donc que les vapeurs qui forment les nuages ne fuſſent pas, com‑ me elles le ſont, élevées par le ſoleil. Car, ſelon la Geneſe, le ſoleil ne fut créé qu'après cette ſéparation des eaux inferieures & ſuperieures ; or ils avouent en cet endroit que c'eſt le ſoleil qui éleve *ces eaux ſupe‑ rieures*. Les voilà donc en contradiction avec eux‑ mêmes ; nieront‑ils le mouvement de la terre, parce que Joſué commanda au ſoleil de s'arrêter ? Nieront‑ ils le développement des germes dans la terre, parce qu'il eſt dit, que le grain doit pourir avant que de lever. Il faut donc qu'ils reconnaiſſent avec tous les gens de bon ſens, que ce n'eſt point des vérités de Phyſique qu'il faut chercher dans la Bible, & que nous devons y apprendre à devenir meilleurs, & non pas à connaître la nature.

CHA‑

# CHAPITRE III.

*La propriété que la lumiere a de se réflechir, n'étoit pas véritablement connuë. Elle n'est point réflechie par les parties solides des corps, comme on le croyoit.*

AYant su ce que c'est que la lumiere, d'où elle nous vient, comment & en quel tems elle arrive à nous, voyons ses propriétés & ses effets ignorés jusqu'à nos jours. Le premier de ses effets, est qu'elle semble rejaillir de la surface solide de tous les objets, pour en apporter dans nos yeux les images.

Tous les hommes, tous les Philosophes, & les Descartes & les Mallebranches, & ceux qui se sont éloignés le plus des pensées vulgaires, ont également cru qu'en effet ce sont les surfaces solides des corps qui nous renvoyent les rayons. Plus une surface est unie & solide, plus elle fait, dit-on, rejaillir de lumiere; plus un corps a de pores larges & droits, plus il transmet de rayons à travers sa substance. Ainsi le miroir poli dont le fond est couvert d'une surface de vif-argent, nous renvoye tous les rayons; ainsi ce même miroir sans vif-argent ayant des pores droits & larges & en grand nombre, laisse passer une grande partie des rayons. Plus un corps a de pores larges & droits, plus il est diaphane : tel est, disoit-on, le diamant, telle est l'eau elle-même; voilà les idées généralement reçuës, & que personne ne révoquoit en doute.

Cependant toutes ces idées sont entierement fausses; tant ce qui est vraisemblable, est souvent ce
qui

qui eſt le plus éloigné de la vérité. Les Philoſophes ſe ſont jettés en cela dans l'erreur, de la même maniere que le Vulgaire y eſt tout porté, quand il penſe que le ſoleil n'eſt pas plus grand qu'il le paraît aux yeux. Voici en quoi conſiſtoit cette erreur des Philoſophes.

Il n'y a aucun corps dont nous puiſſions unir véritablement la ſurface. Cependant beaucoup de ſurfaces nous paraiſſent unies & d'un poli parfait. Pourquoi voyons-nous uni & égal ce qui ne l'eſt pas ? La **Aucun corps uni.** ſuperficie la plus égale, n'eſt, par rapport aux petits corps qui compoſent la lumiere, qu'un amas de montagnes, de cavités & d'intervalles, de même que la pointe de l'éguille la plus fine eſt hériſſée en effet d'éminences & d'aſperités que le Microſcope découvre.

Tous les faiſceaux des rayons de lumiere qui tomberoient ſur ces inégalités, ſe réflechiroient ſelon qu'ils y ſeroient tombés ; donc étant inégalement tombés ils ne ſe réflechiroient jamais régulierement, donc on ne pourroit jamais ſe voir dans une glace. De plus le verre a probablement mille fois plus de pores que de matiere, cependant chaque point de la ſurface renvoye des rayons, donc ils ne ſont point renvoyés par le verre.

**Lumiere non réflechie par les parties ſolides.** La lumiere qui nous apporte notre image de deſſus un miroir, ne vient donc point certainement des parties ſolides de la ſuperficie de ce miroir ; elle ne vient point non plus des parties ſolides de mercure & d'étain étenduës derriere cette glace. Ces parties ne ſont pas plus planes, pas plus unies que la glace même. Les parties ſolides de l'étain & du mercure ſont incomparablement plus grandes, plus larges que les parties ſolides conſtituantes de la lumiere ; donc ſi les

peti-

petites particules de lumiere tombent fur ces groffes
parties de mercure, elles s'éparpilleront de tous côtés comme des grains de plomb tombant fur des pla-
tras. Quel pouvoir inconnu fait donc rejaillir vers
nous la lumiere régulierement? Il paraît déja que ce
ne font pas les corps qui nous la renvoyent ainfi. Ce
qui fembloit le plus connu, le plus inconteftable chez
les hommes, devient un myftére plus grand que ne
l'étoit autrefois la pefanteur de l'air. Examinons ce
Problême de la Nature, notre étonnement redouble-
ra. On ne peut s'inftruire ici qu'avec furprife.

Prenez un morceau, un cube de criftal, par *Figure 2.*
exemple; voici ce qui arrive aux rayons du foleil qui
tombent fur ce corps folide & tranfparent.

1°. Une petite partie des rayons rebondit à vos
yeux de fa premiere furface A fans toucher même à
cette furface, comme il fera plus amplement prouvé.

2°. Une très-petite partie des rayons eft reçue
dans la fubftance de ce corps en B, elle s'y joue, s'y
perd, & s'y éteint. Ce qui fait qu'il y a peu de cri-
ftaux parfaitement tranfparens, fur tout quand ils
font épais.

3°. Une troifiéme partie parvient à l'intérieur C
du miroir & d'auprès de la furface elle retourne dans
l'air & quelques rayons en viennent à vos yeux.

4°. Une quatriéme partie paffe dans l'air.

5°. Une cinquiéme partie, qui eft la plus confi-
dérable, revient d'au-delà de la furface ultérieure D
dans le criftal, y repaffe, & vient fe réflechir à vos yeux.
N'examinons ici que ces derniers rayons, qui s'échappant de la furface ultérieure D & ayant trouvé l'air,
rejailliffent de deffus cet air vers l'œil en rentrant à
tra-

travers le criſtal. Certainement ils n'ont pas rencontré dans cet air des parties ſolides ſur leſquelles ils ayent rebondi ; car ſi au lieu d'air ils rencontrent de l'eau à cette ſurface B, peu reviennent alors ; ils entrent dans cette eau, ils la pénétrent en grand nombre. Or l'eau eſt environ 800. à 900. fois plus peſante, plus ſolide, moins rare que l'air. Cependant ces rayons ne rejailliſſent point de deſſus cette eau, & rejailliſſent de deſſus cet air dans ce verre , donc ce n'eſt point des parties ſolides des corps que la lumiere eſt réflechie.

Expérien-
ces déciſi-
ves.

Figure 3.

Voici une obſervation plus ſinguliere & plus déciſive : Expoſez dans une chambre obſcure ce criſtal A, B aux rayons du ſoleil de façon que les traits de lumiere parvenus à ſa ſuperficie B faſſent un angle de plus de quarante dégrés avec la perpendicule P.

La plûpart de ces rayons alors ne pénétre plus dans l'air ; ils rentrent tous dans ce criſtal à l'inſtant même qu'ils en ſortent, ils reviennent , comme vous voyez , en faiſant une courbure inſenſible.

Certainement ce n'eſt pas la ſurface ſolide de l'air qui les a repouſſés dans ce verre; pluſieurs de ces rayons entroient dans l'air auparavant , quand ils tomboient moins obliquement ; pourquoi donc à une obliquité de 40. dégrés dix-neuf minutes la plus grande partie de ces rayons n'y paſſe-t-elle plus ? Trouvent-ils à ce dégré plus de réſiſtance , plus de matiere dans cet air , qu'ils n'en trouvent dans ce criſtal qu'ils avoient pénétré ? Trouvent-ils plus de parties ſolides dans l'air à quarante dégrés & un tiers qu'à 40? L'air eſt à peu près deux mille quatre cens fois plus rare, moins peſant, moins ſolide, que le criſtal , donc ces rayons devoient paſſer dans l'air avec deux mille quatre cens fois plus de facilité , qu'ils n'ont pénétré l'é-
                                                                    paiſſeur

paiſſeur du criſtal. Cependant, malgré cette prodi-
gieuſe apparence de facilité, ils ſont repouſſés ; ils le
ſont donc par une force, qui eſt ici deux mille quatre
cens fois plus puiſſante que l'air ; ils ne ſont donc point
repouſſés par l'air ; les rayons encore une fois ne ſont
donc point réfléchis à nos yeux par les parties ſolides
des corps. La lumiere rejaillit ſi peu deſſus les parties
ſolides des corps, que c'eſt en effet du vuide qu'elle
rejaillit quelquefois ; ce fait mérite une grande attention.

Vous venez de voir que la lumiere tombant à un
angle de 40 dégrés 19 minutes ſur du criſtal, rejaillit preſque toute entiere de deſſus l'air qu'elle rencontre à la ſurface ultérieure de ce criſtal, que la lumiere
y tombe à un angle moindre d'une ſeule minute, il
en paſſe encore moins hors de cette ſurface dans l'air.

*Commens*
*& en quel*
*ſens la lu-*
*miere rejail-*
*lit du vuide*
*même.*

Neuton a aſſuré que ſi l'on trouvoit le ſecret d'ô-
ter l'air de deſſous ce morceau de criſtal, alors il ne
paſſeroit plus de rayons, & que toute la lumiere ſe
réflechiroit ; j'en ai fait l'expérience ; j'ai fait enchâſ-
ſer un excellent Priſme dans le milieu d'une platine de
cuivre ; j'ai appliqué cette platine au haut d'un récipient ouvert, poſé ſur la machine pneumatique, j'ai
fait porter la machine dans ma chambre obſcure. Là
recevant la lumiere par un trou ſur le Priſme, & la
faiſant tomber à l'angle requis, je pompai l'air très-
long-tems, ceux qui étoient préſens virent qu'à meſure qu'on pompoit l'air, il paſſoit moins de lumiere
dans le récipient, & qu'enfin il n'en paſſa preſque plus
du tout. C'étoit un ſpectacle très-agréable de voir cette
lumiere ſe réfléchir par le Priſme, toute entiere au
Plancher.

*Comment*
*on en fait*
*l'expérien-*
*ce.*

L'expérience démontre donc que la lumiere en
ce cas rejaillit du vuide ; mais on ſait bien que ce vuide

ne

Conclufion de cette expérience. ne peut avoir d'action. Que peut-on donc conclure de cette expérience ? deux chofes très-palpables, la premiere que la furface des folides ne renvoye pas la lumiere, la feconde qu'il y a dans les corps folides un pouvoir inconnu qui agit fur la lumiere, & c'eft cette feconde proprieté que nous examinerons à fa place.

Il ne s'agit que de prouver ici que la lumiere ne nous eft point réfléchie par les parties folides.

Voici encore une preuve de cette vérité.

Tout corps opaque réduit en lame mince, laiffe paffer à travers fa fubftance des rayons d'une certaine efpéce, & réfléchit les autres rayons ; or fi la lumiere étoit renvoyée par les corps, tous les rayons, qui tom-bent également fur ces lames, feroient réfléchis fur ces lames. Enfin nous verrons que jamais fi éton-nant Paradoxe n'a été prouvé en plus de manieres. Commençons donc par nous familiarifer avec ces vérités.

1°. Cette lumiere, qu'on croit réfléchie par la fur-face folide des corps, rejaillit en effet fans avoir tou-ché à cette furface.

2°. La lumiere n'eft point renvoyée de derriere un miroir par la furface folide du vif argent ; mais elle eft renvoyée du fein des pores du miroir, & des po-res du vif argent même.

3°. Il ne faut point, comme on l'a penfé jufques à préfent, que les pores de ce vif argent foient très-petits pour réfléchir la lumiere, au contraire il faut qu'ils foient larges.

Plus les pores font petits plus la lumiere paffe. Ce fera encore un nouveau fujet de furprife pour ceux qui n'ont pas étudié cette Philofophie, d'enten-dre dire que le fecret de rendre un corps opaque, eft & fou-

fouvent d'élargir fes pores, & que le moyen de le rendre tranfparent eft de les étrecir. L'ordre de la Nature paraîtra tout changé en apparence : ce qui fembloit devoir faire l'opacité, eft précifément ce qui opérera la tranfparence ; & ce qui paraiffoit rendre les corps tranfparens, fera ce qui les rendra opaques. Cependant rien n'eft fi vrai, & l'expérience la plus groffiére le démontre.

Un papier fec, dont les pores font très-larges, eft opaque, nul rayon de lumiere ne le traverfe : étre-ciffez fes pores en l'imbibant, ou d'eau ou d'huile, il devient tranfparent ; la même chofe arrive au linge, au fel.

Il eft bon d'apprendre au public qu'un homme qui a écrit depuis peu contre ces vérités, avec beau-coup plus de hauteur & de mépris que de connaiffan-ce, a voulu railler Neuton fur ces découvertes. *Si le fecret*, dit-il, de *rendre un corps tranfparent, eft d'étrécir fes pores, il faudra donc rendre les fenêtres plus petites pour avoir plus de jour dans fa chambre &c.* Je réponds qu'il eft bien indécent de faire le plaifant quand on prétend parler en Philofophe ; & que de tourner Neuton en ridicule eft une entreprife trop for-te : je réponds fur-tout que ce plaifant devoit fonger qu'il eft très-vrai que de larges ouvertures dont le jour feroit intercepté ne rendroient pas de lumiere ; & qu'un corps mince percé d'une infinité de petits trous expofés au Soleil, noũs éclaire beaucoup. Le papier huilé, le linge mouillé, par exemple font des corps minces, dont l'huile ou l'eau ont retréci & rectifié les pores, & la lumiere paffe à travers de ces pores ren-dus plus droits. Mais elle ne paffera point à travers les plus grands cribles qui fe croiferont & qui inter-cepteront les rayons.

*Mauvaifes objections contre ces vérités.*

Il faudroit avant que de prendre le ton railleur être bien fûr qu'on a raifon, & lorfqu'on eft affûré enfin d'avoir raifon, il ne faut point railler.

Revenons & réfumons qu'il y a donc des principes ignorés qui operent ces merveilles ~~demontrées~~ qui font rejaillir la lumiere, avant qu'elle ait touché une furface, qui la renvoyent des pores du corps tranfparent, qui la ramenent du milieu même du vuide; nous fommes invinciblement obligés d'admettre ces faits, quelle qu'en puiffe être la caufe.

Etudions donc les autres myfteres de la lumiere, & voyons fi de ces effets fuprenans, on remonte jufqu'à quelque principe inconteftable, qu'il faille admettre auffi-bien que ces effets mêmes.

# CHAPITRE IV.

*De la proprieté que la lumiere a de se briser en passant d'une substance dans une autre, & de prendre un nouveau chemin.*

La seconde proprieté des rayons de la lumiere qu'il faut bien examiner, est celle de se détourner de leur chemin en passant du Soleil dans l'air, de l'air dans le verre, du verre dans l'eau, &c. C'est cette nouvelle direction dans ces différens milieux, c'est ce brisement de la lumiere qu'on appelle refraction; c'est par cette proprieté qu'une rame plongée dans l'eau paraît courbée au Matelot, qui la manie; c'est ce qui fait que dans une jatte nous appercevrons, en y jettant de l'eau, l'objet que nous n'appercevions pas auparavant en nous tenant à la même place.

Enfin c'est par le moyen de cette réfraction que nos yeux jouissent de la vûe. Les secrets admirables de la réfraction étoient ignorés de l'Antiquité, qui cependant l'avoit sous les yeux, & dont on faisoit usage tous les jours, sans qu'il soit resté un seul Ecrit, qui puisse faire croire, qu'on en eût deviné la raison. Ainsi encore aujourd'hui nous ignorons la cause des mouvemens même de notre corps, & des pensées de notre ame; mais cette ignorance est différente. Nous n'avons & nous n'aurons jamais d'instrument assez fin pour voir les premiers ressorts de nous-mêmes: mais l'industrie humaine s'est faite de nouveaux yeux, qui nous ont fait appercevoir sur les effets de la lumiere, presque tout ce qu'il est permis aux hommes d'en savoir.

Il

Il faut fe faire ici une idée nette d'une expérience très-commune. Une piéce d'or eft dans ce baffin : votre œil eft placé au bord du baffin à telle diftance, que vous ne voyez point cette piéce.

Qu'on y verfe de l'eau vous ne l'apperceviez point d'abord, où elle étoit, maintenant vous la voyez, où elle n'eft pas ; qu'eft-il arrivé ?

L'objet A réfléchit un rayon, qui vient frapper contre le bord du baffin, & qui n'arrivera jamais à votre œil : il réfléchit auffi ce rayon A B, qui paffe par deffus votre œil : or à préfent vous recevez ce rayon A, B, ce n'eft point votre œil qui a changé de place, c'eft donc le rayon A B ; il s'eft manifeftement détourné

Figure 5.
au bord de ce baffin, en paffant de l'eau dans l'air, ainfi il frappe votre œil en C.

Mais vous voyez toujours les objets en ligne droite, donc vous voyez l'objet fuivant la ligne droite C D, donc vous voyez l'objet au point D au-deffus du lieu où il eft en effet.

Si ce rayon fe brife en un fens, quand il paffe

Figure 6.
de l'eau dans l'air, il doit fe brifer en un fens contraire, quand il entre de l'air dans l'eau.

J'éleve fur cette eau une perpendiculaire, le rayon A, qui partant du point lumineux fe brife au point B & s'approche dans l'eau de cette perpendiculaire en fuivant le chemin B D, & ce même rayon D B en paffant de l'eau dans l'air, fe brife en allant vers A & en s'éloignant de cette même perpendiculaire ; la lumiere fe réfracte donc felon les milieux qu'elle traverfe. C'eft fur ce principe que la Nature a difpofé les humeurs différentes, qui font dans nos yeux, afin que les traits de lumiere, qui paffent à travers ces humeurs, fe brifent de façon qu'ils fe réuniffent après

dans

dans un point fur notre *retine;* c'eft enfin fur ce Principe que nous fabriquons les Lunettes dont les verres
éprouvent des réfractions encore plus grandes qu'il
ne s'en fait dans nos yeux, & qui, apportant ainfi plus
de rayons réunis, peuvent étendre, jufqu'à deux cens
fois, la force de notre vûë; de même que l'invention
des leviers a donné une nouvelle force à nos bras, qui
font des leviers naturels. Avant que d'expliquer la
raifon que Neuton a trouvée de cette proprieté de la
lumiere: vous voulez que je dife, comment cette réfraction agit dans nos yeux, & comment le fens de
la vûë, le plus étendu de tous nos fens, doit fon exiftence à la refraction. Quelque connuë que foit cette matiere, les commençans qui pourront lire ce petit Ouvrage, feront bien-aifes de ne point chercher
ailleurs ce qu'ils défireroient favoir touchant
la vûë.

CHA-

## CHAPITRE V.

### De la conformation de nos yeux, comment la lumiere entre & agit dans cet organe.

Pour connaître l'œil de l'homme en Phyficien, qui ne confidere que la vifion, il faut d'abord favoir que la premiere enveloppe blanche, le rempart & l'ornement de l'œil, ne tranfmet aucun rayon. Plus ce blanc de l'œil eft fort & uni, plus il réfléchit de lumiere : & lorfque quelque paffion vive porte au vifage de nouveaux efprits, qui viennent encore tendre & ébranler cette tunique, alors des étincelles femblent en fortir.

Au milieu de cette membrane s'éleve un peu la cornée, mince, dure & tranfparente, telle précifément que le verre de votre montre que vous placeriez fur une boule.

Sous cette *cornée* eft *l'iris*, autre membrane, qui, colorée par elle-même, répand fes couleurs fur cette *cornée* tranfparente qui la couvre ; c'eft cette *iris*, qui rend les yeux bleus ou noirs. Elle eft percée dans fon milieu, qui ainfi paraît toujours noir ; & ce milieu eft la prunelle de l'œil. C'eft par cette ouverture que font introduits les rayons de la lumiere : elle s'aggrandit par un mouvement involontaire dans les endroits obfcurs, pour recevoir plus de rayons ; elle fe refferre enfuite, lorfqu'une grande clarté l'offenfe.

Les rayons admis par cette prunelle ont déja fouffert une réfraction affez forte en paffant à travers la cornée,

*(marginal note:)* Defcription de l'œil.

*cornée*, dont elle est couverte. Imaginez cette *cornée* comme le verre de votre montre, il est convexe en dehors, & concave en dedans : tous les rayons obliques se sont brisés dans l'épaisseur de ce verre ; mais ensuite sa concavité rétablit à peu près ce que sa convexité a brisé. La même chose arrive dans notre *cornée*. Les rayons ainsi rompus & brisés, trouvent après avoir franchi la *cornée*, une humeur transparente dans laquelle ils passent. Cette eau est nommée l'humeur aqueuse. Les Anatomistes ne s'accordent point encore entr'eux sur la forme de ce petit réservoir. Mais, quelle que soit sa figure, la Nature semble avoir placé-là cette humeur claire & limpide, pour opérer des réfractions, pour transmettre purement la lumiere, pour que le *cristallin*, qui est derriere, puisse s'avancer sans effort, & changer librement de figure, pour que l'humidité nécessaire s'entretienne, &c.

Enfin, les rayons étant sortis de cette eau trouvent une espece de diamant liquide, taillé en lentille, & enchâssé dans une membrane déliée & diaphane elle-même. Ce diamant est le *cristallin*, c'est lui qui rompt tous les rayons obliques : c'est un principal organe de la réfraction & de la vûë, parfaitement semblable en cela à un Verre lenticulaire de Lunette, soit *Figure 7.* ce cristallin ou ce Verre lenticulaire.

Le rayon perpendiculaire A le pénétre sans se détourner ; mais les rayons obliques B, C se détournent dans l'épaisseur du Verre en s'approchant des perpendiculaires, qu'on tireroit sur les endroits où ils tombent. Ensuite quand ils sortent du Verre pour passer dans l'air, ils se brisent encore en s'éloignant du perpendicule ; ce nouveau brisement est précisément ce qui les fait converger en D foyer du Verre lenticulaire.

G 5

Or

Or la *rétine*, cette membrane legére, cette expanſion du nerf optique, qui tapiſſe le fond de notre œil, eſt le foyer du criſtallin; c'eſt à cette *rétine* que les rayons aboutiſſent; mais avant que d'y parvenir, ils rencontrent encore un nouveau milieu qu'ils traverſent; ce nouveau milieu eſt l'humeur vitrée, moins ſolide que le *criſtallin*, moins fluide que l'humeur aqueuſe.

C'eſt dans cette humeur vitrée que les rayons ont le tems de s'aſſembler, avant que de venir faire leur derniere réunion ſur les points du fond de notre œil.    Figurez-vous donc ſous cette lentille du *criſtallin*, cette humeur vitrée ſur laquelle le *criſtallin* s'appuye; cette humeur tient le *criſtallin* dans ſa concavité, & eſt arondie vers la *rétine*.

Les rayons en s'échappant de cette derniere humeur achevent donc de converger.    Chaque faiſceau de rayon parti d'un point de l'objet vient frapper un point de notre *rétine*.

*Figure 8.*    Une figure, où chaque partie de l'œil ſe voit ſous ſon propre nom, expliquera mieux tout cet artifice que ne pourroient faire des lignes, des A & des B.

Pluſieurs Philoſophes de l'antiquité avoient cru que bien-loin que les traits de lumiere réfléchis ſur les objets vinſſent en deſſiner l'image au fond de nos yeux, il partoit au contraire de nos yeux mêmes des traits de lumiere qui alloient chercher les objets & en rapportoient je ne ſai quelles eſpéces intentionelles. Cette idée étoit digne du reſte de la Phyſique des Grecs, je ne dis pas des Romains, car les Romains n'en eurent preſque jamais.

Ce fut Jean-Baptiſte Porta, Italien, qui en 1560 dévéloppa le premier les véritables cauſes de la vûë, &

par

par la simple expérience d'un drap blanc exposé à un rayon de Soleil dans une chambre obscure, soupçonna qu'il devoit arriver dans l'œil la même chose que dans cette chambre. Il n'osa pas imaginer que les rayons pénétroient jusqu'à la rétine, il crut que les objets se peignoient sur le cristallin, & tout le monde le crut avec lui, jusqu'à ce qu'enfin Kepler & Descartes expliquerent tout l'artifice de la vision, toutes les réfractions qui s'opérent dans nos yeux, & ce qui rend la vûë courte, & ce qui peut l'aider. Le Docteur Houe, Précurseur de Neuton, parvint depuis jusqu'à faire voir par l'expérience qu'il faut qu'un objet, pour être apperçû, trace au moins sur la rétine une image, qui soit la huit milliéme partie d'un pouce.

La structure des yeux ainsi développée seulement pour l'usage de l'Optique, on peut connaître aisément, pourquoi on a si souvent besoin du secours d'un Verre, & quel est l'usage des Lunettes.

Souvent un œil sera trop plat, soit par la conformation de sa *cornée*, soit par son cristallin, que l'âge ou la maladie aura desseché; alors les réfractions feront plus faibles & en moindre quantité, les rayons ne se rassembleront plus sur la *rétine*. Considérez cet œil trop plat que l'on nomme œil de *presbite*.

*Oeil presbite.*

Ne regardons, pour plus de facilité, que trois faisceaux, trois cones des rayons, qui de l'objet tombent sur cet œil, ils se réuniront au points A A A, par delà la *rétine*, il verra les objets confus.

*Figure 9.*

La Nature a fourni un secours contre cet inconvenient, par la force qu'elle a donnée aux muscles de l'œil d'allonger, ou d'aplatir l'œil, de l'approcher ou de le reculer de la *rétine*. Ainsi dans cet œil de Vieillard, ou dans cet œil malade, le *cristallin* a la faculté
de

de s'avancer un peu, & d'aller vers D D, alors l'espace entre le *criſtallin* & le fond de la *rétine* devient plus grand, les rayons ont le tems de venir ſe réunir ſur la *rétine*, au lieu d'aller au-delà: mais lorſque cette force eſt perduë, l'induſtrie humaine y ſupplée, un verre lenticulaire eſt mis entre l'objet & l'œil affaibli. L'effet de ce verre eſt de rapprocher les rayons qu'il a reçus, l'œil les reçoit donc & plus raſſemblés & en plus grand nombre : ils viennent aboutir à un point de la *rétine* comme il le faut ; alors la vûë eſt nette & diſtincte.

*Figure 10.*  Regardez cet autre œil, qui a une maladie contraire, il eſt trop rond : les rayons ſe réuniſſent trop tôt, comme vous le voyez au point B, ils ſe croiſent trop vîte, ils ſe ſéparent en B, & vont faire une tache ſur la *rétine.*  C'eſt-là ce qu'on appelle un œil *Oeil myope.* *myope.*  Cet inconvénient diminuë à meſure que l'âge en amene d'autres, qui ſont la ſéchereſſe & la faibleſſe : elles aplatiſſent inſenſiblement cet œil trop rond ; & voilà pourquoi on dit que les vûës courtes durent plus long-tems.  Ce n'eſt pas qu'en effet elles durent plus que les autres ; mais c'eſt qu'à un certain âge, l'œil deſſéché s'aplatit : alors celui qui étoit obligé auparavant d'approcher ſon Livre à trois ou quatre pouces de ſon œil, peut lire quelquefois à un pied de diſtance ; mais auſſi ſa vûë devient bien-tôt trouble & confuſe, il ne peut voir les objets éloignés ; telle eſt notre condition, qu'un défaut ne ſe répare preſque jamais que par un autre.

Or, tandis que cet œil eſt trop rond, il lui faut un Verre ; qui empêche les rayons de ſe réunir ſi vîte. Ce Verre fera le contraire du premier, au lieu d'être convexe des deux côtés, il ſera un peu concave des deux côtés, & les rayons divergeront dans celui-ci,

au

au lieu qu'ils convergeroient dans l'autre. Ils viendront par conséquent se réunir plus loin qu'ils ne faisoient auparavant dans l'œil; & alors cet œil jouira
d'une vûë parfaite. On proportionne la convexité &
la concavité des Verres aux défauts de nos yeux; c'est
ce qui fait que les mêmes Lunettes qui rendent la vûë
nette à un Vieillard, ne seront d'aucun secours à un
autre; car il n'y a ni deux maladies, ni deux hommes,
ni deux choses au monde égales, excepté les premiers
principes des corps Homogenes.

On dit, que l'Antiquité ne connaissoit point ces
Lunettes. Cependant elle connaissoit les Miroirs ar-
dens; une vérité découverte n'est pas toujours une
raison pour qu'on découvre les autres vérités qui y
tiennent. L'attraction de l'Aimant étoit connuë, & sa
direction échappoit aux yeux. La démonstration de
la circulation du sang étoit dans la saignée même que
pratiquoient tous les Médecins Grecs, & cependant
personne ne se doutoit que le sang circulât; mais
comment les Grecs & les Romains ont-ils pû sans loupe
graver ces pierres dont nous ne pouvons aujourd'hui
admirer les détails qu'avec une loupe? d'un autre côté
si l'art de faire des lunettes fut connu des anciens,
comment a-t-il péri? Un secret peut se perdre, mais
tout art utile se perpetuë. On croit, que c'est du
tems de Roger Bacon au commencement du treiziéme
siécle, que l'on trouva ces lunettes appellées besicles,
& les loupes qui donnent de nouveaux yeux aux vieil-
lards; car il est le premier qui en parle avec quelque
netteté, & on ne commença à en parler que dans ce
tems-là; on s'est servi pendant près de quatre cens ans
de ces lunettes sans qu'on sût précisément par quelle
mécanique elles aidoient nos yeux, à peu près comme
nous nous servons encore de la boussole sans connaître
la cause qui dirige l'éguille aimantée.

Vous

Vous venez de voir les effets que la réfraction fait dans nos yeux ; soit que les rayons arrivent sans secours intermédiaire, soit qu'ils ayent traversé des cristaux : vous concevez que sans cette réfraction opérée dans nos yeux, & sans cette réflexion des rayons de dessus les surfaces des corps vers nous, les organes de vûë nous seroient inutiles. Les moyens que la Nature employe pour faire cette réfraction, les loix qu'elle suit, font des mystéres que nous allons développer. Il faut auparavant achever ce que nous avons à dire touchant la vûë, il faut satisfaire à ces questions si naturelles : Pourquoi nous voyons les objets au-delà d'un Miroir, & non sur le Miroir même ? Pourquoi un Miroir concave rend l'objet plus grand ? Pourquoi le Miroir convexe rend l'objet plus petit ? Pourquoi les Télescopes rapprochent & aggrandissent les choses ? Par quel artifice la Nature nous fait connaître les grandeurs, les distances, les situations ? Quelle est enfin la véritable raison, qui fait que nous voyons les objets tels qu'ils sont, quoique dans nos yeux ils se peignent renversés ? Il n'y a rien là qui ne mérite la curiosité de tout être pensant ; mais nous ne nous étendrions pas sur ces sujets, que tant d'illustres Ecrivains ont traités, & nous renvoyerions à eux, si nous n'avions pas à faire connaître quelques vérités assez nouvelles, & curieuses pour un petit nombre de Lecteurs.

CHA-

# CHAPITRE VI.

*Des Miroirs, des Telescopes : des Raisons que les Mathématiques donnent des mystéres de la vision ; que ces raisons ne sont point suffisantes.*

Les rayons qu'une Puissance, jusqu'à nos jours inconnuë, fait rejaillir à vos yeux de dessus la surface d'un miroir, sans toucher à cette surface, & des pores de ce miroir, sans toucher aux parties solides; ces rayons, dis-je, retournent à vos yeux dans le même sens qu'ils sont arrivés à ce miroir. Si c'est votre visage que vous regardez, les rayons partis de votre visage parallélement & en perpendiculaire sur le miroir, y retournent de même qu'une bale qui rebondit perpendiculairement sur le plancher.

Si vous regardez dans ce miroir M, un objet qui est à côté de vous comme A, il arrive aux rayons partis de cet objet la même chose qu'à une balle, qui rebondiroit en B, où est votre œil. C'est ce qu'on appelle l'angle d'incidence égal à l'angle de réfléxion. *Miroir plan.* *Figure 11.*

La ligne A C est la ligne d'incidence, la ligne C B est la ligne de réfléxion. On sait assez, & le seul énoncé le démontre, que ces lignes forment des angles égaux sur la surface de la glace; maintenant pourquoi ne vois-je l'objet ni en A, où il est, ni dans C, dont viennent à mes yeux les rayons, mais en D derriere le miroir même?

La Géométrie vous dira : c'est que l'angle d'incidence est égal à l'angle de réfléxion : c'est que votre œil en B rapporte l'objet en D, c'est que les objets *Figure 12.*

jets

jets ne peuvent agir fur vous qu'en ligne droite, &
que la ligne droite continuée dans votre œil B jufques
derriere le miroir en D eft auffi longue que la ligne
A C & la ligne C B prifes enfemble.

Enfin elle vous dira encore : vous ne voyez jamais les objets que du point où les rayons commencent à diverger   Soit ce miroir M I.

Les faifceaux des rayons, qui partent de chaque
point de l'objet A, commencent à diverger dès l'inftant qu'ils partent de l'objet ; ils arrivent fur la fur-

*Miroir plan*  face du miroir : là chacun de ces rayons tombe, s'é-
carte, & fe réfléchit vers l'œil.   Cet œil les rapporte
aux points D D au bout des lignes droites, où ces
mêmes rayons fe rencontreroient ; mais en fe rencon-
trant aux points D D, ces rayons feroient la même
chofe qu'aux points A A ; ils commenceroient à diverger ; donc vous voyez l'objet A A aux points D D.

Ces angles & ces lignes fervent, fans doute, à
vous donner une intelligence de cet artifice de la Nature ; mais il s'en faut beaucoup qu'elles puiffent vous
apprendre la raifon Phyfique efficiente, pourquoi votre ame rapporte fans héfiter l'objet au-delà du miroir
à la même diftance qu'il eft au-deçà.   Ces lignes vous
repréfentent ce qui arrive, mais elles ne vous apprennent point pourquoi cela arrive.

Si vous voulez favoir comment un miroir convexe diminuë les objets, & comment un miroir concave les augmente, ces lignes d'incidence & de réfléxion vous en rendront la même raifon.

*Miroir con-*    On vous dit : Ce cône des rayons qui diverge du
*vexe.*          point A & qui tombe fur ce miroir convexe, y fait
*Figure 13.*     des angles d'incidence égaux aux angles de réflexion,
dont les lignes vont dans notre œil. Or ces angles font
plus petits que s'ils étoient tombés fur une furface pla-
ne,

ne, donc s'ils font fuppofés paffer en B, ils y convergeront bien plûtôt, donc l'objet qui feroit en B B feroit plus petit.

Or votre œil rapporte l'objet en B B aux points d'où les rayons commenceroient à diverger, donc l'objet doit vous paraître plus petit, comme il l'eft en effet dans cette figure. Par la même raifon qu'il paraît plus petit, il vous paraît plus près, puifqu'en effet les points où aboutiroient les rayons B B font plus près du miroir que ne le font les rayons A A.

Par la raifon des contraires, vous devez voir les objets plus grands & plus éloignés dans un miroir concave, en plaçant l'objet affez près du miroir.

*Miroir concave.*

*Figure 14.*

Car les cônes des rayons A A venant à diverger fur le miroir aux points où ces rayons tombent, s'ils fe réfléchiffoient à travers ce miroir, ils ne fe réuniroient qu'en B B, donc c'eft en B B que vous les voyez. Or B B eft plus grand & plus éloigné du miroir que n'eft A A, donc vous verrez l'objet plus grand, & plus loin.

Voilà en général ce qui fe paffe dans les rayons réfléchis à vos yeux, & ce feul Principe, que l'angle d'incidence eft toujours égal à l'angle de réfléxion, eft le premier fondement de tous les myftéres de la Catoptrique.

Maintenant il s'agit de favoir, comment les lunettes augmentent ces grandeurs & rapprochent ces diftances. Enfin pourquoi les objets fe peignant renverfés dans vos yeux, vous les voyez cependant comme ils font.

A l'égard des grandeurs & des diftances, voici ce que les Mathéinatiques nous en apprendront. Plus un objet fera dans votre œil un grand angle, plus l'ob

Explica-
tions géo-
métriques
de la vision. jet vous paraîtra grand : Rien n'eſt plus ſimple. Cette ligne H K que vous voyez à cent pas, trace un angle dans l'œil A (figure 15.) à deux cens pas, elle trace un angle la moitié plus petit dans l'œil B. (figure 16.) Or l'angle qui ſe forme dans votre *rétine* , & dont votre *rétine* eſt la baſe , eſt comme l'angle dont l'objet eſt la baſe. Ce ſont des angles oppoſés au ſommet : donc par les premieres notions des élémens de la Géométrie ils ſont égaux ; donc ſi l'angle formé dans l'œil A eſt double de l'angle formé dans l'œil B cet objet doit paraître une fois plus grand à l'œil A qu'à l'œil B.

Maintenant pour que l'œil étant en B voye l'objet auſſi grand , que le voit l'œil en A il faut faire enſorte que cet œil B reçoive un angle auſſi grand que celui de l'œil A qui eſt une fois plus près. Les verres d'un téleſcope feront cet effet.

Figure 17. Ne mettons ici qu'un ſeul verre pour plus de facilité , & faiſons abſtraction des autres effets de pluſieurs verres. L'objet H K envoye ſes rayons à ce verre. Ils ſe réuniſſent à quelque diſtance du verre. Concevons un verre taillé de ſorte , que ces rayons ſe croiſent pour aller former dans l'œil en C un angle auſſi grand que celui de l'œil en A, alors l'œil, nous dit-on, juge par cet angle. Il voit donc alors l'objet de la même grandeur, que le voit l'œil en A. Mais en A, il le voit à cent pas de diſtance : donc en C recevant le même angle, il le verra encore à cent pas de diſtance. Tout l'effet des verres de lunettes multipliés, & des téleſcopes divers, & des microſcopes qui agrandiſſent les objets, conſiſte donc à faire voir Figure 18. les choſes ſous un plus grand angle. L'objet A, B eſt vû par le moyen de ce verre ſous l'angle D, C, D qui eſt bien plus grand que l'angle A, C, B.

Vous

Vous demandez encore aux regles d'optique, pourquoi vous voyez les objets dans leur situation, quoiqu'ils se peignent renversés sur notre rétine?

Le rayon qui part de la tête de cet homme A vient au point inférieur de votre rétine A, ses pieds B sont vûs par les rayons B, B au point supérieur de votre rétine B. Ainsi cet homme est peint réellement la tête en bas & les pieds en haut au fond de vos yeux. Pourquoi donc ne voyez-vous pas cet homme ren- *Figure 19.* versé, mais droit, & tel qu'il est?

Pour résoudre cette question, on se sert de la comparaison de l'aveugle qui tient des bâtons croisés avec lesquels il devine très-bien la position des objets.

Car le point qui est à gauche, étant senti par la main droite à l'aide du bâton, il le juge aussi-tôt à gauche; & le point que sa main gauche a senti par l'entremise de l'autre bâton, il le juge à droite sans se tromper.

Tous les Maîtres d'optique nous disent donc, que la partie inférieure de l'œil rapporte tout d'un coup sa sensation à la partie supérieure de l'objet, & que la partie supérieure de la rétine rapporte aussi naturellement la sensation à la partie inférieure, ainsi on voit l'objet dans sa situation véritable.

Mais quand vous aurez connu parfaitement tous ces angles, & toutes ces lignes Mathématiques, par lesquelles on suit le chemin de la lumiere jusqu'au fond de l'œil, ne croyez pas pour cela savoir comment vous appercevez les grandeurs, les distances, les situations des choses. Les proportions géométriques de ces angles & de ces lignes sont justes, il est vrai; mais il n'y a pas plus de rapport entr'elles & nos sensations, qu'entre le son que nous entendons & la grandeur, la

*Nul rapport immédiat entre les regles d'optique & nos sensations.*

H 2                    distan-

diſtance, la ſituation de la choſe entenduë. Par le ſon, mon oreille eſt frappée ; j'entends des tons & rien de plus. Par la vûë, mon œil eſt ébranlé ; je vois des couleurs & rien de plus. Non ſeulement les proportions de ces angles, & de ces lignes, ne peuvent en aucune maniere être la cauſe immédiate du jugement que je forme des objets ; mais en pluſieurs cas ces proportions ne s'accordent point du tout avec la façon dont nous voyons les objets.

**Exemple en preuve.** Par exemple, un homme vû à quatre pas, & à huit pas, eſt vû de même grandeur. Cependant l'image de cet homme, à quatre pas, eſt à très-peu de choſe près double dans votre œil, de celle qu'il y trace à huit pas. Les angles ſont différens, & vous voyez l'objet toujours également grand ; donc il eſt évident par ce ſeul exemple, choiſi entre pluſieurs, que ces angles & ces lignes ne ſont point du tout la cauſe immédiate de la maniere dont nous voyons.

Avant donc que de continuer les recherches que nous avons commencées ſur la lumiere, & ſur les loix mécaniques de la Nature, vous m'ordonnez de dire ici, comment les idées des diſtances, des grandeurs, des ſituations, des objets, ſont reçues dans notre ame. Cet examen nous fournira quelque choſe de nouveau & de vrai, c'eſt la ſeule excuſe d'un Livre.

CHA.

# CHAPITRE VII.

## Comment nous connaiſſons les diſtances, les grandeurs, les figures, les ſituations.

Commençons par la diſtance. Il eſt clair qu'elle ne peut être apperçuë immédiatement par elle-même; car la diſtance n'eſt qu'une ligne de l'objet en nous. Cette ligne ſe termine à un point, nous ne ſentons donc que ce point; & ſoit que l'objet exiſte à mille lieuës, ou qu'il ſoit à un pied, ce point eſt toujours le même.

Nous n'avons donc aucun moyen immédiat pour appercevoir tout d'un coup la diſtance, comme nous en avons pour ſentir par l'attouchement, ſi un corps eſt dur ou mou; par le goût, s'il eſt doux ou amer; par l'ouïe, ſi de deux ſons l'un eſt grave & l'autre aigu. Car qu'on y prenne bien garde, les parties d'un corps, qui cedent à mon doigt, ſont la plus prochaine cauſe de ma ſenſation de moleſſe, & les vibrations de l'air excitées par le corps ſonore, ſont la plus prochaine cauſe de ma ſenſation du ſon; or ſi je ne puis avoir ainſi immédiatement une idée de diſtance, il faut donc que je connaiſſe cette diſtance par le moyen d'une autre idée intermédiaire: mais il faut au moins que j'apperçoive cette intermédiaire; car une idée que je n'aurai point, ne ſervira certainement pas à m'en faire avoir une autre. Je dis, qu'une telle maiſon eſt à un mille d'une telle riviére; mais ſi je ne ſai pas où eſt cette riviére, je ne ſai certainement pas où eſt cette maiſon. Un corps céde aiſément à l'impreſſion de

H 3

ma

ma main; je conclus immédiatement sa moleſſe. Un autre réſiſte, je ſens immédiatement ſa dureté; il faudroit donc que je ſentiſſe les angles formés dans mon œil, pour en conclure immédiatement les diſtances des objets. Mais la plûpart des hommes ne ſavent pas même ſi ces angles exiſtent : donc il eſt évident que ces angles ne peuvent être la cauſe immédiate de ce que vous connaiſſez les diſtances.

Exemple en preuve. Celui qui, pour la premiere fois de ſa vie, entendroit le bruit du Canon, ou le ſon d'un Concert, ne pourroit juger, ſi on tire ce canon, ou ſi on exécute ce concert à une lieuë, ou à trente pas. Il n'y a que l'expérience qui puiſſe l'accoutumer à juger de la diſtance, qui eſt entre lui & l'endroit d'où part ce bruit. Les vibrations, les ondulations de l'air portent un ſon à ſes oreilles, ou plûtôt à ſon ame ; mais ce bruit n'avertit pas plus ſon ame de l'endroit où le bruit commence, qu'il ne lui apprend la forme du canon ou des inſtrumens de Muſique.

C'eſt la même choſe préciſément par rapport aux rayons de lumiere qui partent d'un objet, ils ne nous apprennent point du tout où eſt cet objet.

Ces lignes optiques ne font con- naître ni les grandeurs ni les figu- res. Ils ne nous font pas connaître davantage les grandeurs ni même les figures.

Je vois de loin une eſpéce de petite Tour. J'avance, j'apperçois, & je touche un grand Bâtiment quadrangulaire. Certainement ce que je vois & ce que je touche, n'eſt pas ce que je voyois. Ce petit objet rond, qui étoit dans mes yeux, n'eſt point ce grand Bâtiment quarré.

Autre choſe eſt donc l'objet meſurable & tangible, autre choſe eſt l'objet viſible. J'entends de ma Exemple en preuve, chambre le bruit d'un caroſſe : j'ouvre la fenêtre & je

le

le vois ; je descends & j'entre dedans. Or ce carosse
que j'ai entendu, ce carosse que j'ai vu, ce carosse
que j'ai touché, sont trois objets absolument divers de
trois de mes sens, qui n'ont aucun rapport immédiat
les uns avec les autres.

Il y a bien plus : il est démontré, comme je l'ai
dit, qu'il se forme dans mon œil un angle une fois
plus grand à très-peu de chose près quand je vois un
homme à quatre pieds de moi, que quand je vois le
même homme à huit pieds de moi. Cependant je
vois toujours cet homme de la même grandeur : comment mon sentiment contredit-il ainsi le mécanisme
de mes organes ? L'objet est réellement une fois plus
petit dans mes yeux, & je le vois une fois plus
grand. C'est en vain qu'on veut expliquer ce mystere
par le chemin, ou par la forme que prend le cristallin
dans nos yeux. Quelque supposition que l'on fasse,
l'angle sous lequel je vois un homme à quatre pieds
de moi, est toujours double de l'angle sous lequel je
le vois à huit pieds ; & la Géométrie ne résoudra jamais ce Problême, la Physique y est également impuissante ; car vous avez beau supposer que l'œil prend
une nouvelle conformation, que le cristallin s'avance,
que l'angle s'aggrandit, tout cela s'opérera également
pour l'objet qui est à huit pas & pour l'objet qui est à
quatre. La proportion sera toujours la même, si vous
voyez l'objet à huit pas sous un angle de moitié plus
grand, vous voyez aussi l'objet à quatre pas sous un
angle de moitié plus grand ou environ. Donc ni la
Géometrie ni la Physique ne peuvent expliquer cette
difficulté.

Ces lignes & ces angles géométriques ne sont
pas plus réellement la cause de ce que nous voyons les
objets à leur place, que de ce que nous les voyons de
telles grandeurs, & à telle distance.

H 4 L'ame

L'ame ne confidere pas fi telle partie va fe peindre au bas de l'œil, elle ne rapporte rien à des lignes qu'elle ne voit point. L'œil fe baiffe feulement, pour voir ce qui eft près de la terre, & fe releve pour voir ce qui eft au-deffus de la terre.

Tout cela ne pouvoit être éclairci, & mis hors de toute conteftation, que par quelqu'aveugle-né à qui on auroit donné le fens de la vûë. Car fi cet aveugle, au moment qu'il eut ouvert les yeux, eût jugé des diftances, des grandeurs & des fituations, il eût été vrai que les angles optiques, formés tout d'un coup dans fa rétine, euffent été les caufes immédiates de fes fentimens. Auffi le Docteur Barclay affuroit après Mr. Loke (& allant même en cela plus loin que Loke) que ni fituation, ni grandeur, ni diftance, ni figure, ne feroit aucunement difcernée par cet aveugle, dont les yeux recevroient tout d'un coup la lumiere.

Preuve par l'expérience de l'aveugle-né, par Chifelden.

Mais où trouver l'aveugle, dont dépendoit la décifion indubitable de cette queftion? Enfin en 1729 Mr. Chifelden, un de ces fameux Chirurgiens, qui joignent l'addreffe de la main aux plus grandes lumieres de l'efprit, ayant imaginé qu'on pouvoit donner la vûë à un aveugle-né, en lui abaiffant ce qu'on appelle des cataractes, qu'il foupçonnoit formées dans fes yeux, prefqu'au moment de fa naiffance, il propofa l'operation. L'aveugle eut de la peine à y confentir. Il ne concevoit pas trop, que le fens de la vûë pût beaucoup augmenter fes plaifirs. Sans l'envie qu'on lui infpira d'apprendre à lire & à écrire, il n'eût point défiré de voir. Il verifioit par cette indifférence, *qu'il eft impoffible d'être malheureux, par la privation des biens dont on n'a pas d'idée*: vérité bien importante. Quoi qu'il en foit, l'operation fut faite & réüffit. Ce jeune homme d'environ quatorze

ans,

ans, vit la lumiere pour la premiere fois. Son expérience confirma tout ce que Loke & Barclay avoient fi bien prévû. Il ne diftingua de long-tems ni grandeur, ni fituation, ni même figure. Un objet d'un pouce, mis devant fon œil, & qui lui cachoit une maifon, lui paraiffoit auffi grand que la maifon. Tout ce qu'il voyoit, lui fembloit d'abord être fur fes yeux, & les toucher comme les objets du tact touchent la peau. Il ne pouvoit diftinguer d'abord ce qu'il avoit jugé rond à l'aide de fes mains, d'avec ce qu'il avoit jugé angulaire, ni difcerner avec fes yeux, fi ce que fes mains avoient fenti être en haut ou en bas, étoit en effet en haut ou en bas. Il étoit fi loin de connaître les grandeurs, qu'après avoir enfin conçu par la vûë, que fa maifon étoit plus grande que fa chambre, il ne concevoit pas, comment la vûë pouvoit donner cette idée. Ce ne fut qu'au bout de deux mois d'expérience, qu'il put appercevoir que les tableaux repréfentoient des corps folides : Et lorfqu'après ce long tatonnement d'un fens nouveau en lui, il eut fenti que des corps, & non des furfaces feules, étoient peints dans les tableaux ; il y porta la main, & fut étonné de ne point trouver avec fes mains ces corps folides, dont il commençoit à appercevoir les repréfentations. Il demandoit quel étoit le trompeur, du fens du toucher, ou du fens de la vûë.

Ce fut donc une décifion irrévocable, que la maniere dont nous voyons les chofes, n'eft point du tout la fuite immédiate des angles formés dans nos yeux; car ces angles Mathématiques étoient dans les yeux de cet homme, comme dans les nôtres, & ne lui fervoient de rien fans le fecours de l'expérience & des autres fens.

Com-

Comment nous repréfentons-nous donc les grandeurs & les diftances ? De la même façon dont nous imaginons les paffions des hommes, par les couleurs qu'elles peignent fur leurs vifages, & par l'altération qu'elles portent dans leurs traits. Il n'y a perfonne, qui ne life tout d'un coup fur le front d'un autre, la douleur, ou la colere. C'eft la Langue que la nature parle à tous les yeux; mais l'expérience feule apprend ce langage. Auffi l'expérience feule nous apprend, que quand un objet eft trop loin, nous le voyons confufément & faiblement. De-là nous formons des idées, qui enfuite accompagnent toujours la fenfation de la vûë. Ainfi tout homme qui, à dix pas, aura vû fon cheval haut de cinq pieds, s'il voit, quelque minutes après, ce cheval gros comme un mouton, fon ame, par un jugement involontaire, conclut à l'inftant que ce cheval eft très-loin.

Il eft bien vrai, que quand je vois mon cheval gros comme un mouton, il fe forme alors dans mon œil une peinture plus petite, un angle plus aigu; mais c'eft-là ce qui accompagne, non ce qui caufe mon fentiment. De même quelquefois il fe fait un autre ébranlement dans mon cerveau, quand je vois un homme rougir de honte, que quand je le vois rougir de colére; mais ces différentes impreffions ne m'apprendroient rien de ce qui fe paffe dans l'ame de cet homme, fans l'expérience dont la voix feule fe fait entendre.

Loin que cet angle foit la caufe immédiate de ce que je juge qu'un grand cheval eft très-loin, quand je vois ce cheval fort petit; il arrive au contraire, à tous les momens, que je vois ce même cheval égalément grand, à dix pas, à vingt, à trente pas, quoique l'angle à dix pas foit double, triple, quadruple.

*Je*

---

**Comment nous connaiffons les diftances & les grandeurs.**

Je regarde de fort loin, par un petit trou, un Exemple. homme poſté ſur un toit; le lointain & le peu de rayons m'empêchent d'abord de diſtinguer ſi c'eſt un homme : l'objet me paraît très-petit, je crois voir une ſtatuë de deux pieds tout au plus : l'objet ſe remuë, je juge que c'eſt un homme, & dès ce même inſtant cet homme me paraît de la grandeur ordinaire; d'où viennent ces deux jugemens ſi différens?

Quand j'ai crû voir une ſtatuë, je l'ai imaginée de deux pieds, parceque je la voyois ſous un tel angle : nulle expérience ne plioit mon ame à démentir les traits imprimés dans ma rétine; mais dès que j'ai jugé que c'étoit un homme, la liaiſon miſe par l'expérience, dans mon cerveau, entre l'idée d'un homme & l'idée de la hauteur de cinq à ſix pieds, me force, ſans que j'y penſe, à imaginer, par un jugement ſoudain, que je vois un homme de telle hauteur, & à voir une telle hauteur en effet.

Il faut abſolument conclure de tout ceci, que les Nous apprenons à voir comme à lire. diſtances, les grandeurs, les ſituations, ne ſont pas, à proprement parler, des chóſes viſibles, c'eſt-à-dire, ne ſont pas les objets propres & immédiats de la vûë. L'objet propre & immédiat de la vûë n'eſt autre choſe que la lumiere colorée: tout le reſte nous ne le ſentons qu'à la longue & par expérience. Nous apprenons à voir préciſément comme nous apprenons à parler & à lire. La différence eſt, que l'art de voir eſt plus facile, & que la nature eſt également à tous notre Maître.

Les jugemens ſoudains, preſque uniformes, que La vûë ne peut faire connaître l'étenduë. toutes nos ames, à un certain âge, portent des diſtances, des grandeurs, des ſituations, nous font penſer, qu'il n'y a qu'à ouvrir les yeux, pour voir de la maniere dont nous voyons. On ſe trompe; il y faut le secours des autres sens.    Si les hommes n'avoient que le sens de la vûë, ils n'auroient aucun moyen pour connaître l'étenduë en longueur, largeur & profondeur; & un pur Esprit ne la connaîtroit pas peut-être, à moins que Dieu ne la lui revelât.    Il est très difficile de séparer dans nôtre entendement l'extension d'un objet d'avec les couleurs de cet objet.    Nous ne voyons jamais rien que d'étendu, & de-là nous sommes tout portés à croire, que nous voyons en effet l'étenduë.    Nous ne pouvons guéres distinguer dans notre ame ce jaune, que nous voyons dans un Louis d'or, d'avec ce Louis d'or dont nous voyons le jaune. C'est comme, lorsque nous entendons prononcer ce mot *Louis d'or*, nous ne pouvons nous empêcher d'attacher malgré nous l'idée de cette monnoye au son que nous entendons prononcer.

Si tous les hommes parloient la même Langue, nous serions toujours prêts à croire, qu'il y auroit une connexion nécessaire entre les mots & les idées.    Or tous les hommes ont ici le même langage, en fait d'imagination.    La Nature leur dit à tous : Quand vous aurez vû des couleurs pendant un certain tems, votre imagination vous représentera à tous, de la même façon, les corps auxquels ces couleurs semblent attachées. Ce jugement prompt & involontaire que vous formerez, vous sera utile dans le cours de votre vie; car s'il falloit attendre pour estimer les distances, les grandeurs, les situations, de tout ce qui vous environne, que vous eussiez examiné des angles & des rayons visuels, vous seriez morts avant que de savoir si les choses dont vous avez besoin, sont à dix pas de vous, ou à cent millions de lieuës, & si elles sont de la grosseur d'un ciron, ou d'une montagne.    Il vaudroit beaucoup mieux, pour vous, être nés aveugles.

*Nous*

Nous avons donc très-grand tort quand nous difons que nos Sens nous trompent. Chacun de nos fens fait la fonction à laquelle la Nature l'a deftiné. Ils s'aident mutuellement pour envoyer à notre ame, par les mains de l'expérience, la mefure des connaiffances que notre être comporte. Nous demandons à nos Sens ce qu'ils ne font point faits pour nous donner. Nous voudrions que nos yeux nous fiffent connaître la folidité, la grandeur, la diftance, &c. mais il faut que le toucher s'accorde en cela avec la vûë, & que l'expérience les feconde. Si le Pere Mallebranche avoit envifagé la Nature par ce côté, il eût attribué peut-être moins d'erreurs à nos Sens qui font les feules fources de toutes nos idées.

Il ne faut pas fans doute étendre à tous les cas cette efpéce de Métaphyfique que nous venons de voir. Nous ne devons l'appeller au fecours, que quand les Mathématiques nous font infuffifantes, & c'eft encore une erreur qu'il faut reconnaître dans le Pere Mallebranche, il attribuë par exemple à la feule imagination des hommes, des effets dont les feules regles d'Optique rendent raifon. Il croit que fi les aftres nous paraiffent plus grands à l'Horifon qu'au Méridien, c'eft à l'imagination feule qu'il faut s'en prendre. Nous allons dans le chapitre fuivant expliquer ce Phénomene, qui depuis cent ans a exercé tant de Philofophes.

# CHAPITRE VIII.

*Pourquoi le Soleil & la Lune paraissent plus grands à l'Horison qu'au Méridien.*

**Système de Mallebranche.**

Wallis fut le premier qui crut que la longue interposition des terres & même des nuages, fait paraître le Soleil & la Lune plus grands à l'Horison qu'au Méridien. Mallebranche fortifia cette opinion de toutes les preuves que lui fournit la sagacité de son génie, Regis eut avec lui une dispute célebre sur ce Phénomene, il l'attribuoit aux réfractions qui se font dans les vapeurs de la terre, & il se trompoit, car les réfractions font précisément l'effet contraire à celui que Regis leur attribuoit; mais le pere Mallebranche ne se trompoit pas moins, en soutenant que l'imagination frappée de la longue étenduë de terres & des nuages à notre Horison se représente le même Astre plus grand au bout de ces terres & de ces nuées, que lorsqu'étant parvenu à son plus haut point, il est vû sans aucune interposition.

**Démenti par l'expérience.**

Les plus simples expériences démentent le Système de Mallebranche, j'eus il y a quelques années la curiosité d'examiner de suite ce Phénomene; je fis faire des tuyaux de carton de sept à huit pieds de long, d'un demi pied de Diametre, je fis regarder le Soleil à l'Horison par plusieurs enfans dont l'imagination n'étoit point du tout accoutumée à juger de la grandeur de l'Astre par l'étenduë qui paraît entre l'Astre & les yeux. Ils ne voyoient pas même ni le terrain ni les nuages. Le tube ne leur laissoit que la vûë du Soleil, & tous le virent comme moi beaucoup plus grand qu'à midi. Cette expérience & plusieurs autres

autres me déterminoient à imaginer une autre caufe ; & j'avois déja le malheur de faire un Syftême, lorfque la folution mathématique de ce problême par M. Smith me tomba entre les mains, & m'épargna les erreurs d'une Hypothefe. Voici cette explication qui mérite d'être étudiée.

Il faut d'abord établir que fuivant les regles de l'Optique le Ciel nous doit paraître une voute furbaif-fée. En voici une preuve familiére.

Explication du phéno-méne.

Notre vûë s'étend diftinctement jufqu'au point où les objets font dans notre œil un angle de la huit milliéme partie d'un pouce au moins, felon les ob-fervations de Houk. Un homme P haut de cinq pieds regarde l'objet B auffi haut de cinq pieds & di-ftant de vingt-cinq mille pieds il le voit fous l'angle A, O, B ; mais cet angle A, O, B n'étant pas dans l'œil de la huit milliéme partie d'un pouce, il ne le di-ftingue pas ; mais s'il regarde l'objet C, l'angle eft en-core plus petit. Il le voit comme fi cet objet étoit en A D, ainfi tout ce qui eft derriere C devient encor moins diftinct ; les maifons, les nuages qui feront der-riere C doivent paraître rafer l'Horifon vers C, tous les nuages s'abaiffent donc pour nous à l'Horifon à la diftance 25000 pieds, c'eft-à-dire à environ une lieuë de 3000 pas & deux tiers, & ils s'abaiffent par dégrés : par conféquent tous les nuages qui s'élevent en G à environ trois quarts de lieuë de hauteur doivent nous paraître rafer notre Horifon, ainfi au lieu de voir les nuages G auffi haut que le nuage N, nous voyons les nuages G toucher la terre & le nuage N élevé en-viron à trois quarts de lieuë au-deffus de notre tête, nous ne devons donc voir le Ciel ni comme un plat-fond, ni comme un ceintre circulaire, mais comme une voute furbaiffée ; dont le grand Diametre B B eft environ fix fois plus grand que le petit A, D.

Figure 20.

Nous

*Figure 20.*  Nous voyons donc le Ciel en cette manière B, A, B. & quand le Soleil ou la Lune font en B. à l'Horifon ils nous paraiffent plus éloignés (à nous qui fommes en D) d'environ un tiers, que quand ces Aftres font en A, or nous devons les voir fous les angles qui viendront à nos yeux de B & de A, il refte donc à exami-

*Figure 21.*  ner ces angles. Il fembleroit d'abord qu'ils devroient être plus petits quand l'objet eft plus éloigné ; & plus grands quand il eft plus proche, mais, c'eft ici tout le contraire.

L'Aftre réel, l'Aftre tangible roule en B, D, R, E, mais l'Aftre apparent va dans la courbe B, A, C, G. Or les angles fe forment par l'objet apparent ; tirez donc des angles de l'œil qui eft en P aux places réel-les de l'Aftre D, ces angles viendroient néceffairement rafer les Aftres apparens, vous voyez, par exemple, que l'angle eft confidérablement grand à l'Horifon en G & qu'il devient affez petit en C, la différence eft plus grande au Méridien. L'Aftre au Méridien a fon difque comme 3. & à l'Horifon à peu près comme 9. car les Diametres de l'Aftre font comme fes diftan-ces apparentes : or la diftance apparente de l'Aftre eft environ 9. à l'Horifon & 3. au Méridien ; ainfi eft fa grandeur apparente.

Cette vérité fe confirme par une autre expérien-ce d'un genre femblable : regardez deux Etoiles di-ftantes entre elles réellement d'un dixiéme de dégré, elles vous paraiffent beaucoup plus éloignées à l'Hori-fon, & beaucoup plus raprochées vers le Méridien.

*Figure 22.*  Ces deux étoiles toujours également diftantes font vûës fous l'angle, F, C, D vers l'horizon, lequel eft beaucoup plus grand que l'angle, F, A, B au mé-ridien, vous voyez que cette différence apparente vient precifément par la même raifon que je viens de rap-porter.

Voici

Voici donc felon cette regle & felon les obfervations qui la confirment les proportions des grandeurs & des diftances aparentes du Soleil & de la Lune.

A l'horifon ces Aftres font vûs de la grandeur 100
A quinze degrés au-deffus, de la grandeur 68
A trente degrés de la grandeur 50
A quatre-vingt-dix degrés de la grandeur 30

De même deux Etoiles quelconques qui confer-
vent toujours entre elles leur même diftance paraiffent
à l'horifon eloignées l'une de l'autre comme 100, &
au Méridien comme 30, ce qui eft toujours comme
vous voyez la proportion d'environ 9 à 3.

Cette theorie eft encore confirmée par une autre
obfervation. La Lune paraît confiderablement plus
grande en certains tems de l'Année qu'en d'autres le
Soleil parait auffi plus grand en hiver qu'en été, & les
différences de cette grandeur apparente étant plus fenfibles vers l'horifon qu'au meridien, elles font plus
aifément remarquées. La raifon de cette augmenta-
tion de grandeur c'eft que quand le diametre de la
Lune & du Soleil paraiffent plus grands, ces aftres font
en effet plus près de nous, le Soleil eft plus près de la
terre en hiver qu'en été, d'environ douze cens mille
lieuës, ainfi en hiver il parait plus grand, mais cette
largeur de fon difque eft un peu diminuée par les
refractions de l'air épais; la Lune en été eft dans fon
Perigée, ainfi elle parait fous un plus grand Diametre,
& la largeur de fon difque à l'horifon eft encore
moins diminuée en été qu'en hiver, parceque l'air
dans l'été eft plus fubtile & plus rare.

Ce phénomene eft donc entierement du reffort
de la Géométrie & de l'Optique, & le Docteur Smith
a la gloire d'avoir enfin trouvé la folution d'un problême fur lequel les plus grands génies avoient
fait des Syftêmes inutiles.

# CHAPITRE IX.

*De la cause qui fait briser les rayons de la lumiere en passant d' une substance dans une autre; que cette cause est une loi générale de la Nature inconnuë avant Neuton; que l'infléxion de la lumiere est encore un effet de cette cause, &c.*

Nous avons déja vû l'artifice presque incompréhensible de la réfléxion de la lumiere; que l'impulsion connuë ne peut causer. Celui de la réfraction dont nous allons reprendre l'examen n'est pas moins surprenant.

Ce que c'est que réfraction.

Commençons par nous bien affermir dans une idée nette de la chose qu'il faut expliquer. Souvenons-nous bien, que quand la lumiere tombe d'une substance plus rare, plus légere comme l'air, dans une substance plus pesante, plus dense comme l'eau, & qui semble lui devoir resister davantage, la lumiere alors quitte son chemin & se brise en s'approchant d'une perpendicule, qu'on éleveroit sur la surface de cette eau.

M. Le Clerc, dans sa Physique, a dit tout le contraire faute d'attention. En son livre cinq, chapitre huit: „Plus la résistance des corps est grande, „dit-il, plus la lumiere qui tombe dans eux s'éloigne „de la perpendicule. Ainsi le rayon s'éloigne de la „perpendicule en passant de l'air dans l'eau.,,

Ce n'est pas la seule méprise qui soit dans le Clerc, & un homme qui auroit le malheur d'étudier la Physique dans les Ecrits de cet Auteur, n'auroit guére que des idées fausses ou confuses.

Pour

Pour avoir une idée bien nette de cette vérité ; *Figure 23.*
regardez ce rayon qui tombe de l'air dans ce criſtal.

Vous ſavez comme il ſe briſe. Ce rayon A, E
fait un angle avec cette perpendiculaire B, E en tombant ſur la ſurface de ce Criſtal. Ce même rayon ré-
fracté dans ce criſtal, fait un autre angle avec cette
même perpendiculaire qui régle ſa réfraction. Il fallut meſurer cette incidence & ce briſement de la lumiere. Il ſemble que ce ſoit une choſe fort aiſée, Proportion
cependant le Géometre Arabe Alhazen Vitellon, Ke- des réfra-<br>ctions trou-
pler même y échouerent. Snellius Villebrod eſt le vée par<br>Snellius.
premier au rapport d'Hugens témoin oculaire, qui
trouva cette proportion conſtante dans laquelle la lumiere ſe rompt dans des milieux donnés. Il ſe ſervit
des Sécantes. Deſcartes ſe ſervit enſuite des Sinus,
ce qui eſt préciſément la même proportion, le même Théoreme, ſous d'autres noms. Cette proportion eſt très-aiſée à entendre de ceux qui ſont les plus
étrangers dans la Géométrie.

Plus la ligne A, B que vous voyez, eſt grande, Ce que
plus la ligne C, D ſera grande auſſi. Cette ligne A, B c'eſt que ſi-<br>nus de ré-
eſt ce qu'on appelle *ſinus* d'incidence. Cette ligne fraction.
C, D eſt le *ſinus* de la réfraction. Ce n'eſt pas ici *Figure 24.*
le lieu d'expliquer en général ce que c'eſt qu'un *ſinus*.
Ceux qui ont étudié la Géométrie le ſavent aſſez. Les
autres pourroient être un peu embaraſſés de la définition. Il ſuffit de bien ſavoir que ces deux *ſinus*, de
quelque grandeur qu'ils ſoient, ſont toujours en proportion dans un milieu donné. Or cette proportion
eſt différente, quand la réfraction ſe fait dans un milieu différent.

La lumiere qui tombe obliquement de l'air dans
du criſtal, s'y briſe de façon, que le *ſinus* de réfraction C, D eſt au *ſinus* d'incidence A, B comme 2 à 3.

I 2

ce

ce qui ne veut dire autre chofe , finon que cette ligne A, B eſt un tiers plus grande dans l'air, en ce cas, que la ligne C, D dans ce criſtal.

Dans l'eau cette proportion eſt de 3 à 4. Ainſi il eſt palpable que dans tous les cas, dans toutes les obliquités d'incidence poſſible , la force réfringente du criſtal eſt à celle de l'eau comme neuf eſt à huit, il s'agit non ſeulement de ſavoir la cauſe de la réfraction , mais celle de toutes ces réfractions différentes. C'eſt là que les Philoſophes ont tous fait des hypothéſes , & ſe ſont trompés.

*Grande découverte de Neuton.*  Enfin Neuton ſeul a trouvé la véritable raiſon qu'on cherchoit.  Sa découverte mérite aſſûrément l'attention de tous les Siecles.  Car il ne s'agit pas ici ſeulement d'une proprieté particuliere à la lumiere, quoique ce fût déja beaucoup ; nous verrons que cette proprieté appartient à tous les corps de la Nature.

Conſiderez que les rayons de la lumiere ſont en mouvement , que s'ils ſe détournent en changeant leur courſe , ce doit être par quelque loi primitive, & qu'il ne doit arriver à la lumiere, que ce qui arriveroit à tous les corps de même petiteſſe que la lumiere , toutes choſes d'ailleurs égales.

*Figure 25.*  Qu'une balle de plomb A ſoit pouſſée obliquement de l'air dans l'eau, il lui arrivera d'abord le contraire de ce qui eſt arrivé à ce rayon de lumiere ; car ce rayon délié paſſe dans des pores , & cette balle, dont la ſuperficie eſt large , rencontre la ſuperficie de l'eau qui la ſoutient.

Cette balle s'éloigne donc d'abord de la perpendiculaire B, mais lorſqu'elle a perdu tout ce mouvement oblique qu'on lui avoit imprimé , elle tombe alors , à peu près ſuivant une perpendiculaire qu'on éleve-

éleveroit du point où elle commence à defcendre. Elle retarde comme on fait fa chute dans l'eau, parce que l'eau lui refifte ; mais un rayon de lumiere y augmente au contraire fa celerité, parce que l'eau ne refifte pas à ceux des rayons qui la penetrent.

Il y a donc une force telle quelle foit qui agit entre les corps & la lumiere.

Que cette attraction, que cette tendance exifte, nous n'en pouvons douter : car nous avons vû la lumiere attirée par le verre, y rentrer fans toucher à rien ; or cette force agit néceffairement en ligne perpendiculaire, la ligne perpendiculaire étant le plus court chemin.

Puifque cette force exifte, elle eft dans toutes les parties du corps qui l'exerce. Les parties de la fuperficie d'un corps quelconque, éprouvent donc ce pouvoir, avant qu'il pénétre l'intérieur de la fubftance, avant qu'il parvienne au point où il eft dirigé. Ainfi dès que ce rayon eft arrivé près de la fuperficie du criftal, ou de l'eau, il prend déja un peu en cette maniere le chemin de la perpendicule.

*Figure 26.*

Il fe brife déja un peu en C avant que d'entrer : plus il entre, plus il fe brife ; parceque plus il s'approche, plus il eft attiré. Il y a encore une raifon importante pour laquelle le rayon s'infléchit néceffairement par une courbure infenfible avant que de pénétrer en ligne droite dans le criftal. C'eft parce qu'il n'y a point d'angle rigoureux dans la Nature, un mouvement continu ne peut changer de direction qu'en paffant par tous les dégrés poffibles de changement, il ne peut donc de la ligne droite paffer tout d'un coup en une autre ligne droite fans tracer une petite courbe qui joigne ces deux lignes enfemble. Ainfi le principe de continuité établi par Leibnits &

Lumiere brifée avant que d'entrer dans les corps.

I 3

par

par l'Attraction de Neuton se réuniffent dans ce Phénomene. Ce rayon ne tombe donc pas tout-à-fait
perpendiculairement, & ne fuit pas fa premiere ligne
droite oblique, en traverfant cette eau, ou ce verre;
mais il fuit une ligne qui participe des deux côtés, &
qui defcend d'autant plus vîte, que l'attraction de cette eau, ou de ce criftal eft plus forte. Donc loin que
l'eau rompe les rayons de lumiere, en leur réfiftant,
comme on le croioit, elle les rompt en effet, parce
qu'elle ne réfifte pas, &, au contraire, parce qu'elle
les attire. Il faut donc dire que les rayons fe brifent
vers la perpendiculaire, non pas quand ils paffent
d'un milieu plus facile dans un milieu plus réfiftant,
mais quand ils paffent *d'un milieu moins attirant dans
un milieu plus attirant.* Obfervez qu'il ne faut jamais
entendre par ce mot *attirant*, que le point vers lequel
fe dirige une force reconnuë, une proprieté inconteftable de la matiere, laquelle proprieté eft très-fenfible
entre la lumiere & les corps. Que l'on confidere que
depuis l'an 1672, que Neuton fit voir cette attraction,
aucun Philofophe n'a pû imaginer une raifon plaufible de ce brifement de la lumiere.

Les uns vous difent, le criftal réfracte les rayons
de lumiere, parce qu'il leur réfifte; mais s'il leur réfifte, pourquoi ces rayons y entrent-ils plus facilement
& avec plus de vîteffe? Les autres imaginent une matiere dans le criftal qui ouvre de tous côtés des chemins plus faciles; mais fi ces chemins font fi faciles
de tous côtés, pourquoi la lumiere n'y entre-t-elle
pas fans fe détourner?

Ceux-ci inventent des atmofpheres; ceux-là
des tourbillons; tous leurs Syftêmes croulent par quelqu'endroit; il faut donc, je croi, s'en tenir aux découvertes de Neuton, à cette attraction vifible dont ni lui,
ni aucun Philofophe, n'ont pû trouver la raifon.

Vous

Vous favez que beaucoup de gens, autant attachés à la Philofophie, ou plûtôt au nom de Defcartes, qu'ils l'étoient auparavant au nom d'Ariftote, fe
font foulevés contre l'attraction. Les uns n'ont pas
voulu l'étudier, les autres l'ont méprifée, & l'ont
infultée, après l'avoir à peine examinée ; mais je prie
le Lecteur de faire les trois réflexions fuivantes.

*1°.)* Qu'entendons-nous par attraction? Rien autre chofe qu'une force par laquelle un corps s'approche d'un autre, fans que l'on voye, fans que l'on
connaiffe aucune autre force qui le pouffe.

*2°.)* Cette proprieté de la matiere eft établie par
les meilleurs Philofophes en Angleterre, en Allemagne,
en Hollande, & même dans plufieurs Univerfités d'Italie, où des Loix un peu rigoureufes ferment quelquefois l'accès à la Vérité. Le confentement de tant de
favans hommes n'eft pas une preuve? Sans doute, mais
c'eft une raifon puiffante pour examiner au moins, fi
cette force exifte ou non.

*3°.)* L'on devroit fonger que l'on ne connaît pas
plus la caufe de l'impulfion, que de l'attraction. On
n'a pas même plus d'idée de l'une de ces forces que
de l'autre ; car il n'y a perfonne qui puiffe concevoir
pourquoi un corps a le pouvoir d'en remuer un autre
de fa place. Nous ne concevons pas non plus, il eft
vrai comment un corps en attire un autre, ni comment les parties de la matiere gravitent mutuellement,
comme il fera prouvé. Auffi ne dit-on pas que Neuton fe foit vanté de connaître la raifon de cette attraction. Il a prouvé fimplement qu'elle exifte ; il a vû
dans la matiere un phénomene conftant, une proprieté univerfelle. Si un homme trouvoit un nouveau
métal dans la terre, ce métal exifteroit-il moins, parceque l'on ne connaîtroit pas les premiers principes

I 4                              dont

---

Examen de
l'attraction.
Il faut exa-
miner l'at-
traction a-
vant que de
fe révolter
contre ce
mot.

Impulfion
& attra-
ction égale-
ment certai-
nes & in-
connuës.

dont il feroit formé ? Que le Lecteur qui jettera les yeux fur cet Ouvrage ait recours à la difcuſſion méta-phyfique fur l'attraction, faite par Mr. de Mauper-tuis, dans le plus petit & dans le meilleur Livre qu'on ait écrit peut-être en Français, en fait de Philofophie. On y verra à travers la réferve avec laquelle l'Auteur s'eſt expliqué, ce qu'il penfe, & ce qu'on doit penfer de cette attraction, dont le nom a tout effarouché.

On dit fouvent que l'attraction eſt une qualité occulte.

En quoi l'attraction eſt une qua-lité occulte.    Si on entend par ce mot un principe réel dont on ne peut rendre raifon, tout l'Univers eſt dans ce cas. Nous ne favons ni comment il y a du mouve-ment, ni comment il fe communique, ni comment les corps font élaſtiques, ni comment nous penfons, ni comment nous vivons, ni comment, ni pourquoi quelque chofe exiſte; tout eſt qualité occulte.

Si on entend par ce mot une expreſſion de l'an-cienne Ecole, un mot fans idée; que l'on confidère feulement que c'eſt par les plus fublimes & les plus exactes démonſtrations mathématiques que Neuton a fait voir aux hommes ce principe qu'on s'efforce de traiter de chimere.

Nous avons vû, que les rayons réfléchis d'un miroir ne fauroient venir à nous de fa furface. Nous avons expérimenté que les rayons, tranſmis dans du verre à un certain angle, reviennent au lieu de paſſer dans l'air; que, s'il y a du vuide derriere ce verre, les rayons qui étoient tranſmis auparavant reviennent de ce vuide à nous. Certainement il n'y a point là d'impulſion connuë. Il faut de toute néceſſité ad-mettre un autre pouvoir; il faut bien auſſi avouër, qu'il y a dans la réfraction quelque chofe qu'on n'en-tendoit pas jufqu'à préfent.

Or

Or quelle fera cette puiſſance qui rompra ce rayon de lumiere dans ce baſſin d'eau ? Il eſt démontré (comme nous le dirons au chapitre ſuivant) que, ce qu'on avoit cru juſqu'à préſent un ſimple rayon de lumiere, eſt un faiſceau de pluſieurs rayons, qui ſe réfractent tous différemment. Si de ces traits de lumiere contenus dans ce rayon, l'un ſe réfracte, par exemple, à quatre meſures de la perpendiculaire, l'autre ſe rompra à trois meſures. Il eſt démontré que les plus réfrangibles, c'eſt-a-dire, par exemple, ceux qui en ſe briſant au ſortir d'un verre, & en prenant dans l'air une nouvelle direction, s'approchent moins de la perpendiculaire de ce verre, ſont auſſi ceux qui ſe réfléchiſſent le plus aiſément, le plus vîte. Il y a donc déja bien de l'apparence, que ce ſera la même loi qui fera réfléchir la lumiere, & qui la fera réfracter.

Preuves de l'attraction.

Enfin, ſi nous trouvons encore quelque nouvelle proprieté de la lumiere, qui paraiſſe devoir ſon origine à la force de l'attraction, ne devrons-nous pas conclure que tant d'effets appartiennent à la même cauſe ?

Voici cette nouvelle proprieté qui fut découverte par le Pere Grimaldi Jéſuite vers l'an 1660, & ſur laquelle Neuton a pouſſé l'examen juſqu'au point de meſurer l'ombre d'un cheveu à des diſtances différentes. Cette proprieté eſt l'inflexion de la lumiere. Non ſeulement les rayons ſe briſent en paſſant dans le milieu dont la maſſe les attire : mais d'autres rayons, qui paſſent dans l'air auprès des bords de ce corps attirant, s'approchent ſenſiblement de ce corps, & ſe détournent viſiblement de leur chemin. Mettez dans un endroit obſcur cette lame d'acier, ou de verre aminci, qui finit en pointe : expoſez-la auprès d'un petit trou par

Inflexion de la lumiere auprès des corps qui l'attirent.

I 5

*Figure 27.* par lequel la lumiere paſſe ; que cette lumiere vienne raſer la pointe de ce métal.

Vous verrez les rayons ſe courber auprès en telle maniere, que le rayon qui s'approchera le plus de cette pointe, ſe courbera davantage, & que celui qui en ſera le plus éloigné, ſe courbera moins à proportion. N'eſt-il pas de la plus grande vraiſemblance, que le même pouvoir qui briſe ces rayons, quand ils ſont dans ce milieu, les force à ſe détourner, quand ils ſont près de ce milieu ? Voilà donc la réfraction, la tranſparence, la réflexion, aſſujetties à de nouvelles loix. Voilà une inflexion de la lumiere, qui dépend évidemment de l'attraction. C'eſt un nouvel Univers qui ſe préſente aux yeux de ceux qui veulent voir.

Nous montrerons bien-tôt qu'il y a une attraction évidente entre le Soleil & les Planetes, une tendance mutuelle de tous les corps les uns vers les autres. Mais nous avertiſſons encore ici d'avance, que cette attraction, qui fait graviter les Planetes ſur notre Soleil, n'agit point du tout dans les mêmes rapports que l'attraction des petits corps qui ſe touchent. Ce ſont même probablement des attractions de genres abſolument différens. Ce ſont de nouvelles & différentes proprietés de la lumiere & des corps que Neuton a decouvertes. Il ne s'agit pas ici de leur cauſe, mais ſimplement de leurs effets, ignorés juſqu'à nos jours. Qu'on ne croye point que la lumiere eſt infléchie vers le criſtal & dans le criſtal, ſuivant le même rapport, par exemple, que Mars eſt attiré par le Soleil.

CHA-

# CHAPITRE X.

*Suites des merveilles de la réfraction de la lumiere. Qu'un seul rayon de la lumiere contient en soi toutes les couleurs possibles; ce que c'est que la réfrangibilité. Découvertes nouvelles.*

Si vous demandez aux Philosophes ce qui produit les couleurs, Descartes vous répondra que les *globules de ses Elemens sont déterminés à tournoyer sur eux-mêmes outre leur tendance au mouvement en ligne droite, & que ce sont les différens tournoyemens, qui sont les différentes couleurs.* Mais, ses Elemens, ses globules, son tournoyement, ont-ils même besoin de la pierre de touche de l'expérience pour que le faux s'en fasse sentir ? Une foule de démonstrations anéantit ces chimeres. Voici les plus simples & les plus sensibles.

Imagination de Descartes sur les couleurs.

Rangez des boules les unes contre les autres : supposez les poussées en tout sens, & tournant toutes sur elles-mêmes en tout sens ; par le seul énoncé, il est impossible, que ces boules contiguës puissent avancer en lignes droites régulierement. De plus, comment verriez-vous sur une muraille ce point bleu, & ce point verd ?

Figure 28.

Les voilà marqués sur cette muraille, il faut qu'ils se croisent en l'air au point A avant que d'arriver aux yeux. Puisqu'ils se croisent, leur prétendu tournoyement doit changer au point d'intersection. Les tournoyenoyemens qui faisoient le bleu & le verd ne subsistent donc plus les mêmes : il n'y auroit donc plus alors de point verd, ni de point bleu. Un Jésuite Flamand fit cette objection à Descartes. Celui-ci en sentit toute la force, mais que croiriez-vous qu'il répondit ? *Que ces boules ne tournoyent pas à la vérité, mais qu'elles ont une tendance au tournoyement.* Voilà ce que Descartes dit dans ses Lettres. L'acte du *transparant en tant que transparant*, est-il plus inintelligible ?

Vous me direz, sans doute, que cette difficulté est égale dans tous les Systêmes. Vous me direz que ces rayons, qui partent de ce point bleu & de ce point verd, se croisent nécessairement, quelque opinion qu'on embrasse touchant les couleurs ; que cette intersection des rayons devroit toujours empêcher la vision, qu'en un mot, il est toujours incompréhensible que des rayons qui se croisent, arrivent à nos yeux dans leur ordre ; mais ce scrupule sera bien-tôt levé, si vous considerez que toute partie de matiere a plus de pores incomparablement que de substance. Un rayon du Soleil, qui a plus de trente millions de lieuës en longueur, n'a pas probablement un pied de matiere solide mise bout à bout. Il seroit donc très possible qu'un rayon passât à travers d'un autre en cette maniere, sans rien déranger.

*Figure 29.*

Mais ce n'est pas seulement ainsi qu'ils passent, c'est encore l'un par-dessus l'autre comme deux bâtons. Mais, direz-vous, des rayons émanés d'un centre n'aboutiroient pas précisément, & en rigueur mathématique, à la même ligne de circonférence. Cela est vrai. Il s'en faudra toujours une très-petite quantité. Mais deux hommes ne verroient pas les mêmes points du même objet. Cela est encore vrai. De mille millions de personnes qui regarderont une superficie, il

n'y

n'y en aura pas deux, qui verront les mêmes points précifément.

Il faut avouer, que dans le plein de Defcartes, cette interfection de rayons eft impoffible; mais tout eft également impoffible dans le plein, & il n'y a aucun mouvement, quel qu'il foit, qui ne fuppofe & ne prouve le vuide.

Mallebranche vient à fon tour, & vous dit : *Il eft vrai, que Defcartes s'eft trompé. Son tournoyement de globules, n'eft pas foutenable; mais ce ne font pas des globules de lumiere, ce font des petits tourbillons tournoyans de matiere fubtile, capables de compreffion, qui font la caufe des couleurs; & les couleurs confiftent comme les fons dans des vibrations de preffion.* Et il ajoute : *Il me paraît impoffible de découvrir par aucun moyen les rapports exacts de ces vibrations, c'eft-à-dire, des couleurs.* Vous remarquerez, qu'il parloit ainfi dans l'Académie des Sciences en 1699, & que l'on avoit déja découvert ces proportions en 1675; non pas proportions de vibration de petits tourbillons, qui n'exiftent point; mais proportions de la réfrangibilité des rayons, qui contiennent les couleurs, comme nous le dirons bien-tôt. Ce qu'il croyoit impoffible étoit déja démontré aux yeux, reconnu vrai par le fens, ce qui auroit bien déplu au Pere Mallebranche.

*Erreur de Mallebranche.*

D'autres Philofophes fentant le faible de ces fuppofitions, vous difent au moins avec plus de vraifemblance : *Les couleurs viennent du plus ou du moins de rayons réfléchis des corps colorés. Le blanc eft celui qui en réfléchit davantage; le noir eft celui qui en réfléchit le moins. Les couleurs les plus brillantes feront donc celles, qui vous apporteront plus de rayons. Le rouge, par exemple, qui fatigue un peu la vûe, doit être*

*être compofé de plus de rayons, que le verd, qui la re-
pofe davantage.*    Cette Hypothéfe (déja fufpecte, puisqu'elle eft Hypothéfe) né parait qu'une erreur groffiere
dès l'inftant que l'on daigne confiderer un Tableau à
un jour faible, & enfuite à un grand jour.    Vous
voyez toujours les mêmes couleurs.    Du blanc, qui
n'eft éclairé que d'une bougie eft toujours blanc; & le
verd éclairé de mille bougies, fera toujours verd.

**Expérience & démonftration de Neuton.**    Adreffez-vous enfin à Neuton.    Il vous dira:
ne m'en croyez pas: n'en croyez que vos yeux & les
Mathématiques: mettez-vous dans une chambre tout-
à-fait obfcure; où le jour n'entre que par un trou extrémement petit; le rayon de la lumiere viendra fur
du papier vous donner la côleur de la blancheur.

**Figure 30.**    Expofez transverfalement à un rayon de lumiere
ce prifme de verre; enfuite mettez à une diftance
d'environ feize ou dix-fept pieds une feuille de papier
P P vis-à-vis ce Prifme.

Vous favez, que la lumiere fe brife en entrant
de l'air dans ce prifme; vous favez qu'elle fe brife en
fens contraire, en fortant de ce prifme dans l'air.    Si
elle ne fe brifoit pas ainfi, elle iroit de ce trou tomber
fur le plancher de la chambre Z.    Mais, comme il
faut que la lumiere en s'échappant s'éloigne de la ligne
Z, cette lumiere ira donc frapper le papier.    C'eft là
que fe voit tout le fecret de la lumiere & des couleurs.
Ce rayon, qui eft tombé fur ce prifme n'eft pas, comme on croyoit, un fimple rayon; c'eft un faifceau
de fept principaux faifceaux de rayons, dont chacun
porte en foi une couleur primitive, primordiale, qui
lui eft propre.    Des mélanges de ces fept rayons naiffent toutes les couleurs de la Nature; & les fept réunis
enfemble, réfléchis enfemble de deffus un objet, forment la blancheur.

Appro-

Approfondiſſez cet artifice admirable. Nous avions déja inſinué, que les rayons de la lumiere ne ſe réfra_c_tent pas, ne ſe briſent pas tous également; ce qui ſe paſſe ici en eſt aux yeux une démonſtration éviden- te. Ces ſept rayons de lumiere échappés du corps de ce rayon, qui s'eſt anatomiſé au ſortir du priſme, viennent ſe placer, chacun dans leur ordre, ſur ce pa- pier blanc, chaque rayon occupant une ovale. Le rayon qui a le moins de force pour ſuivre ſon chemin, le moins de roideur, le moins de matiere, s'écarte plus dans l'air perpendiculaire du priſme. Celui qui *Figure 31.* eſt le plus fort, le plus denſe, le plus vigoureux, s'en écarte le moins. Voyez-vous ces ſept rayons, qui viennent ſe briſer les uns au-deſſus des autres?

Chacun d'eux peint ſur ce papier la couleur pri- mitive qu'il porte en lui-même. Le premier rayon, qui s'écarte le moins de cette perpendicule du priſme, eſt couleur de feu; le ſecond orangé, le troiſiéme jau- ne, le quatriéme verd, le cinquiéme bleu, le ſixiéme indigo. Enfin celui qui s'écarte davantage de la per- pendicule, & qui s'éleve le dernier au-deſſus des au- tres, eſt le violet.

Un ſeul faiſceau de lumiere, qui auparavant fai- ſoit la couleur blanche, eſt donc un compoſé de ſept faiſceaux, qui ont chacun leur couleur. L'aſſemblage de ſept rayons primordiaux fait donc le blanc.
*Anatomie de la lumie- re.*

Si vous en doutez encore, prenez un des verres lenticulaires de lunette, qui raſſemblent tous les rayons à leur foyer: expoſez ce verre au trou par lequel entre la lumiere : vous ne verrez jamais à ce foyer qu'un rond de blancheur. Expoſez ce même verre au point, où il pourra raſſembler tous les ſept rayons partis du priſme :

Il

Figure 32.

Il réunit, comme vous le voyez, ces sept rayons dans son foyer.    La couleur de ces sept rayons réunis est blanche ; donc il est démontré que la couleur de tous les rayons réunis est la blancheur.    Le noir par conséquent sera le corps, qui ne réfléchira point de rayons.

Couleurs dans les rayons primitifs.

Car lorsqu'à l'aide du prisme vous avez séparé un de ces rayons primitifs, exposez-le à un miroir, à un verre ardent, à un autre prisme, jamais il ne changera de couleur, jamais il ne se séparera en d'autres rayons.    Porter en soi une telle couleur est son essence ; rien ne peut plus l'altérer ; & pour surabondance de preuve, prenez des fils de soye de différentes couleurs ; exposez un fil de soye bleuë, par exemple, au rayon rouge, cette soye deviendra rouge. Mettez-la au rayon jaune, elle deviendra jaune ; ainsi du reste. Enfin ni réfraction, ni réflexion, ni aucun moyen imaginable ne peut changer ce rayon primitif, semblable à l'or que le creuset a éprouvé, & encore plus inaltérable.

Vaines objections contre ces découvertes.

Cette propriété de la lumiere, cette inégalité dans les réfractions de ses rayons, est appellée par Neuton réfrangibilité.    On s'est d'abord révolté contre le fait, & on l'a nié long-tems, parceque Mr. Mariote avoit manqué en France les expériences de Neuton. On aima mieux dire que Neuton s'étoit vanté d'avoir vû ce qu'il n'avoit point vû, que de penser que Mariote ne s'y étoit pas bien pris pour voir, & qu'il n'avoit pas été assez heureux dans le choix des prismes, qu'il employa.    Ensuite même, lorsque ces expériences ont été bien faites, & que la vérité s'est montrée à nos yeux, le préjugé a subsisté encore au point, que dans plusieurs Journaux & dans plusieurs Livres faits depuis l'année 1730, on nie hardiment ces mêmes ex-

pé-

périences, que cependant on fait dans toute l'Europe. C'eſt ainſi qu'après la découverte de la circulation du ſang, on ſoutenoit encore des Thèſes contre
cette vérité, & qu'on vouloit même rendre ridicules
ceux qui expliquoient la découverte nouvelle en les
appellant *Circulateurs*.

Enfin quand on a été obligé de céder à l'évidence, on ne s'eſt pas rendu encore: on a vû le fait,
& on a chicané ſur l'expreſſion: on s'eſt révolté contre le terme de réfrangibilité, auſſi-bien que contre
celui d'attraction, de gravitation. Eh qu'importe le
terme, pourvû qu'il indique une vérité? Quand Chriſtophe Colomb découvrit l'Isle Hiſpaniola, ne pouvoit-
il pas lui impoſer le nom qu'il vouloit? Et n'appar-
tient-il pas aux Inventeurs de nommer ce qu'ils créent,
ou ce qu'ils découvrent? On s'eſt récrié, on a écrit
contre des mots que Neuton employe avec la précau-
tion la plus ſage pour prévenir des erreurs.

Il appelle ces rayons, rouges, jaunes, &c. des
rayons *rubrifiques*, *jaunifiques*; c'eſt-à-dire, excitant Critiques encore plus vaines.
la ſenſation de rouge, de jaune. Il vouloit par-là
fermer la bouche à quiconque auroit l'ignorance, ou
la mauvaiſe foi, de lui imputer qu'il croyoit comme
Ariſtote, que les couleurs ſont dans les choſes mêmes,
dans ces rayons jaunes & rouges, & non dans notre
ame. Il avoit raiſon de craindre cette accuſation.
J'ai trouvé des hommes, d'ailleurs, reſpectables, qui
m'ont aſſuré que Neuton étoit Péripatéticien, qu'il
penſoit que les rayons ſont colorés en effet eux-mêmes,
comme on penſoit autrefois que le feu étoit chaud;
mais ces mêmes Critiques m'ont aſſuré auſſi que Neuton étoit Athée. Il eſt vrai, qu'ils n'avoient pas lû
ſon Livre, mais ils en avoient entendu parler à des gens
qui avoient écrit contre ſes expériences ſans les avoir vûës.

Ce qu'on écrivit d'abord de plus doux contre Neuton, c'est que son Syftême est une hypothèfe; mais qu'eft-ce qu'une hypothèfe? Une fuppofition. En vérité, peut-on appeller du nom de fuppofition, des faits tant de fois démontrés? Eft-ce parce qu'on eft né en France qu'on rougit de recevoir la vérité des mains d'un Anglais? Ce fentiment feroit bien indigne d'un Philofophe. Il n'y a pour quiconque penfe, ni Français, ni Anglais: celui qui nous inftruit eft notre compatriote.

La réfrangibilité, & la réflexion dépendent évidemment de la même caufe. Cette réfrangibilité que nous venons de voir, étant attachée à la réfraction, doit avoir fa fource dans le même principe. La même caufe doit préfider au jeu de tous ces refforts: c'eft-là l'ordre de la Nature. Tous les végétaux fe nourriffent par les mêmes loix; tous les animaux ont les mêmes principes de vie. Quelque chofe qui arrive aux corps en mouvement, les loix du mouvement font invariables. Nous avons déja vû que la réflexion, la réfraction, l'inflexion de la lumiere, font les effets d'un pouvoir qui n'eft point l'impulfion (au moins connuë) ce même pouvoir fe fait fentir dans la réfrangibilité; ces rayons, qui s'écartent à des diftances différentes, nous avertiffent que le milieu dans lequel ils paffent, agit fur eux inégalement. Un faifceau de rayons eft attiré dans le verre, mais ce faifceau de rayons eft compofé de maffes inégales. Ces maffes font donc inégalement attirées; fi cela eft, elles doivent donc fe réfléchir de ce prifme, dans le même ordre qu'ils s'y font réfractés; le plus réflexible doit être le plus réfrangible.

**Expérience importante.** Ce prifme a envoyé fur ce papier ces fept couleurs: tournez ce prifme fur lui-même dans le fens A, B, C,

A, B, C, vous aurez bien-tôt cet angle felon lequel toute lumiere fe réfléchira de dedans ce prifme au-dehors, au lieu de paffer fur ce papier, fi-tôt que vous commencez à approcher de cet angle, voilà tout d'un coup le rayon violet qui fe détache de ce papier, & que vous voyez fe porter au plat-fond de la chambre. *Figure 33.* Après le violet vient le pourpre; après le pourpre, le bleu; enfin le rouge quitte le dernier ce papier, où il eft peint, pour venir à fon tour fe réfléchir fur le plat-fond. Donc tout rayon eft plus réflexible à mefure qu'il eft plus réfrangible; donc la même caufe opére la réflexion & la réfrangibilité.

Or la partie folide du verre ne fait ni cette réfrangibilité, ni cette réflexion; donc encore une fois ces propriétés ont leur naiffance dans une autre caufe que dans l'impulfion connuë fur la terre. Il n'y a rien à dire contre ces expériences, il faut s'y foumettre, quelque rébelle que l'on foit
à l'évidence.

K 2

CHA-

# CHAPITRE XI.

## De l'Arc-en-Ciel; que ce Météore est une suite nécessaire des loix de la réfrangibilité.

Mécanisme de l'Arc-en-Ciel inconnu à toute l'Antiquité.

L'Arc-en-Ciel, ou l'Iris, est une suite nécessaire des proprietés de la lumiere que nous venons d'observer. Nous n'avons rien dans les Ecrits des Grecs, ni des Romains, ni des Arabes, qui puisse faire penser qu'ils connussent les raisons de ce Phénomene. Lucrece n'en dit rien, & par toutes les absurdités qu'il débite au nom d'Epicure sur la lumiere & sur la vision, il paraît que son siécle, si poli d'ailleurs, étoit plongé dans une profonde ignorance en fait de Physique. On savoit qu'il faut qu'une nuée épaisse se résolvant en pluye, soit exposée aux rayons du Soleil, & que nos yeux se trouvent entre l'astre & la nuée pour voir ce qu'on appelloit l'Iris, *mille trahit varios adverso sole colores*, mais voilà tout ce qu'on savoit; personne n'imaginoit ni pourquoi une nuée donne des couleurs, ni comment la nature & l'ordre des couleurs sont déterminés, ni pourquoi il y a deux Arcs-en-Ciel l'un sur l'autre, ni pourquoi on voit toujours ces Phénomenes sous la figure d'un demi-cercle.

Ignorance d'Albert le Grand.

Albert qu'on a surnommé *le Grand*, parce qu'il vivoit dans un siécle où les hommes étoient bien petits, imagina que les couleurs de l'Arc-en-Ciel venoient d'une rosée qui est entre nous & la nuée, & que ces couleurs reçuës sur la nuée, nous étoient envoyées par elle. Vous remarquerez encore, que cet *Albert le Grand*, croyoit avec toute l'Ecole que la lumiere étoit un accident.

Enfin

Enfin le célébre *Antonio de Dominis* Archevêque de Spalatro en Dalmatie, chaſſé de ſon Evêché par l'Inquiſition, écrivit vers l'an 1590, ſon petit Traité *De radiis Lucis & de Iride*, qui ne fut imprimé à Veniſe que vingt ans après. Il fut le premier qui fit voir que les rayons du Soleil, réfléchis de l'intérieur même des goutes de pluye, formoient cette peinture qui paraît en arc, & qui ſembloit un miracle inexplicable; il rendit le miracle naturel, ou plûtôt il l'expliqua par de nouveaux prodiges de la Nature.

L' Archevêque *Antonio de Dominis* eſt le premier qui ait expliqué l'Arc-en-Ciel.

Sa découverte étoit d'autant plus ſinguliere, qu'il n'avoit d'ailleurs que des notions très-fauſſes de la maniere dont ſe fait la viſion. Il aſſure dans ſon Livre que les images des objets ſont dans la prunelle, & qu'il ne ſe fait point de réfraction dans nos yeux: choſe aſſez ſinguliere pour un bon Philoſophe! Il avoit découvert les réfractions alors inconnuës dans les goutes de l'Arc-en-Ciel, & il nioit celles qui ſe font dans les humeurs de l'œil, qui commençoient à être démontrées; mais laiſſons ſes erreurs pour examiner la vérité qu'il a trouvée.

Il vit avec une ſagacité alors bien peu commune, que chaque rangée, chaque bande de goutes de pluye qui forme l'Arc-en-Ciel, devoit renvoyer des rayons de lumiere ſous différens angles: il vit que la différence de ces angles devoit faire celle des couleurs: il fut meſurer la grandeur de ces angles: il prit une boule d'un criſtal bien tranſparent qu'il remplit d'eau; il la ſuſpendit à une certaine hauteur expoſée aux rayons du Soleil.

Son expérience.

Deſcartes, qui a ſuivi Antonio de Dominis, qu'il l'a rectifié & ſurpaſſé en quelque choſe, & qui peut-être auroit dû le citer, fit auſſi la même expérience. Quand cette boule eſt ſuſpenduë à telle hauteur que le

Imitée par Deſcartes.

K 3                              rayon

rayon de lumiere , qui donne du Soleil fur la boule, fait ainfi avec le rayon allant de la boule à l'œil un angle de quarante-deux dégrés deux ou trois minutes, cette boule donne toujours une couleur rouge.

Quand cette boule eft fufpenduë un peu plus bas, & que ces angles font plus petits , les autres couleurs de l'Arc-en-Ciel paraiffent fucceffivement de façon, que le plus grand angle, en ce cas, fait le rouge, & que le plus petit angle de 40 dégrés 17 minutes forme le violet.   C'eft-là le fondement de la connaiffance de l'Arc-en-Ciel; mais ce n'en eft encore que le fondement.

**La réfrangibilité unique raifon de l'Arc-en-Ciel.**    La réfrangibilité feule rend raifon de ce Phéno-mene fi ordinaire, fi peu connu, & dont très-peu de Commençans ont une idée nette : tâchons de rendre la chofe fenfible à tout le monde.   Sufpendons une boule de criftal pleine d'eau, expofée au Soleil : pla-çons-nous entre le Soleil & elle ; pourquoi cette boule m'envoye-t-elle des couleurs ? & pourquoi cer-taines couleurs ? Des maffes de lumiere, des millions de faifceaux, tombent du Soleil fur cette boule: dans chacun de ces faifceaux il y a des traits primitifs, des rayons homogénes , plufieurs rouges , plufieurs jau-nes , plufieurs verds , &c. tous fe brifent à leur inci-dence dans la boule , chacun d'eux fe brife différem-ment & felon l'efpéce dont il eft , & felon l'endroit dans lequel il entre.

Vous favez déja que les rayons rouges font les moins réfrangibles ; les rayons rouges d'un certain faifceau déterminé iront donc fe réunir dans un cer-tain point déterminé au fond de la boule , tandis que les rayons bleus & pourpres du même faifceau iront ailleurs.   Ces rayons rouges fortiront auffi de la bou-le en un endroit, & les verds, les bleus, les pourpres

en

en un autre endroit. Ce n'eſt pas aſſez; il faut examiner les points où tombent ces rayons rouges en entrant dans cette boule & en ſortant pour venir à votre
œil.

Pour donner à ceci tout le dégré de clarté néceſſaire, concevons cette boule telle qu'elle eſt en effet, un aſſemblage d'une infinité de ſurfaces planes;
car le cercle étant compoſé d'une infinité de droites
infiniment petites, la Sphere n'eſt dans ſa circonférence qu'une infinité de ſurfaces.

Des rayons rouges A, B, C, viennent paralleles *Figure* 34.
du Soleil ſur ces trois petites ſurfaces. N'eſt-il pas
vrai, que chacun ſe briſe ſelon ſon dégré d'incidence?
N'eſt-il pas manifeſte que le rayon rouge A tombe
plus obliquement ſur ſa petite ſurface, que le rayon
rouge B ne tombe ſur la ſienne? Ainſi tous deux viennent au point R par différens chemins.

Le rayon rouge C, tombant ſur ſa petite ſurface encore moins obliquement, ſe rompt bien moins, &
arrive auſſi au point R en ne ſe briſant que très-peu.

J'ai donc déja trois rayons rouges; c'eſt-à-dire, Explica-<br>tion de ce<br>phénomé-<br>ne.
trois faiſceaux de rayons rouges, qui aboutiſſent au
même point R.

A ce point R chacun fait un angle de réflexion
égal à ſon angle d'incidence, chacun ſe briſe à ſon
émergence de la boule, en s'éloignant de la perpendiculaire de la nouvelle petite ſurface qu'il rencontre,
de même que chacun s'eſt rompu à ſon incidence en
s'approchant de ſa perpendicule; donc tous reviennent paralleles, donc tous entrent dans l'œil, ſelon
l'ouverture de l'angle propre aux rayons rouges.

S'il y a une quantité ſuffiſante de ces traits ho-
mogênes rouges pour ébranler le nerf optique, il eſt

K 4

in-

inconteſtable que vous ne devez avoir que la ſenſation de rouge.

Ce ſont ces rayons A, B, C, qu'on nomme rayons viſibles, rayons efficaces de cette goute; car chaque goute a ſes rayons viſibles.

Il y a des milliers d'autres rayons rouges, qui venant ſur d'autres petites ſurfaces de la boule, plus haut & plus bas, n'aboutiſſent point en R, ou qui tombés en ces mêmes ſurfaces à une autre obliquité, n'aboutiſſent point non plus en R, ceux-là ſont perdus pour vous, ils viendront à un autre œil placé plus haut, ou plus bas.

Des milliers de rayons orangers, verds, bleus, violets ſont venus à la vérité avec les rouges viſibles ſur ces ſurfaces A, B, C, mais vous ne pourrez les recevoir. Vous en ſavez la raiſon, c'eſt qu'ils ſont tous plus réfrangibles que les rouges; c'eſt qu'en entrant tous au même point, chacun prend dans la boule un chemin différent; tous rompus davantage, ils viennent au-deſſous du point R, ils ſe rompent auſſi plus que les rouges en ſortant de la boule. Ce même pouvoir qui les approchoit plus du perpendicule de chaque ſurface dans l'intérieur de la boule, les en écarte donc davantage à leur retour dans l'air : ils reviennent donc tous au-deſſous de votre œil; mais baiſſez la boule, vous rendez l'angle plus petit. Que cet angle ſoit de quarante dégrés environ dix-ſept minutes, vous ne recevez que les objets violets.

Il n'y a perſonne qui ſur ce principe ne conçoive très-aiſément l'artifice de l'Arc-en-Ciel; imaginez pluſieurs rangées, pluſieurs bandes de goutes de pluye, chaque goute fait préciſément le même effet que cette boule.

Jettez

Jettez les yeux fur cet Arc, &, pour éviter la confufion, ne confidérez que trois rangées de goutes de pluye, trois bandes colorées.

Il eft vifible que l'angle P, O, L, eft plus petit que l'angle V, O, L, & que l'angle R, O, L, eft le plus grand des trois. Ce plus grand angle des trois eft donc celui des rayons primitifs rouges, cet autre mitoyen eft celui des primitifs verds ; ce plus petit P, O, L, eft celui des primitifs pourpres. Donc vous devez voir l'Iris rouge dans fon bord extérieur, verte dans fon milieu, pourpre & violette dans fa bande intérieure. Remarquez feulement que la derniere couche violette eft toujours teinte de la couleur blanchâtre de la nuée dans laquelle elle fe perd. *Figure 35.*

Vous concevez donc aifément que vous ne voyez ces goutes que fous les rayons efficaces parvenus à vos yeux après une réflexion & deux réfractions, & parvenus fous des angles déterminés. Que votre œil change de place, qu'au lieu d'être en O il foit en T, ce ne font plus les mêmes rayons que vous voyez : la bande qui vous donnoit du rouge vous donne alors de l'oranger, ou du verd, ainfi du refte, & à chaque mouvement de tête vous voyez une Iris nouvelle.

Ce premier Arc-en-Ciel bien conçu, vous aurez aifément l'intelligence du fecond que l'on voit d'ordinaire qui embraffe ce premier, & qu'on appelle le faux Arc-en-Ciel, parce que fes couleurs font moins vives, & qu'elles font dans un ordre renverfé.

Pour que vous puiffiez voir deux Arcs-en-Ciel, il fuffit que la nuée foit affez étenduë & affez épaiffe. Cet Arc qui fe peint fur le premier & qui l'embraffe, eft formé de même par des rayons que le Soleil darde dans ces goutes de pluye, qui s'y rompent, qui s'y réflé- *Les deux Arcs-en-Ciel.*

K 5

réfléchiffent de façon, que chaque rangée des goutes vous envoye auffi des rayons primitifs ; cette goute un rayon rouge, cette autre goute un rayon violet.

Mais tout fe fait dans ce grand Arc d'une maniere oppofée à ce qui fe paffe dans le petit ; pourquoi cela ? C'eft que votre œil qui reçoit les rayons efficaces du petit Arc venu du Soleil dans la partie fupérieure des goutes, reçoit au contraire les rayons du grand Arc venus par la partie baffe des goutes.

*Figure 36.*     Vous appercevez que les goutes d'eau du petit Arc reçoivent les rayons du Soleil par la partie fupérieure, par le haut de chaque goute ; les goutes du grand Arc-en-Ciel au contraire reçoivent les rayons qui parviennent par leur partie baffe. Rien ne vous fera, je crois, plus facile que de concevoir comment les rayons fe réfléchiffent deux fois dans les goutes de ce grand Arc-en-Ciel, & comment ces rayons deux fois réfractés, & deux fois réfléchis, vous donnent une Iris dans un ordre oppofé à la premiere, & plus affaiblie de couleur. Vous venez de voir que les rayons entrent ainfi dans la petite partie baffe des goutes d'eau de cette Iris extérieure.

*Figure 37.*     Une maffe de rayons fe préfente à la furface de la goute en G, là une partie de ces rayons fe réfracte en-dedans, & une autre s'éparpille en-dehors ; voilà déja une perte de rayons pour l'œil. La partie réfractée parvient en H, une moitié de cette partie s'échappe dans l'air en fortant de la goute, & eft encore perduë pour vous. Le peu qui s'eft confervé dans la goute, s'en va en K, là une partie s'échappe encore: troifiéme diminution. Ce qui en eft refté en K s'en va en M, & à cette émergence en M une partie s'éparpille encore : quatriéme diminution ; & ce qui en refte parvient enfin dans la ligne M, N. Voilà donc

donc dans cette goute autant de réfractions que dans les goutes du petit Arc ; mais il y a , comme vous voyez , deux réflexions au lieu d'une dans ce grand Arc. Il se perd donc le double de la lumiere dans ce grand Arc, où la lumiere se réfléchit deux fois, & il s'en perd la moitié moins dans le petit Arc intérieur, où les goutes n'éprouvent qu'une réflexion. Il est donc démontré que l'Arc-en-Ciel extérieur doit toujours être de moitié plus faible en couleur que le petit Arc intérieur. Il est aussi démontré par ce double chemin que font les rayons, qu'ils doivent parvenir à vos yeux dans un sens opposé à celui du premier Arc , car votre œil est placé en O.

Dans cette place O, il reçoit les rayons les moins réfrangibles de la premiere bande extérieure du petit Arc, & il doit recevoir les plus réfrangibles de la premiere bande extérieure de ce second Arc ; ces plus réfrangibles sont les violets. Voici donc les deux Arcs-en-Ciel ici dans leur ordre , en ne mettant que trois couleurs pour éviter la confusion. *Figure 38.*

Il ne reste plus qu'à voir pourquoi ces couleurs sont toujours apperçues sous une figure circulaire. Considérez cette ligne O, Z, qui passe par votre œil. Soient conçues se mouvoir ces deux boules toujours à égale distance de votre œil, elles décriront des bases de cônes, dont la pointe sera toujours dans votre œil. *Ce phénoméne vû toujours en demi-cercle.* *Figure 39.*

Concevez que le rayon de cette goute d'eau R, venant à votre œil O tourne autour de cette ligne O, Z, comme autour d'un axe , faisant toujours, par exemple , un angle avec votre œil de 42. dégrés deux minutes ; il est clair que cette goute décrira un cercle qui vous paraîtra rouge. Que cette autre goute V soit conçuë tourner de même, faisant toujours un autre angle de quarante dégrés dix-sept minutes , elle formera

mera un cercle violet ; toutes les goutes qui feront
dans ce plan formeront donc un cercle violet , & les
goutes qui font dans le plan de la goute R feront un
cercle rouge.    Vous verrez donc cette Iris comme un
cercle , mais vous ne voyez pas tout un cercle; parce que la Terre le coupe , vous ne voyez qu'un Arc,
une portion de cercle.

    La plûpart de ces vérités ne purent encore être
apperçuës ni par Antonio de Dominis , ni par Defcartes : ils ne pouvoient favoir pourquoi ces différens
angles donnoient differentes couleurs ;  mais c'étoit
beaucoup d'avoir trouvé l'Art.   Les fineffes de l'Art
font rarement duës aux premiers inventeurs. Ne pou-
vant donc deviner que les couleurs dépendoient de la
réfrangibilité des rayons, que chaque rayon contenoit
en foi une couleur primitive , que la différente attraction de ces rayons faifoit leur réfrangibilité , & opé-
roit ces écartemens , qui font les différens angles,
Defcartes s'abandonna à fon efprit d'invention pour
expliquer les couleurs de l'Arc-en-Ciel.   Il y employa le *tournoyement* imaginaire de ces globules &
*cette tendance au tournoyement ;* preuve de genie, mais
preuve d'erreur.   C'eft ainfi que pour expliquer la
*fyftole* & la *diaftole* du cœur , il imagina un mouvement & une conformation dans ce vifcere , dont tous
les Anatomiftes ont reconnu la fauffeté.   Defcartes
  auroit été le plus grand Philofophe de la Terre,
      s'il eût moins inventé.

CHA-

# CHAPITRE XII.

*Nouvelles découvertes sur la cause des couleurs qui confirment la doctrine précédente. Démonstration, que les couleurs sont occasionnées par l'épaisseur des parties qui composent les corps, sans que la lumiere soit réfléchie de ces parties.*

Par tout ce qui a été dit jusqu'à présent il résulte donc, que toutes les couleurs nous viennent du mélange des sept couleurs primordiales que l'Arc-en-Ciel & le prisme nous font voir distinctement.

Les corps les plus propres à réfléchir des rayons rouges, & dont les parties absorbent ou laissent passer les autres rayons, seront rouges, & ainsi du reste. Cela ne veut pas dire que les parties de ces corps réfléchissent en effet les rayons rouges; mais qu'il y a un pouvoir, une force jusqu'ici inconnuë qui réfléchit ces rayons d'auprès des surfaces & du sein des pores des corps.

Les couleurs sont donc dans les rayons du Soleil, & rejaillissent à nous d'auprès des surfaces, & des pores & du vuide. Cherchons à présent en quoi consiste le pouvoir apparent des corps de nous réfléchir ces couleurs, ce qui fait que l'écarlate paraît rouge, que les Prés sont verds, qu'un Ciel pur est bleu; car dire que cela vient de la différence de leurs parties, c'est dire une chose vague qui n'apprend rien du tout.

*Connaissance plus approfondie de la formation des couleurs.*

Un divertissement d'enfant, qui semble n'avoir rien en soi que de méprisable, donna à Mr. Neuton la pre-

premiere idée de ces nouvelles vérités que nous allons

Grandes vé-rités tirées d'une expé-rience com-mune. expliquer. Tout doit être pour un Philosophe un sujet de méditation, & rien n'est petit à ses yeux. Il s'apperçut que dans ces bouteilles de savon, que font les Enfans, les couleurs changent de moment en moment, en comptant du haut de la boule à mesure que l'épaisseur de cette boule diminuë, jusqu'à ce qu'enfin la pesanteur de l'eau & du savon qui tombe toujours au fond, rompe l'équilibre de cette sphére legére, & la fasse évanouïr. Il en présuma que les couleurs pourroient bien dépendre de l'épaisseur des parties qui composent les surfaces des corps, & pour s'en assûrer il fit les expériences suivantes.

Expérience de Neuton. Que deux cristaux se touchent en un point : il n'importe qu'ils soient tous deux convexes ; il suffit que le premier le soit, & qu'il soit posé sur l'autre en cette façon.

Figure 40. Qu'on mette de l'eau entre ces deux verres pour rendre plus sensible l'expérience, qui se fait aussi dans l'air : qu'on presse un peu ces verres l'un contre l'autre, une petite tache noire transparente paraît au point du contact des deux verres : de ce point entouré d'un peu d'eau se forment des anneaux colorés dans le même ordre & de la même maniere que dans la bouteille

Les cou-leurs dé-pendent de l'épaisseur des parties des corps, sans que ces parties ré-fléchissent elles mêmes la lumiere. de savon : enfin en mesurant le diamétre de ces anneaux & la convexité du verre, Neuton détermina les différentes épaisseurs des parties d'eau qui donnoient ces différentes couleurs ; il calcula l'épaisseur nécessaire à l'eau pour réfléchir les rayons blancs : Cette épaisseur est d'environ quatre parties d'un pouce divisé en un million, c'est-à-dire, quatre millionémes d'un pouce ; le bleu azur & les couleurs tirant sur le violet dépendent d'une épaisseur beaucoup moindre. Ainsi les vapeurs les plus petites qui s'élévent de la Terre, & qui
colo-

colorent l'air fans nuages, étant d'une très-mince furface, produifent ce bleu célefte qui charme la vûë.

D'autres expériences auffi fines ont encore appuyé
cette découverte, que c'eft à l'épaiffeur des furfaces que
font attachées les couleurs.

Le même corps qui étoit verd, quand il étoit un
peu épais, eft devenu bleu, quand il a été rendu affez
mince pour ne réfléchir que les rayons bleus, & pour
laiffer paffer les autres.    Ces vérités d'une récherche
fi délicate, & qui fembloient fe dérober à la vûë humaine, méritent bien d'être fuivies de près; cette partie de la Philofophie eft un Microfcope avec lequel
notre efprit découvre des grandeurs infiniment petites.

Tous les corps font tranfparens, il n'y a qu'à les
rendre affez minces, pour que les rayons ne trouvant
qu'une lame, qu'une feuille à traverfer, paffent à travers cette lame.  Ainfi quand l'Or en feuilles eft expofé à un trou dans une chambre obfcure, il renvoye
par fa furface des rayons jaunes qui ne peuvent fe
transmettre à travers fa fubftance, & il tranfmet dans
la chambre obfcure des rayons verds, de forte que
l'Or produit alors une couleur verte; nouvelle confir-
mation que les couleurs dépendent des différentes
épaiffeurs.

*Tous les corps font tranfparens.*

Une preuve encore plus forte, c'eft que dans
l'expérience de ce verre convexe plan, touchant en
un point ce verre convexe, l'eau n'eft pas le feul éle-
ment qui dans des épaiffeurs diverfes donne diverfes
couleurs : l'air fait le même effet, feulement les anneaux colorés qu'il produit entre les deux verres, ont
plus de diamétre que ceux de l'eau.

*Preuve que les couleurs dépendent des épaif-feurs.*

Il y

Il y a donc une proportion fecrete établie par la Nature entre la force des parties conftituantes de tous les corps & les rayons primitifs, qui colorent les corps ; les lames les plus minces donneront les couleurs les plus faibles, & pour donner le noir il faudra juftement la même épaiffeur, ou plûtôt la même ténuité, la même mincité, qu'en a la petite partie fupérieure de la boule de favon, dans laquelle on appercevoit un petit noir, ou bien la même ténuité qu'en a le point de contact du verre convexe & du verre plat, lequel contact produit auffi une tache noire.

*Sans que les parties folides renvoyent en effet la lumiere.*

Mais encore une fois qu'on ne croye pas que les corps renvoyent la lumiere par leurs parties folides, fur ce que les couleurs dépendent de l'épaiffeur des parties. Il y a un pouvoir attaché à cette épaiffeur, un pouvoir qui agit auprès de la furface ; mais ce n'eft point du tout la furface folide qui repouffe, qui réfléchit. Cette vérité fera encore plus vifiblement démontrée dans le chapitre fuivant qu'elle n'a été prouvée jufqu'ici. Il me femble que le Lecteur doit être venu au point où rien ne doit plus le furprendre; mais ce qu'il vient de voir méne encore plus loin qu'on ne penfe, & tant de fingularités ne font, pour ainfi dire, que les frontieres d'un nouveau monde.

CHA-

# CHAPITRE XIII.

## Suites de ces découvertes ; Action mutuelle des Corps sur la lumiere.

La réflexion de la lumiere, son inflexion, sa réfraction, sa réfrangibilité étant connuës, l'origine des couleurs étant découverte, & l'épaisseur même des corps nécessaire pour occasionner certaines couleurs étant déterminée : il nous reste encore à examiner deux propriétés de la lumiere non moins étonnantes & non moins nouvelles. La premiere de ces propriétés est ce pouvoir même qui agit près des surfaces, c'est une action mutuelle de la lumiere sur les corps, & des corps sur la lumiere.

La seconde est un rapport qui se trouve entre les couleurs & les tons de la Musique, entre les objets de la vûë & ceux de l'ouïe : mais on ne parlera ici que de l'action réciproque des corps sur la lumiere, parce qu'elle tient au grand principe de la nature par lequel tous les corps agissent les uns sur les autres.

A l'égard de l'analogie entre les sept couleurs primitives, & les sept tons de la Musique, c'est une découverte qui n'est pas encore assez approfondie, ce qui ne peut encore méner à rien.

On finira donc ce petit traité d'Optique par l'examen de l'action mutuelle des corps & de la lumiere.

Vous avez vû que ces deux cristaux se touchant en un point, produisent des anneaux de couleurs différentes, rouges, bleus, verds, blancs, &c. Faites

L

cette même épreuve dans une chambre obfcure, où vous avez fait l'expérience du prifme expofé à la lumiere qui lui vient par un trou. Vous vous fouvenez que dans cette expérience du prifme vous avez vû la décompofition de la lumiere & l'anatomie de fes rayons : vous placiez une feuille de papier blanc vis-à-vis ce prifme : ce papier recevoit les fept couleurs primitives, chacune dans leur ordre : maintenant expofez vos deux verres à tel rayon coloré qu'il vous plaira,

*Expérien-*
*ce très - fin-*
*guliere.*

réfléchi de ce papier, vous y verrez toujours entre ces verres fe former des anneaux colorés ; mais tous ces anneaux alors font de la couleur des rayons qui vous viennent du papier. Expofez vos verres à la lumiere des rayons rouges, vous n'aurez entre vos verres que des anneaux rouges ;

*Figure 41.*
*& 42.*

Mais ce qui doit furprendre, c'eft qu'entre chacun de ces anneaux rouges il y a un anneau tout noir. Pour conftater encore plus ce fait & les fingularités qui y font attachées, prefentez vos deux verres, non plus au papier, mais au prifme, de façon que l'un des rayons qui échappent de ce prifme, un rouge, par exemple, vienne à tomber fur ces verres, il ne fe forme encore que des anneaux rouges entre les anneaux noirs ; mettez derriere vos verres la feuille de papier blanc, chaque anneau noir produit fur cette feuille de papier un anneau rouge, & chaque anneau rouge, étant réfléchi vers vous, produit du noir fur le papier.

Il réfulte de cette expérience que l'air ou l'eau qui eft entre vos verres réfléchit en un endroit la lumiere & en un autre endroit la laiffe paffer, la tranfmet. J'avouë que je ne peux affez admirer ici cette profondeur de recherche, cette fagacité plus qu'humaine, avec laquelle Neuton a pourfuivi ces vérités fi

imper-

imperceptibles ; il a reconnu par les mesures & par le calcul ces étranges proportions-ci.

Au point de contact des deux verres, il ne se réfléchit à nos yeux aucune lumiere : immédiatement après ce contact, la premiere petite lame d'air ou d'eau qui touche à ce point noir, vous réfléchit des rayons : la seconde lame est deux fois épaisse *que* la premiere, & ne réfléchit rien, la troisiéme lame est triple en épaisseur de la premiere, & réfléchit : la quatriéme lame est quatre fois plus épaisse, & ne réfléchit point : la cinquiéme est cinq fois plus épaisse & réfléchit, & la sixiéme six fois plus épaisse transmet, & ne réfléchit pas.

De sorte que les anneaux noirs vont en cette progression, 0, 2, 4, 6, 8, & les anneaux lumineux & colorés en cette progression, 1, 3, 5, 7, 9.

Ce qui se passe dans cette expérience arrive de même dans tous les corps, qui tous réfléchissent une partie de la lumiere & en reçoivent dans leurs substances une autre partie. C'est donc encore une proprieté démontrée à l'esprit & aux yeux, que les surfaces solides ne soient point ce qui réfléchit les rayons. Car si les surfaces solides réfléchissoient en effet ; 1°.) Le point où les deux verres se touchent réfléchiroit & ne seroit point obscur. 2°.) Chaque partie solide qui vous donneroit une seule espéce de rayons, devroit aussi vous renvoyer toutes les espéces de rayons. 3°.) Les parties solides ne transmettroient point la lumiere en un endroit & ne la réfléchiroient pas en un autre endroit, car étant toutes solides, toutes réfléchiroient. 4°.) Si les parties solides réfléchissoient la lumiere, il seroit impossible de se voir dans un miroir, comme nous l'avons dit, puisque le miroir étant silloné & raboteux, il ne pourroit renvoyer la lumiere d'une maniere ré-guliere.

*Consequences de ces expériences.*

guliere. Il eſt donc indubitable qu'il y a un pouvoir agiſſant ſur les corps ſans toucher aux corps, & que ce pouvoir agit entre les corps & la lumiere. Enfin, loin que la lumiere rebondiſſe ſur les corps mêmes & revienne à nous, il faut croire que la plus grande partie des rayons qui va choquer des parties ſolides y reſte, s'y perd, s'y éteint.

Ce pouvoir, qui agit aux ſurfaces, agit d'une ſurface à l'autre : c'eſt principalement de la derniere ſurface ultérieure du corps tranſparant que les rayons rejailliſſent ; nous l'avons déja prouvé. C'eſt, par exemple, du point B B B, plus que de ce point A que la lumiere eſt réfléchie.

*Figure 43.*

Il faut donc admettre un pouvoir lequel agit ſur les rayons de lumiere de-deſſus l'une de ces ſurfaces à l'autre, un pouvoir qui tranſmet & qui réfléchit alternativement les rayons. Ce jeu de la lumiere & des corps n'étoit pas ſeulement ſoupçonné avant Neuton, il a compté pluſieurs milliers de ces vibrations alternatives, de ces jets tranſmis & réfléchis. Cette action des corps ſur la lumiere, & de la lumiere ſur les corps, laiſſe encore bien des incertitudes dans la maniere de l'expliquer.

*Action mutuelle des corps ſur la lumiere.*

Celui qui a découvert ce myſtére n'a pû, dans le cours de ſa longue vie, faire aſſez d'expériences pour aſſigner la cauſe certaine de ces effets. Mais quand par ſes découvertes il ne nous auroit appris que des nouvelles proprietés de la matiére, ne ſeroit-ce pas déja un aſſez grand ſervice rendu à la Philoſophie? Il ne s'y arrête en aucune maniere, il s'eſt contenté des faits, ſans rien oſer déterminer ſur les cauſes.

Nous ne pouſſerons pas plus loin cette Introduction ſur la lumiere, peut-être en avons-nous trop
dit

dit dans de fimples Elémens ; mais la plûpart de ces vérités font nouvelles pour bien des Lecteurs. Avant que de paffer à l'autre partie de la Philofophie, fou-venons-nous, que la Théorie de la lumiere a quelque chofe de commun avec la Théorie de l'Univers dans laquelle nous allons entrer. Cette Théorie eft, qu'il y a une efpéce d'attraction marquée entre les corps & la lumiere, comme nous en allons obferver une entre tous les Globes de notre Univers : ces attractions fe manifeftent par différens effets ; mais c'eft toujours une tendance des corps, les uns vers les autres, dé-couvertes à l'aide de l'Expérience & de la Géométrie.

*Toute cette Théorie de la lumiere a rapport avec la Théorie de l'Univers.*

Parmi tant de propriétés de la matiere telle que ces accès de tranfimiffion & de réflexion des traits de lumiere, cette répulfion que la lumiere éprouve dans le vuide, dans les pores des corps & fur les furfaces des corps ; parmi ces propriétés, dis-je, il faut fur-tout faire attention à ce pouvoir par lequel les rayons font réfléchis & rompus, à cette force par laquelle les corps agiffent fur la lumiere & la lumiere fur eux, fans même les toucher. Ces découvertes doivent au moins fervir à nous rendre extrêmement circonfpects dans nos décifions fur la nature & l'effence des chofes. Songeons que nous ne connaiffons rien du tout que par l'expérience. Sans le toucher nous n'aurions point d'idée de l'étenduë des corps : fans les yeux, nous n'aurions pû deviner la lumiere : fi nous n'avions ja-mais éprouvé de mouvement, nous n'aurions jamais crû la matiere mobile ; un très-petit nombre de fens que Dieu nous a donnés, fert à nous découvrir un très-petit nombre de propriétés de la matiere. Le raifonnement fupplée aux fens qui nous manquent, & nous apprend encore que la matiere a d'autres attri-buts, comme l'attraction, la gravitation ; elle en a

*La matiere a plus de propriétés qu'on ne penfe.*

L 3                                         proba-

probablement beaucoup d'autres qui tiennent à sa nature, & dont peut-être un jour la Philofophie don-
nera quelques idées aux hommes.

Pour moi j'avouë, que plus j'y réfléchis plus je fuis
furpris qu'on craigne de reconnaître un nouveau principe, une nouvelle proprieté dans la matiere. Elle en
a peut-être à l'infini, rien ne fe reffemble dans la
nature. Il eft très-probable que le Createur a fait l'eau,
le feu, l'air, la terre, les vegetaux, les mineraux,
les animaux &c. fur des principes & des plans tous
différens.   Il eft étrange qu'on fe revolte contre de
nouvelles richeffes qu'on nous préfente, car n'eft-ce
pas enrichir l'homme que de découvrir de nouvelles qualités de la matiere dont il eft
formé?

*LETTRE*

\* \* \* \* \* \* \* \* \* \* \* \* \* \* \* \* \* \* \*

# LETTRE
## DE L'AUTEUR,

*qui peut servir de dernier chapitre à la Théorie
de la lumiere.*

J'aurois eu l'honneur de vous répondre plûtôt,
Monsieur, sans les maladies continuelles, qui exercent
plus ma patience que Neuton n'exerce mon esprit. Je
crois, que vos doutes, Monsieur, lui en auroient fait
naître. Vous dites, que c'est dommage, qu'il ne se
soit pas expliqué plus clairement sur la raison qui fait
que la force attractive devient souvent repulsive, &
sur la force par laquelle les rayons de lumiere sont dar-
dés avec une si prodigieuse célérité, & j'oserois ajouter
que c'est dommage, qu'il n'ait pû savoir la cause de
ces Phénomenes. Neuton, le premier des hommes,
n'étoit qu'un homme, & les premiers ressorts que la
nature employe ne sont pas à notre portée, quand il
ne sont pas soumis au calcul. On a beau supputer la
force des muscles, toutes les Mathématiques seront im-
puissantes à nous apprendre, pourquoi ces muscles agissent à l'ordre de notre volonté. Toutes les connaissances, que nous avons des Planétes ne nous apprendront jamais pourquoi elles tournent de l'Occident à
l'Orient, plûtôt qu'au contraire. Neuton pour avoir
anatomisé la lumiere n'en a pas découvert la nature intime. Il savoit bien qu'il y a dans le feu élémentaire
des propriétés, qui ne sont point dans les autres Elemens. Il parcourt cent trente millions de lieuës en
un quart d'heure.

Il

Il ne paraît pas tendre vers un centre comme les corps; mais il se répand uniformement & également en tous sens, au contraire des autres Elemens. Son attraction vers les objets qu'il touche & sur la surface desquels il rejaillit, n'a nulle proportion avec la gravitation universelle de la matiere.

Il n'est pas même prouvé que les rayons du feu elementaire ne se pénétrent pas les uns les autres. C'est pourquoi Neuton frappé de toutes ces singularités semble toujours douter, si la lumiere est un corps. Pour moi, Monsieur, si j'ose hazarder mes doutes, je vous avouë, que je ne crois pas impossible, que le feu elementaire soit un être à part, qui anime la nature, & qui tient le milieu entre les corps, & quelque autre être que nous ne connaissons pas; de même que certaines plantes organisées servent de passage du régne végetal, au régne animal. Tout tend à nous faire croire, qu'il y a une chaine d'êtres qui s'élévent par dégrés. Nous ne connaissons, qu'imparfaitement quelques anneaux de cette chaine immense & nous autres petits hommes avec nos petits yeux & notre petite cervelle nous distinguons hardiment toute la nature en matiere & esprit en y comprenant Dieu; & en ne sachant pas d'ailleurs un mot de ce que c'est au fonds, que l'esprit & la matiere. Je vous expose mes doutes, Monsieur, avec la même franchise, que vous m'avez communiqués les votres. Je vous félicite de cultiver la Philosophie, qui doit nous apprendre à douter sur tout ce qui n'est pas du ressort des Mathématiques & de l'expérience, &c.

TROI-

# TROISIEME
# PARTIE.

# CHAPITRE I.

*Premieres idées touchant la pesanteur & les loix de l'attraction: Que la matiere subtile, les tourbillons & le plein doivent être rejettés.*

Un Lecteur sage, qui aura vû avec attention ces merveilles de la lumiere, convaincu par l'expérience qu'aucune impulsion connuë ne les opére, sera sans doute impatient d'observer cette puissance nouvelle dont nous avons parlé sous le nom d'attraction, qui agit sur tous les autres corps plus sensiblement & d'une autre façon que *les* corps sur la lumiere. Que les noms encore une fois ne nous effarouchent point; examinons simplement les faits.

Je me servirai toujours indifféremment des termes d'*attraction* & de *gravitation* en parlant des corps, soit qu'ils tendent sensiblement les uns vers les autres, soit qu'ils tournent dans des orbes immenses, autour d'un centre commun, soit qu'ils tombent sur la Terre, soit qu'ils s'unissent pour composer des corps solides, soit qu'ils s'arrondissent en goûtes pour former des liquides. Entrons en matiere.

Attraction.

Tous

Tous les corps connus pefent, & il y a long-tems que la legéreté abfoluë a été comptée parmi les erreurs reconnuës d'Ariftote & de fes Sectateurs.

Depuis que la fameufe Machine pneumatique a été inventée, on a été plus à portée de connaître la pefanteur des corps; car lorfqu'ils tombent dans l'air, les parties de l'air retardent fenfiblement la chûte de ceux qui ont beaucoup de furface & peu de volume; mais dans cette Machine privée d'air, les corps abandonnés à la force, quelle qu'elle foit, qui les précipite fans obftacle, tombent felon tout leur poids.

La machine pneumatique inventée par Otto Guerike, fut bien-tôt perfectionnée par Boyle; on fit enfuite des récipiens de verre beaucoup plus longs, qui furent entierement purgés d'air. Dans un de ces longs récipiens compofé de quatre tubes, le tout enfemble ayant huit pieds de hauteur, on fufpendit en haut, par un reffort, des piéces d'or, des morceaux de papier, des plumes; il s'agiffoit de favoir ce qui arriveroit, quand on détendroit le reffort. Les bons Philofophes prévoyoient, que tout cela tomberoit en même-tems: le plus grand nombre affûroit, que les corps les plus maffifs tomberoient bien plus vîte que les autres: ce grand nombre, qui fe trompe prefque toujours, fut bien étonné, quand il vit dans toutes les expériences, l'or, le plomb, le papier & la plume tomber également vîte, & arriver au fond du récipient en même tems.

*Expérience qui demontre le vuide & les effets de la gravitation.*

Ceux qui tenoient encore pour le *Plein* de Defcartes, pour les prétendus effets de la matiere fubtile, ne pouvoient rendre aucune bonne raifon de ce fait; car les faits étoient leurs écueils. Si tout étoit plein, quand on leur accorderoit qu'il pût y avoir alors du mouvement, (ce qui eft abfolument impoffible) au moins cette

cette prétenduë matiere subtile rempliroit exactement tout le récipient : elle y seroit en aussi grande quantité que de l'eau, ou du mercure, qu'on y auroit mis : elle s'opposeroit au moins à cette descente si rapide des corps : elle résisteroit à ce large morceau de papier, selon la surface de ce papier, & laisseroit tomber la balle d'or ou de plomb beaucoup plus vîte, mais cette chûte se fait au même instant ; donc il n'y a rien dans le récipient qui résiste ; donc cette prétenduë matiere subtile ne peut faire aucun effet sensible dans ce récipient ; donc il y a une autre force, qui fait la pesanteur.

En vain diroit-on, qu'il est possible, qu'il reste une matiere subtile dans ce récipient, puisque la lumiere le pénetre ; il y a bien de la différence. La lumiere, qui est dans ce Vase de verre, n'en occupe certainement pas la cent-milliéme partie ; mais, selon les Cartésiens, il faut que leur matiere imaginaire remplisse bien plus exactement le récipient, que si je le supposois rempli d'or, car il y a beaucoup de vuide dans l'or, & ils n'en admettent point dans leur matiere subtile.

Or par cette expérience la piece d'or, qui pese cent-mille fois plus que le morceau de papier, est descenduë aussi vîte que le papier ; donc la force qui l'a fait descendre, a agi cent-mille fois plus sur lui que sur le papier ; de même qu'il faudra cent fois plus de force à mon bras pour remuer cent livres, que pour remuer une livre ; donc cette puissance qui opere la gravitation, agit en raison directe de la masse des corps. Elle agit en effet tellement selon la masse des corps, non selon les surfaces, qu'un morceau d'or réduit en poudre descend dans la Machine pneumatique aussi vîte que la même quantité d'or étenduë en feuille. La figure

*La pesanteur agit en raison des masses.*

figure des corps ne change ici en rien leur gravité; ce pouvoir de gravitation agit donc fur la nature interne des corps, & non en raifon des fuperficies.

On n'a jamais pû répondre à ces vérités preffantes que par une fuppofition auffi chimerique que les tourbillons. On fuppofe que la matiere fubtile prétenduë qui remplit tout le récipient ne pefe point. Etrange idée qui devient abfurde ici. Car il ne s'agit pas dans le cas préfent d'une matiere qui ne pefe pas, mais d'une matiere qui ne refifte pas. Toute matiere refifte par fa force d'inertie. Donc fi le récipient étoit plein, la matiere quelconque qui le rempliroit refifteroit infiniment, cela paraît demontré en rigueur.

**D'où vient ce pouvoir de pefanteur.** Ce pouvoir ne réfide point dans la prétenduë matiere fubtile, dont nous parlerons au chapitre fuivant; cette matiere feroit un fluide. Tout fluide agit fur les folides en raifon de leurs fuperficies; ainfi le Vaiffeau préfentant moins de furface par fa prouë, fend la Mer qui réfifteroit à fes flancs. Or quand la fuperficie d'un corps eft le quarré de fon diametre, la folidité de ce corps eft le cube de ce même diametre : le même pouvoir ne peut agir à la fois en raifon du cube & du quarré, donc la pefanteur, la gravitation n'eft point l'effet de ce fluide.

**Il ne peut venir d'une prétenduë matiere fubtile.** De plus, il eft impoffible que cette prétenduë matiere fubtile ait d'un côté affez de force, pour précipiter un corps de 54000 pieds de haut en une minute, (car telle eft la chûte des corps) & que de l'autre elle foit affez impuiffante, pour ne pouvoir empêcher le pendule du bois le plus leger de remonter de vibration en vibration dans la Machine pneumatique, dont cette matiere imaginaire eft fuppofée remplir exactement tout l'efpace.

Je

Je ne craindrai donc point d'affirmer que, fi l'on découvroit jamais une impulfion, qui fût la caufe de la pefanteur des corps vers un centre, en un mot la caufe de la gravitation, de l'attraction univerfelle cette impulfion feroit d'une toute autre nature qu'eft celle que nous connaiffons.

Voilà donc une premiere vérité déja indiquée ailleurs, & prouvée ici : il y a un pouvoir qui fait graviter tous les corps en raifon directe de leur maffe.

Si l'on cherche actuellement, pourquoi un corps eft plus pefant qu'un autre, on en trouvera aifément l'unique raifon : on jugera que ce corps doit avoir plus de maffe, plus de matiere fous une même étenduë ; ainfi l'or pefe plus que le bois, parce qu'il y a dans l'or bien plus de matiere & moins de vuide que dans le bois. *Pourquoi un corps pefe plus qu'un autre.*

Defcartes & fes Sectateurs (s'il en peut avoir encore) foutiennent qu'un corps eft plus pefant qu'un autre fans avoir plus de matiere : non contens de cette idée, ils la foutiennent par une autre auffi peu vraie : ils admettent un grand tourbillon de matiere fubtile autour de notre Globe ; & c'eft ce grand tourbillon, difent-ils, qui en circulant chaffe tous les corps vers le centre de la Terre, & leur fait éprouver ce que nous appellons Pefanteur. *Le Syftême de Defcartes ne peut en rendre raifon.*

Il eft vrai, qu'ils n'ont donné aucune preuve de cette affertion : il n'y a pas la moindre expérience, pas la moindre analogie dans les chofes que nous connaiffons un peu, qui puiffe fonder une préfomption legere en faveur de ce tourbillon de matiere fubtile ; ainfi de cela feul que ce Syftême eft une pure hypothèfe, il doit être rejetté. C'eft cependant par cela feul qu'il a été accrédité. On concevoit ce tourbillon

fans

fans effort, on donnoit une explication vague des chofes en prononçant ce mot de matiere fubtile; & quand
les Philofophes fentoient les contradictions & les abfurdités attachées à ce Roman Philofophique, ils fon-
geoient à le corriger plûtôt qu'à l'abandonner.

Hugens & tant d'autres y ont fait mille corre-
ctions, dont ils avouoient eux-mêmes l'infuffifance;
mais que mettrons-nous à la place des tourbillons &
de la matiere fubtile? Ce raifonnement trop ordinaire eft celui qui affermit le plus les hommes dans
l'erreur & dans le mauvais parti. Il faut abandonner
ce que l'on voit faux & infoutenable, auffi-bien quand
on n'a rien à lui fubftituer, que quand on auroit les
démonftrations d'Euclide à mettre à la place. Une
erreur n'eft ni plus ni moins erreur, foit qu'on la rem-
place ou non par des vérités; devrois-je admettre
l'horreur du vuide dans une pompe, parceque je ne
faurois pas encore par quel méchanifme l'eau monte
dans cette pompe?

Commençons donc, avant que d'aller plus loin,
par prouver que les tourbillons de matiere fubtile n'exiftent pas: que le *Plein* n'eft pas moins chimérique;
qu'ainfi tout ce Syftême, fondé fur ces imaginations,
n'eft qu'un Roman ingénieux fans vraifemblance. Voyons ce que c'eft que ces tourbillons imaginaires,
& examinons enfuite, fi le *Plein* eft
poffible.

# CHAPITRE II.

*Que les tourbillons de Descartes & le Plein sont impossibles, & que par conséquent il y a une autre cause de la pesanteur.*

Descartes suppose un amas immense de particules insensibles, qui emporte la Terre d'un mouvement rapide d'Occident en Orient, & qui d'un Pole à l'autre se meut parallèlement à l'Equateur ; ce tourbillon qui s'étend au-delà de la Lune, & qui entraîne la Lune dans son cours, est lui-même enchassé dans un autre tourbillon plus vaste encore, qui touche à un autre tourbillon sans se confondre avec lui &c.

*1°.)* Si cela étoit, le tourbillon qui est supposé se mouvoir autour de la Terre d'Occident en Orient, devroit chasser les corps sur la Terre d'Occident en Orient : or les corps en tombant décrivent tous une ligne, qui étant prolongée passeroit, à peu près, par le centre de la Terre ; donc ce tourbillon n'existe pas. Preuve de l'impossibilité des tourbillons.

*2°.)* Si les cercles de ce prétendu tourbillon se mouvoient & agissoient parallèlement à l'Equateur, tous les corps devroient tomber chacun perpendiculairement sous le cercle de cette matiere subtile auquel il répond : un corps en A près du Pole P. devroit, selon Descartes, tomber en R.

Mais il tombe à peu près selon la ligne A, B, ce qui fait une différence d'environ 1400 lieues, car on peut compter 1400 lieues communes de France du point R à l'Equateur de la Terre B ; donc ce tourbillon n'existe pas. *Figure 44*

3°.) Si

3º.) Si pour foutenir ce Roman des tourbillons on fe plaît encore à fuppofer qu'un fluide qui tourbillonne ne tourne point fur fon axe. Si on imagine qu'il peut tourner dans des cercles qui tous auront pour centre le centre du tourbillon même; il n'y a qu'à faire l'expérience d'une goute d'huile ou d'une groffe bulle d'air enfermée dans une boule de criftal pleine d'eau, faites tourner la boule fur fon axe, vous verrez cette huile ou cet air s'arranger en cilindre au milieu de la boule, & faire un axe d'un Pole à l'autre, car toute expérience comme tout raifonnement ruine les tourbillons.

4º.) Si ce tourbillon de matiere autour de la Terre, & ces autres prétendus tourbillons autour de Jupiter & de Saturne, &c. exiftoient, tous ces tourbillons immenfes de matiere fubtile, roulant fi rapidement dans les directions différentes, ne pourroient jamais laiffer venir à nous, en ligne droite, un rayon de lumiere dardé d'une Etoile. Il eft prouvé que ces rayons arrivent en très-peu de tems par rapport au chemin immenfe qu'ils font ; donc ces tourbillons n'exiftent pas.

5º.) Si ces tourbillons emportoient les Planetes d'Occident en Orient, les Cometes qui traverfent en tout fens ces efpaces d'Orient en Occident, & du Nord au Sud, ne les pourroient jamais traverfer. Et quand on fuppoferoit que les Cometes n'ont point été en effet du Nord au Sud, ni d'Orient en Occident, on ne gagneroit rien par cette évafion; car on fait que quand une Comete fe trouve dans la Région de Mars, de Jupiter, de Saturne, elle va incomparablement plus vîte que Mars, que Jupiter, que Saturne ; donc elle ne peut être emportée par la même couche du fluide, qui eft fuppofé emporter ces Planetes ; donc ces tourbillons n'exiftent pas.

6º.) Ces

*6°.)* Ces prétendus tourbillons feroient ou auffi denfes, auffi maffifs que les Planetes, ou bien ils feroient plus denfes, ou enfin moins denfes. Dans le premier cas, la matiere prétenduë, qui entoure la Lune & la Terre, étant fuppofée denfe comme un égal volume de Terre, nous éprouverions pour lever un pied cubique de marbre, par exemple, la même réfiftance au moins que nous aurions à lever une colomne de marbre d'un pied de baze, qui auroit pour fa longueur la diftance de la Terre à l'extrêmité du prétendu tourbillon de la Lune.

Dans les deux autres cas, qui font, je croi, impoffibles, on difpute avec raifon fur ce qui arriveroit. Mais voici de quoi trancher toute difficulté, & de quoi faire voir qu'aucun tourbillon ne peut preffer fur la Terre, & caufer la pefanteur. Il eft démontré par la théorie des Forces motrices, qu'un corps qui fe meut, par exemple, avec dix dégrés de vîteffe, ne reçoit aucune force, aucun mouvement d'une puiffance qui n'aura auffi que dix dégrés, & qui pourfuivra ce corps en mouvement.

Il faut, pour que cette puiffance ajoûte de nouveaux dégrés de mouvement à ce corps, qu'elle en ait plus que lui; & elle ne lui communique que fon excedent. Mais la puiffance de la gravitation de l'attraction, agit également & fur les corps en repos, & fur les corps en mouvement, communique les mêmes dégrés de vîteffe aux uns & aux autres; donc cette puiffance ne peut venir d'un fluide qui ne peut agir que fuivant les loix des forces motrices.

*7°.)* Si ces fluides exiftoient, une minute fuffiroit pour détruire tout mouvement dans les Aftres. Neuton a démontré que tout corps qui fe meut uniformément dans un fluide de même denfité, perd la moitié

M 2 de

de fon mouvement après avoir parcouru trois de fes diametres.    Cela eft fans aucune replique.

*8°.)* Suppofé encore, ce qui eft impoffible, que ces Planetes puffent être mûës dans ces tourbillons imaginaires, elles ne pourroient fe mouvoir que circulairement, puifque ces tourbillons, à égales diftances du centre, feroient également denfes; mais les Planetes fe meuvent dans des Ellipfes; donc elles ne peuvent être portées par des tourbillons; donc &c.

*9°.)* La Terre a fon Orbite qu'elle parcourt entre celui de Venus & celui de Mars: tous ces Orbites font elliptiques, & ont le Soleil pour centre: or quand Mars, & Venus & la Terre font plus près l'un de l'autre, alors la matiere du torrent prétendu, qui emporte la Terre, feroit beaucoup plus refferrée: cette matiere fubtile devroit précipiter fon cours, comme un Fleuve retreci dans fes bords, ou coulant fous les arches d'un pont: alors ce fluide devroit emporter la Terre d'une rapidité bien plus grande qu'en toute autre pofition; mais au contraire c'eft dans ce tems-là même que le mouvement de la terre eft plus ralenti.

*Figure 45.*    Quand Mars paraît dans le Signe des Poiffons, Mars, la Terre & Venus font à-peu-près dans cette proximité que vous voyez: alors le Soleil paraît retarder de quelques minutes, c'eft-à-dire que c'eft la Terre qui retarde; il eft donc démontré impoffible qu'il y ait là un torrent de matiere qui emporte les planetes; donc ce tourbillon n'exifte pas.

*10°.)* Parmi des démonftrations plus recherchées, qui anéantiffent les tourbillons, nous choifirons celle-ci. Par une des grandes loix de Kepler, toute Planete décrit des aires égales en tems égaux: par une autre loi non moins fûre, chaque Planete fait fa révolution

autour

autour du Soleil en telle forte, que fi, par exemple, fa moyenne diftance au Soleil eft 10, prenez le cube de ce nombre, ce qui fera 1000, & le tems de la révolution de cette Planete autour du Soleil fera proportionné à la racine quarrée de ce nombre 1000. Or s'il y avoit des couches de matiere qui portaffent des Planetes, ces couches ne pourroient fuivre ces loix; car il faudroit que les viteffes de ces torrens fuffent à la fois réciproquement proportionelles à leurs diftances au Soleil, & aux racines quarrées de ces diftances; ce qui eft incompatible.

11°.) Pour comble enfin, tout le monde voit ce qui arriveroit à deux fluides circulant l'un vis-à-vis de l'autre. Ils fe confondroient néceffairement & formeroient le Chaos au lieu de le débrouiller. Cela feul auroit jetté fur le Syftême Cartéfien un ridicule qui l'eût accablé, fi le goût de la nouveauté, & le peu d'ufage où l'on étoit alors d'examiner, n'avoient prévalu.

Il faut prouver à préfent que le *Plein*, dans lequel ces tourbillons font fuppofés fe mouvoir, eft auffi impoffible que ces tourbillons.

1°.) Un feul rayon de lumiere, qui ne pefe pas, à beaucoup près, la cent milliéme partie d'un grain, auroit à déranger tout l'Univers, fi elle avoit à s'ouvrir un chemin jufqu'à nous à travers un efpace immenfe, dont chaque point réfifteroit par lui-même, & par toute la ligne dont il feroit preffé.

Preuves contre le *plein*.

2°.) Soient ces deux corps durs A, B, ils fe touchent par une furface, & font fuppofés entourés d'un fluide qui les preffe de tous côtés : or, quand on les fépare, il eft clair, que la prétenduë matiere fubtile arrive plutôt au point A, où on les fépare, qu'au point B.

M 3                           Donc

*Figure 46.*    Donc il y a un moment, où B fera vuide; donc même dans le Syſtême de la matiere ſubtile, il y a du vuide, c'eſt-à-dire de l'eſpace.

*3°.)* S'il n'y avoit point de vuide & d'eſpace, il n'y auroit point de mouvement, même dans le Syſtême de Deſcartes.    Il ſuppoſe que Dieu créa l'Univers plein & conſiſtant en petits cubes : ſoit donc un nombre donné de cubes repréſentant l'Univers, ſans qu'il y ait entre eux le moindre intervalle : il eſt évident qu'il faut qu'un d'eux ſorte de la place, qu'il occupoit, car ſi chacun reſte dans ſa place, il n'y a point de mouvement, puiſque le mouvement conſiſte à ſortir de ſa place, à paſſer d'un point de l'eſpace dans un autre point de l'eſpace ; or qui ne voit que l'un de ces cubes ne peut quitter ſa place ſans la laiſſer vuide à l'inſtant qu'il en ſort, car il eſt clair, que ce cube en tournant ſur lui-même doit préſenter ſon angle au cube qui le touche, avant que l'angle ſoit briſé ?  Donc alors il y a de l'eſpace entre ces deux cubes, donc dans le Syſtême de Deſcartes même, il ne peut y avoir de mouvement ſans vuide.

*4°.)* Si tout étoit plein, comme le veut Deſcartes, nous éprouverions nous-mêmes en marchant une réſiſtance infinie, au lieu que nous n'éprouvons que celles des fluides dans leſquelles nous ſommes, par exemple, celle de l'eau, qui nous réſiſte 860 fois plus que celle de l'air, celle du mercure qui réſiſte environ 14000 fois plus que l'air ; or les réſiſtances des fluides ſont comme les quarrés des vîteſſes ; c'eſt-à-dire, ſi un homme parcourt dans une tierce un pied d'eſpace du *de* mercure, qui lui réſiſte 14000 fois plus que l'air, ſi cet homme dans la ſeconde tierce a le double de cette vîteſſe, ce mercure qui eſt 14000 fois plus denſe que l'air, réſiſtera comme le quarré de deux ; la réſiſtance ſera

bien-

bien-tôt infinie, donc fi tout étoit plein, il feroit abfolument impoffible de faire un pas, de refpirer, &c.

*5°.)* On a voulu éluder la force de cette démonftration ; mais on ne peut répondre à une démonftration que par une erreur. On prétend que ce torrent
infini de matiere fubtile pénétrant tous les pores des
corps, ne peut en arrêter le mouvement. On ne fait
pas réflexion que tout mobile, qui fe meut dans un
fluide, éprouve d'autant plus de réfiftance, qu'il op-
pofe plus de furface à ce fluide : or plus un corps a de
trous plus il a de furface : ainfi la prétenduë matiere
fubtile en choquant tout l'intérieur d'un corps, s'oppo-
feroit bien davantage au mouvement de ce corps, qu'en
ne touchant que fa fuperficie extérieure ; & cela eft encore démontré en rigueur.

*6°.)* Dans le *Plein* tous les corps feroient également pefans ; il eft impoffible de concevoir qu'un
corps pefe fur moi, me preffe ; que par fa maffe une
livre de poudre d'or pefe autant fur ma main, qu'un
morceau d'or d'une livre. Envain les Cartéfiens répondent que la matiere fubtile pénétrant les interftices
des corps ne pefe point, & qu'il ne faut compter pour
pefant que ce qui n'eft point matiere fubtile : cette
opinion de Defcartes n'eft chez lui qu'une pure contradiction, car felon lui cette prétenduë matiere fubtile
fait feule la pefanteur des corps, en les repouffant vers
la Terre, donc elle pefe elle-même fur ces corps ; donc,
fi elle pefe, il n'y a pas plus de raifon pourquoi un
corps fera plus pefant qu'un autre, puifque tout étant
plein, tout aura également de maffe, foit folide, foit
fluide, donc le *Plein* eft une chimére, donc il y a du
*vuide* ; donc rien ne fe peut faire dans la Nature fans
vuide ; donc la pefanteur n'eft pas l'effet d'un prétendu
tourbillon imaginé dans le *Plein*.

M 4

Nous

Nous venons de nous appercevoir par l'expérience dans la Machine pneumatique, qu'il faut qu'il y ait une force qui fasse descendre les corps vers le centre de la Terre, c'est-à-dire, qui leur donne la pesanteur, & que cette force doit agir en raison de la masse des corps; il faut maintenant voir quels sont les effets de cette force, car si nous en découvrons les effets, il est évident qu'elle existe. N'allons donc point d'abord imaginer des Causes & faire des Hypothèses: c'est le sûr moyen de s'égarer : suivons pas à pas, ce qui se passe réellement dans la Nature; nous sommes des Voyageurs arrivés à l'embouchure d'un Fleuve, il faut le remonter avant que d'imaginer, où est sa source.

# CHAPITRE III.

*Gravitation démontrée par les découvertes de Ga-*
*lilée & de Neuton.   Histoire de cette découverte*
*que la Lune parcourt son Orbite par la force*
*de cette gravitation.*

Galilée, le restaurateur de la Raison en Italie, dé- Loix de la
couvrit cette importante proposition, que les chûte des
Corps graves, qui descendent sur la Terre ( faisant vées par Ga-
abstraction de la petite résistance de l'air) ont un mou- lilée.
vement accéléré dans une proportion dont je vais tâcher de donner une idée nette.

Un Corps abandonné à lui-même du haut d'une
Tour, parcourt, dans la premiere seconde de tems,
un espace qui s'est trouvé être de 15 pieds de Paris,
selon les découvertes d'Hugens inventeur en Mathématiques.   On croyoit avant Galilée que ce Corps
pendant deux secondes auroit parcouru seulement deux
fois le même espace, & qu'ainsi il feroit 150 pieds en
dix secondes, & neuf cens pieds en une minute : c'é-
toit-là l'opinion générale, & même fort vraisemblable à qui n'examine pas de près ; cependant il est vrai,
qu'en une minute ce corps auroit fait un chemin de
cinquante-quatre mille pieds & deux cens seize mille
pieds en deux minutes.

Voici comment ce progrès, qui étonne d'abord
l'imagination, s'opére nécessairement & avec simpli-
cité.   Un Corps est précipité par son propre poids:
cette force quelconque qui l'anime à descendre de
quinze pieds dans la premiere seconde, agit également
à tous les instans, car rien n'ayant changé, il faut

M 5                    qu'elle

qu'elle soit toujours la même : ainsi à la deuxiéme seconde le corps aura la force, qu'il a acquise à chaque
instant de la première seconde, & la force qu'il éprouve chaque instant de la deuxiéme.  Or par la force,
qui l'animoit à la premiere seconde, il parcouroit quinze pieds, il a donc encore cette force, quand il descend la deuxiéme seconde.  Il a outre cela la force
de quinze autres pieds qu'il acqueroit à mesure qu'il
descendoit dans cette premiere seconde, cela fait trente :
il faut (rien n'ayant changé) que dans le tems de cette
deuxiéme seconde, il ait encore la force de parcourir
quinze pieds, cela fait quarante-cinq ; par la même
raison le Corps parcourra soixante-quinze pieds dans
la troisiéme seconde, & ainsi du reste.

De-là il suit, *1º.)* Que le mobile acquiert en
tems égaux infiniment petits des dégrés infiniment petits de vitesse, lesquels accélérent son mouvement vers
le centre de la Terre, tant qu'il ne trouve pas de résistance.

*2º.)* Que les vitesses, qu'il acquiert sont comme
les tems qu'il employe à descendre.

*3º.)* Que les espaces, qu'il parcourt, sont comme
les quarrés de ces tems ou de ces vitesses.

*4º.)* Que la progression des espaces parcourus
par ce mobile sont comme les nombres impairs, 1, 3, 5, 7.
Cette connaissance nécessaire de ce Phénoméne, qui
arrive autour de nous à tous les instans, va être rendu
sensible à ceux même qui seroient d'abord un peu em-
barassés de tous ces rapports ; il ne faut qu'un peu d'attention en jettant les yeux sur cette petite table, que
chaque Lecteur peut augmenter à son gré.

Tems

| Tems dans lesquels le mobile tombe. | Espaces qu'il parcourt en chaque tems. | Espaces parcourus font comme les quarrés des tems. | Nombres impairs, qui marquent la progreſſion du mouvement, & les eſpaces parcourus. |
|---|---|---|---|
| 1re. Seconde, une vîteſſe. | Le Corps deſcend de 15 pieds. | Le quarré d'un eſt un, le corps parcourt 15 pieds. | Une fois quinze. |
| 2me. Seconde, deux vîteſſes. | Le Corps parcourt 45 pieds. | Le quarré de deux ſecondes, ou de deux vîteſſes eſt quatre : quatre fois quinze font 60 ; donc le corps a parcouru 60 pieds, c'eſt-à-dire, 15 dans la premiere Seconde, & 45 dans la deuxiéme. | Trois fois quinze ; ainſi la progreſſion eſt d'un à trois dans cette Seconde. |
| 3me. Seconde, trois vîteſſes. | Le Corps parcourt 75. pieds. | Le quarré de trois Secondes eſt neuf : or neuf fois 15 font 135 ; donc le corps a parcouru dans les trois Secondes 135 pieds. | Cinq fois 15 pieds ; ainſi la progreſſion eſt viſiblement ſelon les nombres impairs 1, 3, 5, &c. |

Il eſt

Il est clair que la puissance, qui agit toujours également à chaque instant, & qui ne perd rien de sa force, doit ainsi augmenter son effet, jusqu'à ce que quelque autre force vienne s'y opposer.

Par cette petite table un coup d'œil démontrera, qu'au bout d'une minute le mobile aura parcouru cinquante-quatre mille pieds, car 3600 pieds font le quarré de soixante secondes ; or quinze multiplié par le quarré de soixante ; qui est 3600 donne cinquante-quatre mille.

De cette belle découverte de Galilée, il naissoit une question nouvelle. On disoit, un corps descendra-t-il toujours d'environ 15 pieds dans la premiere seconde en quelque endroit de l'Univers qu'il soit placé ? Nous voyons que la chûte des corps s'accélere en retombant sur notre globe ; ils tendent tous évidemment en retombant vers le centre de ce globe, n'y a-t-il point quelque puissance qui les attire vers ce centre ? Et cette puissance n'augmente-t-elle pas sa force à mesure que ce centre est plus près ? Déja Copernic avoit eu quelque faible lueur de cette idée. Kepler l'avoit embrassée, mais sans méthode. Le Chancelier Bacon dit formellement, qu'il est probable qu'il y ait une attraction des corps au centre de la Terre, & de ce centre aux corps. Il proposoit dans son excellent Livre *Novum scientiarum Organum*, qu'on fit des expériences avec des pendules sur les plus hautes tours & aux profondeurs les plus grandes ; car disoit-il, si les mêmes pendules font de plus rapides vibrations au fond d'un puits, que sur une tour, il faut conclure que la pesanteur qui est le principe de ses vibrations, sera beaucoup plus forte au centre de la Terre dont ce puits est plus proche. Il essaya aussi de faire descendre des mobiles de différentes éleva-

tions

*Savoir si ces loix sont par tout les mêmes.*

tions , & d'obferver s'ils defcendroient de moins de quinze pieds dans la premiere feconde , mais il ne parût jamais de variation dans ces expériences, les hauteurs & les profondeurs où on les faifoit étant trop petites.

On reftoit donc dans l'incertitude , & l'idée de cette force agiffant du centre de la terre demeuroit un foupçon vague.

Defcartes en eut connaiffance : il en parle même en traitant de la pefanteur, mais les expériences qui devoient éclairer cette grande queftion manquoient encore. Le fyftême des tourbillons entraînoit ce génie fublime & vafte : il vouloit en créant fon Univers, donner la direction de tout à fa ~~matiere~~ fubtile : il la fit la difpenfatrice de tout mouvement & de toute pefanteur; petit à petit l'Europe adopta fon fyftême malgré les proteftations de Gaffendi qui fut moins fuivi, parce qu'il étoit moins hardi.

Un jour en l'année 1666. Neuton retiré à la Campagne & voyant tomber des fruits d'un arbre , à ce que m'a conté fa niéce ( Madame Conduit ) fe laiffa aller à une méditation profonde fur la caufe qui entraîne ainfi tous les corps dans une ligne qui , fi elle étoit prolongée, pafferoit à peu près par le centre de la terre.

Hiftoire de la découverte de la gravitation.

Quelle eft, fe demandoit - il à lui - même, cette force qui ne peut venir de tous ces tourbillons imaginaires démontrés fi faux ? elle agit fur tous les corps à proportion de leurs maffes , & non de leurs furfaces, elle agiroit fur le fruit qui vient de tomber de cet arbre, fût-il élevé de trois mille toifes, fût-il élevé de dix mille. Si cela eft, cette force doit agir de l'endroit où eft le Globe de la Lune, jufqu'au centre de la la terre ; s'il eſt ainſi , ce pouvoir quel qu'il ſoit peut donc être le même que celui qui fait tendre les Planetes vers le Soleil , & que celui qui fait graviter les Satellites de Jupiter ſur Jupiter.   Or il eſt démontré par toutes les inductions tirées des Loix de Kepler que toutes ces Planetes ſecondaires peſent vers le centre de leurs Orbites ; d'autant plus qu'elles en ſont plus près, & d'autant moins qu'elles en ſont plus éloignées, c'eſt-à-dire réciproquement ſelon le quarré de leurs diſtances.

Un corps placé où eſt la Lune qui circule autour de la terre , & un corps placé près de la terre doivent donc tous deux peſer ſur la terre préciſément ſuivant cette loi.

Donc pour être aſſûré ſi c'eſt la même cauſe qui retient les Planetes dans leurs Orbites , & qui fait tomber ici les corps graves , il ne faut plus que des meſures , il ne faut plus qu'examiner quel eſpace parcourt un corps grave en tombant ſur la terre , en un tems donné , & quel eſpace parcoureroit un corps placé dans la région de la Lune en un tems donné.

La Lune elle-même eſt ce corps qui peut être conſidéré comme tombant réellement de ſon plus haut point du Méridien.

Mais ce n'eſt pas ici une hypotheſe qu'on ajuſte comme on peut à un ſyſtême ; ce n'eſt point un calcul où l'on doive ſe contenter de l'à peu près.   Il faut commencer par connaître au juſte la diſtance de la Lune à la terre , & pour la connaître il eſt néceſſaire d'avoir la meſure de notre Globe.

Procedé de Neuton.   C'eſt ainſi que raiſonna Neuton , mais il s'en tint pour la meſure de la terre à l'eſtime fautive des Pilotes,

Pilotes, qui comptoient soixante milles d'Angleterre; c'est-à-dire vingt lieuës de France pour un dégré de latitude, au lieu qu'il falloit compter soixante dix mille.

Il y avoit à la vérité une mesure de la terre plus juste. Norvood Mathématicien Anglais avoit en 1636 mesuré assez exactement un dégré du Méridien, il l'avoit trouvé comme il doit être d'environ soixante & dix mille. Mais cette opération faite trente ans auparavant étoit ignorée de Neuton. Les guerres civiles qui avoient affligé l'Angleterre, toujours aussi funestes aux sciences qu'à l'état, avoient enseveli dans l'oubli la seule mesure juste qu'on eût de la terre; & on s'en tenoit à cette estime vague des Pilotes. Par ce compte la Lune étoit trop raprochée de la terre, & les proportions cherchées par Neuton ne se trouvoient pas avec exactitude. Il ne crut pas qu'il lui fût permis de rien supléer, & d'accommoder la Nature à ses idées, il vouloit accommoder ses idées à la Nature; il abandonna donc cette belle découverte, que l'Analogie avec les autres Astres rendoit si vrai-semblable, & à laquelle il manquoit si peu pour être démontrée; bonne foi bien rare & qui seule doit donner un grand poids à ses opinions.

Enfin sur des mesures plus exactes prises en France plusieurs fois & dont nous parlerons, il trouva la démonstration de sa théorie. Le dégré de la terre fut évalué à vingt-cinq de nos lieuës, la Lune se trouva à soixante demi diametres de la terre, & Neuton reprit ainsi le fil de sa démonstration.

La pesanteur sur notre Globe est en raison réciproque des quarrés des distances des corps pesans au centre de la Terre; c'est-à-dire, que le corps qui pese

*Théorie tirée de ces découvertes.*

peſe cent livres à un Diametre de la Terre ne peſera qu'une ſeule livre s'il eſt éloigné de dix Diametres.

La force qui fait la peſanteur ne dépend point des tourbillons de Matiere ſubtile, dont l'exiſtence eſt démontrée fauſſe.

Cette force, quelle qu'elle ſoit, agit ſur tous les corps, non ſelon leurs ſurfaces, mais ſelon leurs maſſes. Si elle agit à une diſtance, elle doit agir à toutes les diſtances ; ſi elle agit en raiſon inverſe du quarré de ces diſtances, elle doit toujours agir ſuivant cette proportion ſur les corps connus, quand ils ne ſont pas au point de contact ; je veux dire, le plus près qu'il eſt poſſible d'être, ſans être unis.

Si, ſuivant cette proportion, cette force fait parcourir ſur notre Globe 54000 pied en 60 ſecondes, un corps qui ſera environ à ſoixante rayons du centre de la Terre, devra en 60 ſecondes tomber ſeulement de quinze pieds de Paris ou environ.

**La même cauſe qui fait tomber les corps ſur la Terre, dirige la Lune autour de la Terre.** La Lune dans ſon moyen mouvement eſt éloignée du centre de la Terre d'environ ſoixante rayons du Globe de la Terre : or par les meſures priſes en France on connaît combien de pieds contient l'Orbite que décrit la Lune ; on ſait par-là que dans ſon moyen mouvement elle décrit 187961 pieds de Paris en une minute.

**Figure 47.** La Lune dans ſon moyen mouvement, eſt tombée de A, en B ; elle a donc obéi à la force de projectile, qui la pouſſe dans la tangente A, C, & à la force, qui la feroit deſcendre ſuivant la ligne A, D, égale à B, C : ôtez la force qui la dirige de A, en C, reſtera une force qui pourra être évaluée par la ligne C, B : Cette ligne C, B, eſt égale à la ligne A, D :

mais

mais il eſt démontré que la courbe A, B, valant 187961
pieds, la ligne A, D, ou C, B, en vaudra ſeulement
quinze ; donc, que la Lune ſoit tombée en A, ou en
D, c'eſt ici la même choſe, elle auroit parcouru 15
pieds en une minute de C, en B ; donc, elle auroit parcouru 15 pieds auſſi de A, en D, en une minute. Mais en par-
courant cet eſpace en une minute, elle fait préciſément 3600 fois moins de chemin qu'un mobile n'en
feroit ici ſur la Terre : 3600 eſt juſte le quarré de ſa
diſtance ; donc, la gravitation qui agit ainſi ſur tous
les corps, agit auſſi entre la Terre & la Lune préciſément dans ce rapport de la raiſon inverſe du quarré
des diſtances.

  Mais ſi cette puiſſance qui anime les corps, dirige la Lune dans ſon Orbite, elle doit auſſi diriger la
Terre dans le ſien, & l'effet qu'elle opére ſur la Planéte de la Lune, elle doit l'opérer ſur la Planéte de
la Terre. Car ce pouvoir eſt par-tout le même : toutes les autres Planétes doivent lui être ſoumiſes, le
Soleil doit auſſi éprouver ſa loi : & s'il n'y a aucun
mouvement des Planétes les unes à l'égard des autres,
qui ne ſoit l'effet néceſſaire de cette puiſſance, il faut
 avouer alors que toute la Nature la démontre ;
  c'eſt ce que nous allons obſerver plus
   amplement.

# CHAPITRE IV.

*Que la gravitation & l'attraction dirigent toutes les Planétes dans leurs Cours.*

Comment on doit entendre la Théorie de la pefanteur chez Defcartes.

Préfque toute la Théorie de la pefanteur chez Defcartes eft fondée fur cette loi de la Nature, que tout corps, qui fe meut en ligne courbe, tend à s'éloigner de fon centre en une ligne droite, qui toucheroit la courbe en un point. . Telle eft la fronde qui s'échappe de la main &c.

Tous les corps en tournant avec la Terre font ainfi un effort pour s'éloigner du centre ; mais la Matiere fubtile faifant un bien plus grand effort repouffe, difoit-on, tous les autres corps.

Il eft aifé de voir que ce n'étoit point à la Matiere fubtile à faire ce plus grand effort, & à s'éloigner du centre du tourbillon prétendu, plûtôt que les autres corps, au contraire c'étoit fa nature (fuppofé qu'elle exiftât) d'aller au centre de fon mouvement, & de laiffer aller à la circonférence tous les corps qui auroient eu plus de maffe. C'eft en effet ce qui arrive fur une table qui tourne en rond, lorfque dans un tube pratiqué dans cette table, on a mêlé plufieurs poudres & plufieurs liqueurs de pefanteurs fpécifiques différentes ; tout ce qui a plus de maffe s'éloigne du centre, tout ce qui a moins de maffe s'en approche. Telle eft la loi de la Nature ; & lorfque Defcartes a fait circuler à la circonférence fa prétenduë Matiere fubtile, il a commencé par violer cette loi des forces centrifuges, qu'il pofoit pour fon premier principe. Il a eu beau imaginer que Dieu avoit créé des dés tournans les uns fur les autres : que la raclure de ces dés

qui

qui faifoit fa Matiere fubtile , s'échappant de tous les côtés, acquéroit par-là plus de vîteſſe ; que le centre d'un tourbillon s'encroutoit, &c. il s'en falloit bien que ces imaginations rectifiaſſent cette erreur.

Sans perdre plus de tems à combattre ces Etres de raifon, fuivons les loix de la Mécanique qui opére dans la Nature. Un corps qui fe meut circulairement, prend en cette maniere , à chaque point de la courbe qu'il décrit, une direction qui l'éloigneroit du Cercle, en lui faifant fuivre une ligne droite.

Cela eſt vrai. Mais il faut prendre garde que ce corps ne s'éloigneroit ainſi du centre , que par cet autre grand Principe : que tout corps étant indifférent de lui-même au repos & au mouvement , & ayant cette inertie qui eſt un attribut de la Matiere, fuit né-ceſſairement la ligne dans laquelle il eſt mû. Or tout corps, qui tourne autour d'un centre, fuit à chaque in-ſtant une ligne droite infiniment petite , qui devien-droit une droite infiniment longue, s'il ne rencontroit point d'obſtacles. Le réfultat de ce principe, réduit à fa juſte valeur, n'eſt donc autre chofe, finon qu'un corps qui fuit une ligne droite , fuivra toujours une ligne droite ; donc il faut une autre force pour lui faire décrire une courbe ; donc cette autre force, par laquelle il décrit la courbe, le feroit tomber au centre à chaque inſtant , en cas que ce mouvement de proje-ctile en ligne droite ceſſât. A la vérité de moment Figure 48. en moment ce corps iroit en A, en B, en C, s'il s'é-chappoit.

Mais auſſi de moment en moment il retombe-roit de A, de B, de C, au centre ; parce que fon mou-vement eſt compofé de deux fortes de mouvemens, du mouvement de projectile en ligne droite & du mouvement imprimé auſſi en ligne droite par la force centripète, force par laquelle il iroit au centre. Ainfi

de

*Ce que c'est que la force centrifuge, & 'a force centripète.* de cela même que le corps décriroit ces tangentes A, B, C, il est démontré qu'il y a un pouvoir qui le retire de ces tangentes à l'instant même qu'il les commence. Il faut donc absolument considérer tout corps se mouvant dans une courbe, comme mû par deux puissances, dont l'une est celle qui lui feroit parcourir des tangentes, & qu'on nomme la force centrifuge, ou plûtôt la force d'inertie, d'inactivité, par laquelle un corps suit toujours une droite s'il n'en est empêché ; & l'autre force qui retire le corps vers le centre, laquelle on nomme la force centripète, & qui est la véritable force.

De l'établissement de cette force centripète, il resulte d'abord cette démonstration, que tout mobile qui se meut dans un cercle, ou dans une ellipse, ou dans une courbe quelconque, se meut autour d'un centre auquel il tend.

Il suit encore que ce mobile, quelques portions de courbe qu'il parcoure, décrira dans ses plus grands arcs & dans ses plus petits arcs, des aires égales en tems égaux. Si, par exemple, un mobile en une minute borde l'espace A, C, B. qui contiendra cent milles d'aire, il doit border en deux minutes un autre espace B, C, D. de deux cens milles.

*Figure 49.*

Cette Loi inviolablement observée par toutes les Planétes, & inconnuë à toute l'Antiquité, fut découverte il y a près de 150 ans par Kepler, qui a mérité le nom de *Législateur* en Astronomie, malgré ses erreurs Philosophiques. Il ne pouvoir savoir encore la raison de cette régle à laquelle les corps célestes sont assujettis. L'extrême sagacité de Kepler trouva l'effet dont le génie de Neuton a trouvé la cause.

Je vais donner la substance de la Démonstration de Neuton : elle sera aisément comprise par tout Lecteur attentif; car les hommes ont une Géométrie naturelle

turelle dans l'efprit, qui leur fait faifir les rapports, quand ils ne font pas trop compliqués.

Que le corps A foit mû en B en un efpace de tems très-petit : au bout d'un pareil efpace, un mouvement également continué ( car il n'y a ici nulle accélération ) le feroit venir en C ; mais en B, il trouve une force qui le pouffe dans la ligne B, H, S; il ne fuit donc ni ce chemin B, H, S, ni ce chemin A, B, C; tirez ce parallélogramme C, D, B, H, alors le mobile étant mû par la force B, C, & par la force B, H, s'en va felon la diagonale B, D, or cette ligne B, D, & cette ligne B, A, conçuës infiniment petites font les naiffances d'une courbe, &c. donc ce corps fe doit mouvoir dans une courbe.

Il doit border des efpaces égaux en tems égaux, car l'efpace du triangle S, B, A, eft égal à l'efpace du triangle S, B, D : ces triangles font égaux ; donc ces aires font égales ; donc tout corps qui parcourt des aires égales en tems égaux dans une courbe, fait fa révolution autour du centre des forces auquel il tend ; donc les Planétes tendent vers le Soleil, & non autour de la Terre. Car en prenant la Terre pour centre, leurs aires font inégales par rapport aux tems, & en prenant le Soleil pour centre ; ces aires fe trouvent toujours proportionelles aux tems; fi vous en exceptez les petits dérangemens caufés par la gravitation même des Planétes.

Pour bien entendre encore ce que c'eft que ces aires proportionelles aux tems, & pour voir d'un coup d'œil l'avantage que vous tirez de cette connaiffance, regardez la Terre emportée dans fon ellipfe autour du Soleil S fon centre. Quand elle va de B, en D, elle ballaye un auffi grand efpace que quand elle parcourt ce grand arc H, K : le Secteur H, K, regagne en largeur ce que le Secteur B, S, D, a en longueur. Pour

*Figure 50.*

Cette démonftration prouve que le foleil eft le centre de l'Univers & non la Terre.

*Figure 51.*

N 3                    faire

faire l'aire de ces Secteurs égales en tems égaux, il faut que le corps vers H, K, aille plus vîte que vers B, D. Ainsi la Terre & toute Planéte se meut plus vîte dans son périhélie, qui est la courbe la plus voisine du Soleil S, que dans son aphélie, qui est la courbe la plus éloignée de ce même foyer S.

On connait donc quel est le centre d'une Planéte, & quelle figure elle décrit dans son orbite par les aires qu'elle parcourt ; on connaît que toute Planéte, lorsqu'elle est plus eloignée du centre de son mouve-

*C'est pour les raisons précédentes que nous avons plus d'Eté que d'Hyver.* ment, gravite moins vers ce centre. Ainsi la Terre étant plus près du Soleil d'un trentiéme & plus, c'est-à-dire de douze cens mille lieuës, pendant notre Hyver que pendant notre Eté, est plus attirée aussi en Hyver ; ainsi elle va plus vîte alors par la raison de sa courbe ; ainsi nous avons huit jours & demi d'Eté plus que d'Hyver, & le Soleil paraît dans les Signes Septentrionaux huit jours & demi de plus que dans les Méridionaux. Puis donc que toute Planéte suit, par rapport au Soleil foyer de son Orbite, cette Loi de gravitation que la Lune éprouve par rapport à la Terre, & à laquelle tous les corps sont soumis en tombant sur la Terre, il est demontré que cette gravitation, cette attraction, agit sur tous les corps que nous connaissons.

Mais une autre puissante Démonstration de cette Vérité est la Loi que suivent respectivement toutes les Planétes dans leurs cours & dans leurs distances; c'est ce qu'il faut bien examiner.

CHA·

# CHAPITRE V.

*Démonstration des loix de la gravitation, tirée*
*des régles de Kepler ; qu'une de ces loix de*
*Kepler démontre le mouvement de la*
*Terre.*

Kepler trouva encore cette admirable régle, dont je Grande vais donner un exemple avant que de donner la regle de définition, pour rendre la chose plus sensible & plus Kepler. aisée.

Jupiter a 4 Satellites, qui tournent autour de lui : le plus proche est éloigné de 2 Diamétres de Jupiter & 5 sixiémes, & il fait son tour en 42 heures ; le dernier tourne autour de Jupiter en 402 heures ; je veux savoir à quelle distance ce dernier Satellite est du centre de Jupiter. Pour y parvenir je fais cette régle. Comme le quarré de 42 heures, révolution du premier Satellite, est au quarré de 402 heures, révolution du dernier ; ainsi le cube de deux Diamétres & $\frac{5}{6}$ est à un 4$^e$. terme. Ce 4$^e$. terme étant trouvé, j'en extrait la racine cube ; cette racine cube se trouve 12 $\frac{2}{3}$, ainsi je dis que le quatriéme Satellite est éloigné du centre de Jupiter de 12 Diamétres de Jupiter & $\frac{2}{3}$.

Je fais la même régle pour toutes les Planétes, qui tournent autour du Soleil. Je dis : Vénus tourne en 224 jours, & la terre en 365 ; la terre est 30000000 de lieuës du Soleil, à combien de lieuës sera Vénus ? Je dis : comme le quarré de l'année de la terre est au quarré de l'année de Vénus, ainsi le cube de la distance moyenne de la terre est à un 4$^e$. terme dont la racine

N 4 cubique

cubique fera environ 21700000 de lieuës, qui font la diftance moyenne de Vénus au Soleil; j'en dis autant de la terre & de Saturne, &c.

Cette loi eft donc, que le quarré d'une révolution d'une Planéte eft toujours au quarré des révolutions des autres Planétes, comme le cube de fa diftance eft aux cubes des diftances des autres, au centre commun.

Faulfes rai-
fons de cet-
te loi admi-
rable.

Kepler, qui trouva cette proportion, étoit bien loin d'en trouver la raifon. Moins bon Philofophe qu'Aftronome admirable, il dit, (au 4e. Livre de fon Epitome) que le Soleil a une ame, non pas une ame intelligente, *animum;* mais une ame végétante, agif-fante, *animam:* qu'en tournant fur lui-même il attire à foi les Planétes; mais que les Planétes ne tombent pas dans le Soleil, parcequ'elles font auffi une révolu-tion fur leur axe. En faifant cette révolution, dit-il, elles préfentent au Soleil tantôt un côté ami, tantôt un côté ennemi: le côté ami eft attiré, & le côté ennemi eft repouffé; ce qui produit le cours annuel des Planétes dans des Ellipfes.

Il faut avouer pour l'humiliation de la Philofophie, que c'eft de ce raifonnement fi peu Philofophique, qu'il avoit conclu, que le Soleil devoit tourner fur fon axe: l'erreur le conduifit par hazard à la vérité, il de-vina la rotation du Soleil fur lui-même plus de 15 ans avant que les yeux de Galilée la reconnuffent à l'aide des Telefcopes.

Kepler ajoûte dans fon même Epitome page 495, que la maffe du Soleil, la maffe de tout l'Ether, & la maffe des Sphéres des Etoiles fixes font parfaitement égales; & que ce font les trois Symboles de la Très-Sainte Trinité.

Le

Le Lecteur, qui, en lifant ces Elémens, aura vû de fi grandes rêveries, à côté de fi fublimes vérités dans un auffi grand homme que Kepler, ~~dans un auffi profond Mathématicien que Kepler~~, ne doit point en être furpris, on peut être un Génie en fait de calcul & d'obfervations, & fe fervir mal quelquefois de fa raifon pour le refte ; il y a tels Efprits qui ont befoin de s'appuyer fur la Géométrie, & qui tombent, quand ils veulent marcher feuls. Il n'eft donc pas étonnant, que Kepler, en découvrant ces loix de l'Aftronomie, n'ait pas connu la raifon de ces loix.

Cette raifon eft, que la force centripète eft précifément en portion inverfe du quarré de la diftance du centre de mouvement, vers lequel ces forces font dirigées ; c'eft ce qu'il faut fuivre attentivement. Il faut bien entendre, qu'en un mot cette loi de la gravitation eft telle, que tout corps qui approche trois fois plus du centre de fon mouvement, gravite neuf fois davantage : que s'il s'éloigne trois fois plus, il gravitera neuf fois moins ; & que s'il s'éloigne cent fois plus, il gravitera 10000 fois moins.

> Raifon véritable de cette loi trouvée par Neuton.

Un corps fe mouvant circulairement autour d'un centre, pefe donc en raifon inverfe du quarré de fa diftance actuelle au centre, comme auffi en raifon directe de fa maffe ; or il eft démontré que c'eft la gravitation, qui le fait tourner autour de ce centre ; puifque fans cette gravitation il s'en éloigneroit en décrivant une tangente. Cette gravitation agira donc plus fortement fur un mobile, qui tournera plus vîte autour de ce centre ; & plus ce mobile fera éloigné, plus il tournera lentement, car alors il pefera bien moins.

N 5
Voilà

Récapitulation des preuves de la gravitation.

Voilà donc cette loi de la gravitation en raison du quarré des distances, démontrée :

*1°.)* Par l'Orbite que décrit la Lune, & par son éloignement de la Terre, son centre :

*2°.)* Par le chemin de chaque Planéte autour du Soleil dans une Ellipse ;

*3°.)* Par la comparaison des distances & des révolutions de toutes les Planétes autour de leur centre commun.

Ces découvertes de Kepler & de Neuton servent à démontrer que c'est la Terre, qui tourne autour du Soleil.

Il ne sera pas inutile de remarquer, que cette même régle de Kepler, qui sert à confirmer la découverte de Neuton touchant la gravitation, confirme aussi le Systême de Copernic sur le mouvement de la Terre. On peut dire, que Kepler par cette seule régle a démontré ce qu'on avoit trouvé avant lui, & a ouvert le chemin aux vérités qu' on devoit découvrir un jour. Car d'un côté, il est démontré que si la loi des forces centripètes n'avoit pas lieu, la régle de Kepler seroit impossible ; de l'autre, il est démontré, que suivant cette même régle, si le Soleil tournoit autour de la Terre il faudroit dire : Comme la révolution de la Lune autour de la Terre en un mois, est à la révolution prétenduë du Soleil autour de la Terre en un an, ainsi la racine quarrée du cube de la distance de la Lune à la Terre, est à la racine quarrée du cube de la distance du Soleil à la Terre. Par ce calcul on trouveroit que le Soleil n'est qu'à 510000 lieuës de nous ; mais il est prouvé, qu'il en est au moins à environ 30 Millions de lieuës ; ainsi donc le mouvement de la Terre a été démontré en rigueur par Kepler. Voici encore une démonstration bien simple tirée des mêmes Théorêmes.

Si

Si la Terre étoit le centre du mouvement du So- Démon-
leil, comme elle l'est du mouvement de la Lune, la
révolution du Soleil seroit de 475 ans, au lieu d'une
année ; car l'éloignement moyen où le Soleil est de
la Terre, est à l'éloignement moyen où la Lune est de
la Terre, comme 337 est à un : or le cube de la distance de la Lune est 1, le cube de la distance du Soleil
38272753 : achevez la régle, & dites : Comme le cube
1 est à ce nombre cube 38272753 ; ainsi le quarré de
28, qui est la révolution périodique de la Lune est à
un 4$^e$. nombre : vous trouverez que le Soleil mettroit
475 ans au lieu d'une année à tourner autour de la
Terre ; il est donc démontré que c'est la Terre, qui
tourne.

Démon-<br>stration du<br>mouvement<br>de la Terre<br>tirée des<br>mêmes loix.

Il semble d'autant plus à propos de placer ici ces
Démonstrations, qu'il y a encore des hommes destinés
à instruire les autres en Italie, en Espagne, & même
en France, qui doutent, ou qui affectent de douter du
mouvement de la Terre.

Il est donc prouvé par la loi de Kepler & par celle de Neuton, que chaque Planéte gravite vers le
Soleil, centre de l'Orbite qu'elles décrivent : ces loix
s'accomplissent dans les Satellites de Jupiter par rapport à Jupiter, leur centre : dans les Lunes de Saturne
par rapport à Saturne, dans la nôtre par rapport à
nous : toutes ces Planétes secondaires, qui roulent autour de leur Planéte centrale gravitent aussi avec leur
Planéte centrale vers le Soleil ; ainsi la Lune entraînée
autour de la Terre par la force centripète, est en même-tems attirée par le Soleil autour duquel elle fait
aussi sa révolution. Il n'y a aucune variété dans le
cours de la Lune, dans ses distances de la Terre, dans
la figure de son Orbite, tantôt approchante de l'ellipse,
tantôt du cercle, &c. qui ne soit une suite de la gravitation

vitation en raison des changemens de sa distance à la Terre, & de sa distance au Soleil.

Si elle ne parcourt pas exactement dans son Orbite des aires égales en tems égaux; Mr. Neuton a calculé tous les cas, où cette inégalité se trouve: tous dépendent de l'attraction du Soleil; il attire ces deux Globes en raison directe de leurs masses, & en raison inverse du quarré de leurs distances. Nous allons voir que la moindre variation de la Lune est un effet nécessaire de ces pouvoirs combinés.

CHA·

# CHAPITRE VI.

*Nouvelles preuves de l'attraction. Que les iné-*
*galités du mouvement & de l'Orbite de la*
*Lune font néceffairement les effets de*
*l'attraction.*

La Lune n'a qu'un feul mouvement égal, c'eft fa
rotation autour d'elle-même fur fon axe, & c'eft
le feul dont nous ne nous appercevons pas : c'eft ce
mouvement qui nous préfente toujours à-peu-près le
même difque de la Lune ; deforte qu'en tournant réellement fur elle-même, elle paraît ne point tourner du
tout, & avoir feulement un petit mouvement de balan-
cement, de libration, qu'elle n'a point, & que toute
l'Antiquité lui attribuoit.

Tous fes autres mouvemens autour de la Terre
font inégaux, & doivent l'être fi la régle de la gravitation eft vraye. La Lune dans fon cours d'un mois
eft néceffairement plus près du Soleil dans un certain
point, & dans un certain tems de fon cours : or dans
ce point & dans ce tems, fa maffe demeure la même :
fa diftance étant feulement changée, l'attraction du
Soleil doit changer en raifon renverfée du quarré de
cette diftance : le cours de la Lune doit donc changer,
elle doit donc aller plus vîte en certain tems que l'attraction feule de la Terre ne la feroit aller ; or par l'attraction de la Terre elle doit parcourir des aires égales
en tems égaux, comme vous l'avez déja obfervé au
Chapitre IV.

On ne peut s'empêcher d'admirer avec quelle fagacité Neuton a démêlé toutes ces inégalités, réglé la
marche

marche de cette Planéte, qui s'étoit dérobée à toutes les recherches des Aſtronomes ; c'eſt-là ſur-tout qu'on peut dire :

*Nec propius fas eſt mortali attingere Divos.*

Exemple en preuve.

Figure 52. Entre les exemples qu'on peut choiſir, prenons celui-ci : Soit A, la Lune : A, B, N, Q, l'Orbite de la Lune : S, le Soleil : B, l'endroit où la Lune ſe trouve dans ſon dernier quartier. Elle eſt alors manifeſtement à la même diſtance du Soleil qu'eſt la Terre. La différence de l'obliquité de la ligne de direction de la Lune au Soleil étant comptée pour rien, la gravitation de la Terre & de la Lune vers le Soleil eſt donc la même. Cependant la Terre avance dans ſa route annuelle de T en V, & la Lune dans ſon cours d'un mois avance en Z : or en Z, il eſt manifeſte qu'elle eſt plus attirée par le Soleil S, dont elle ſe trouve plus proche que la Terre ; ſon mouvement ſera donc accéleré de Z, vers N ; l'Orbite qu'elle décrit ſera donc changée, mais comment ſera-t-elle changée ? En s'applatiſſant un peu, en devenant plus approchante d'une droite depuis Z, vers N ; ainſi donc de moment en moment la gravitation change le cours & la forme de l'Ellipſe, dans laquelle ſe meut cette Planéte.

Par la même raiſon la Lune doit retarder ſon cours, & changer encore la figure de l'Orbite qu'elle décrit, lorſqu'elle repaſſe de la conjonction N, à ſon premier quartier Q, car puiſque de ſon dernier quartier elle accéleroit ſon cours en applatiſſant ſa courbe vers ſa conjonction N, elle doit retarder ce même cours en remontant de la conjonction vers ſon premier quartier.

Mais

Mais lorſque la Lune remonte de ce premier quartier vers ſon plein A, elle eſt alors plus loin du Soleil qui l'attire d'autant moins, elle gravite plus vers la Terre. Alors la Lune accélérant ſon mouvement, la courbe qu'elle décrit s'applatit encore un peu comme dans la conjonction; & c'eſt-là l'unique raiſon pour laquelle la Lune eſt plus loin de nous dans ſes quartiers, que dans ſa conjonction & dans ſon oppoſition. La courbe qu'elle décrit eſt une eſpéce d'ovale approchant du cercle.

Ainſi donc le Soleil, dont elle s'approche, ou s'éloigne à chaque inſtant, doit à chaque inſtant varier le cours de cette Planéte.

Elle a ſon apogée & ſon périgée, ſa plus grande & ſa plus petite diſtance de la Terre; mais les points, les places de cet apogée & de ce périgée, doivent changer.

*Inégalités du cours de la Lune, toutes cauſées par l'attraction.*

Elle a ſes nœuds: c'eſt-à-dire, les points où l'Orbite qu'elle parcourt, rencontre préciſément l'Orbite de la Terre; mais ces nœuds, ces points d'interſection, doivent toujours changer auſſi.

Elle a ſon Equateur incliné à l'Equateur de la Terre; mais cet Equateur, tantôt plus, tantôt moins attiré, doit changer ſon inclinaiſon.

Elle ſuit la Terre malgré toutes ces variétés: elle l'accompagne dans ſa courſe annuelle; mais la Terre dans cette courſe ſe trouve d'un million de lieuës plus voiſine du Soleil en Hyver qu'en Eté. Qu'arrive-t-il alors indépendamment de toutes ces autres variations? L'attraction de la Terre agit plus pleinement ſur la Lune en Eté: alors la Lune acheve ſon cours d'un mois un peu plus vîte; mais en Hyver au

con-

contraire, la Terre elle-même plus attirée par le Soleil & allant plus rapidement qu'en Eté, laisse ralentir le cours de la Lune, & les mois d'hyver de la Lune font un peu plus longs que les mois d'Eté. Ce peu que nous en difons fuffira pour donner une idée générale de ces changemens.

Si quelqu'un faifoit ici la difficulté que j'ai entendu propofer quelquefois, comment la Lune étant plus attirée par le Soleil, ne tombe pas alors dans cet Aftre ? Il n'a d'abord qu'à confidérer que la force de gravitation qui dirige la Lune autour de la Terre eft feulement diminuée ici par l'action du Soleil; nous verrons de plus à l'article des Cométes, pourquoi un corps qui fe meut en une Ellipfe & qui s'approche de fon foyer ne tombe point cependant dans ce foyer.

**Déduction de ces vérités.** De ces inégalités du cours de la Lune, caufées par l'attraction, vous conclurez avec raifon, que deux Planétes quelconques, affez voifines, affez groffes pour agir l'une fur l'autre fenfiblement, ne pourront jamais tourner dans des cercles autour du Soleil, ni même dans des Ellipfes abfolument régulieres. Ainfi les courbes que décrivent Jupiter & Saturne, éprouvent, par exemple, des variations fenfibles, quand ces Aftres font en conjonction : quand, étant le plus près l'un de l'autre qu'il eft poffible, & le plus loin du Soleil, leur action mutuelle augmente, & celle du Soleil fur eux diminuë.

**La gravitation n'eft point l'effet du cours des Aftres, mais leur cours eft l'effet de la gravitation.** Cette gravitation augmentée & affaiblie felon les diftances, affignoit donc néceffairement une figure Elliptique irréguliére au chemin de la plûpart des Planétes ; ainfi la loi de la gravitation n'eft point l'effet du cours des Aftres, mais l'orbite qu'ils décrivent eft l'effet de la gravitation. Si cette gravitation n'étoit

pas

pas comme elle est en raison inverse des quarrés des distances, l'Univers ne pourroit subsister dans l'ordre, où il est.

Si les Satellites de Jupiter & de Saturne font leur révolution dans des courbes, qui font plus approchantes du cercle, c'est qu'étant très-proches des grosses Planètes, qui font leur centre, & très-loin du Soleil, l'action du Soleil ne peut changer le cours de ces Satellites, comme elle change le cours de notre Lune; il est donc prouvé que la gravitation, dont le nom seul sembloit un si étrange paradoxe, est une loi nécessaire dans la constitution du Monde; tant ce qui est peu vraisemblable est vrai quelquefois.

Il n'y a pas à présent de bon Physicien, qui ne reconnaisse & la régle de Kepler, & la nécessité d'admettre une gravitation telle que Neuton l'a prouvée; mais il y a encore des Philosophes attachés à leurs tourbillons de Matiere subtile, qui voudroient concilier ces tourbillons imaginaires avec ces vérités démontrées.

Nous avons déja vû combien ces tourbillons font inadmissibles; mais cette gravitation même ne fournit elle pas une nouvelle démonstration contr' eux? Car supposé que ces tourbillons existassent, ils ne pourroient tourner autour d'un centre que par les loix de cette gravitation même; il faudroit donc recourir à cette gravitation, comme à la cause de ces tourbillons, & non pas aux tourbillons prétendus, comme à la cause de la gravitation.

*Cette gravitation, cette attraction peut être un premier principe établi dans la Nature.*

Si étant forcé enfin d'abandonner ces tourbillons imaginaires, on te réduit à dire, que cette gravitation, cette attraction, dépend de quelqu'autre cause connuë, de quelqu'autre propriété secrete de la Matiere: cela peut être fans doute ; mais cette autre proprieté fera elle-même l'effet d'une autre proprieté, ou bien fera une caufe primordiale, un principe établi par l'Auteur de la Nature ; or pourquoi l'attraction de la Matiere ne fera-t-elle pas elle-même ce premier principe ?

Neuton, à la fin de fon Optique dit, que peut-être cette attraction eft l'effet d'un efprit extrêmement élaftique & rare repandu dans la nature ; mais alors d'où viendroit cette Elafticité ? ne feroit-elle pas auffi difficile à comprendre que la gravitation, l'attraction, la force centripète ? Cette force m'eft démontrée ; cet efprit élaftique eft à peine foupçonné, je m'en tiens là, & je ne puis admettre un principe dont je n'ai pas la moindre preuve pour expliquer une chofe vraye & incomprehenfible dont toute la nature me démontre l'exiftence.

Il eft bon d'obferver ici, que de grands Géométres de l'Academie de Sciences de Paris croyent trouver d'autres rapports de gravitation entre la Lune & la Terre, que ceux, qui font affignés par Neuton. Je n'entre pas dans cette difpute, elle ne fert qu'à faire voir, que la gravitation eft une qualité de la nature auffi reconnuë, que fon étenduë, & qu'à faire rougir les ignorans, qui, fe croyant favans, ont ofé combattre cette qualité démontrée.

CHA-

# CHAPITRE VII.

*Nouvelles preuves & nouveaux effets de la gra-
vitation : que ce pouvoir est dans chaque partie
de la Matiere ; découvertes dépendantes
de ce principe.*

Recueillons de toutes ces notions que la force centripète, l'attraction, la gravitation, est le Principe
indubitable & du cours des Planétes, & de la chûte de
tous les corps, & de cette pesanteur que nous éprouvons dans les corps.　Cette force centripète, fait graviter le Soleil vers le centre des Planétes, comme les Planétes gravitent vers le Soleil, & attire la Terre vers
la Lune, comme la Lune vers la Terre.

Une des loix primitives du mouvement est encore
une nouvelle Démonstration de cette Vérité : cette loi
est que la réaction est égale à l'action ; ainsi si le Soleil gravite sur les Planétes, les Planétes gravitent sur
lui, & nous verrons au commencement du Chapitre
suivant en quelle maniere cette grande loi s'opére.

Or cette gravitation agissant nécessairement *en
raison directe de la masse*, & le Soleil étant environ
464 fois plus gros que toutes les Planétes mises ensemble, (sans compter les Satellites de Jupiter, & l'Anneau
& les Lunes de Saturne) il faut que le Soleil soit leur
centre de gravitation ; ainsi il faut qu'elles tournent
toutes autour du Soleil.

Remarquons toujours soigneusement que, quand
nous disons que le pouvoir de gravitation agit *en raison directe des masses*, nous entendons toujours que ce
pouvoir de la gravitation agit d'autant plus sur un

*Remarque
générale &
importante
sur le prin-
cipe de l'at-
traction.*

O 2　　　　　corps,

corps, que ce corps a plus de parties, & nous l'avons démontré en faisant voir qu'un brin de paille descend aussi vîte dans la Machine purgée d'air, qu'une livre d'or.    Nous avons dit, (en faisant abstraction de la petite résistance de l'air) qu'une balle de plomb, par exemple, tombe de 15 pieds sur la terre en une seconde, nous avons démontré, que cette même balle tomberoit de 15 pieds en une minute, si elle étoit à 60 rayons de la Terre comme est la Lune ; donc le pouvoir de la Terre sur la Lune est au pouvoir qu'elle auroit sur une balle de plomb transportée à l'élévation de la Lune, comme le corps solide de la Lune seroit avec le corps solide de cette petite balle.    C'est en cette proportion que le Soleil agit sur toutes les Planétes ; il attire Jupiter & Saturne, & les Satellites de Jupiter & de Saturne, en raison directe de la matiere solide, qui est dans les Satellites de Jupiter & de Saturne, & de celle qui est dans Saturne & dans Jupiter.

De-là il découle une Vérité incontestable, que cette gravitation n'est pas seulement dans la masse totale de chaque Planéte, mais dans chaque partie de cette masse ; & qu'ainsi il n'y a pas un atôme de matiere dans l'Univers, qui ne soit revêtu de cette proprieté.

La gravita-
tion, l'attra-
ction est
dans toutes
les parties
de la matie-
re égale-
ment.

Nous choisirons ici la maniere la plus simple dont Neuton a démontré, que cette gravitation est également dans une chaque atome.    Si toutes les parties d'un Globe n'avoient pas également cette proprieté, s'il y en avoit de plus faibles & de plus fortes, la Planéte en tournant sur elle-même présenteroit nécessairement des côtés plus faibles, & ensuite des côtés plus forts à pareille distance : ainsi les mêmes corps dans toutes les occasions possibles éprouvant tantôt un degré de gravitation, tantôt un autre à pareille distance ; la loi

loi de la raifon inverfe des quarrés des diftances & la
loi de Kepler feroient toujours interverties; or elles ne
le font pas; donc il n'y a dans toutes les Planétes, aucune partie moins gravitante qu'une autre.

En voici encore une Démonftration. S'il y a-
voit des corps en qui cette propriété fût différente, il
y auroit des corps qui tomberoient plus lentement &
d'autres plus vîte dans la Machine du vuide : or tous
les corps tombent dans le même-tems, tous les pendules mêmes font dans l'air de pareilles vibrations à égale
longueur : les pendules d'or, d'argent, de fer, de bois
d'Erable, de verre, font leurs vibrations en tems é-
gaux ; donc tous les corps ont cette propriété de la
gravitation précifément dans le même degré, c'eft-à
dire, précifément comme leurs maffes ; de forte que
a gravitation agit comme 100 fur 100 atomes, & comme 10 fur 10 atomes.

De Vérité en Vérité on s'éleve infenfiblement à
des connaiffances, qui fembloient être hors de la fphére de l'Efprit humain.

Neuton a ofé calculer à l'aide des feules loix de **Calcul har-**
la gravitation, quelle doit être la pefanteur des corps **di & admi-**
**rable de**
dans d'autres Globes que le nôtre : ce que doit pefer **Neuton.**
dans Saturne, dans Soleil, le même corps que nous
appellons ici une livre; & comme ces différentes pefanteurs dépendent directement de la maffe des Globes,
il a fallu calculer quelle doit être la maffe de ces Aftres.
Qu'on dife après cela que la gravitation, l'attraction,
eft une qualité occulte: qu'on ofe appeller de ce nom
une loi univerfelle, qui conduit à de fi étonnantes découvertes.

On ne peut connaître la maffe de toutes les Planétes, car celles qui n'ont point de Lunes, point de

Satel-

Satellites, manquant de Planétes de comparaison, ne peuvent être foumifes à nos recherches ; ainfi nous ne favons point le rapport de gravitation, qui eft entre Mercure, Mars, Vénus & nous ; mais nous favons celui des autres Planétes.

Je vais donner une petite Théorie de tout nôtre Monde Planétaire, tel que les découvertes de Neuton fervent à le faire connaître ; ceux qui voudront fe rendre une raifon plus approfondie de ces calculs, liront Neuton lui-même, ou Grégory, ou Mr. de Gravefande. Il faut feulement avertir qu'en fuivant les proportions découvertes par Neuton, nous nous fommes attachés au calcul Aftronomique de l'Obfervatoire de Paris. Quel que foit le calcul, les proportions & les preuves font les mêmes.

# CHAPITRE VIII.

## *Théorie de notre Monde Planétaire.*

### LE SOLEIL.

L e Soleil eſt au centre de notre Monde Planétaire &
doit y être néceſſairement. Ce n'eſt pas que le
point du milieu du Soleil ſoit préciſément le centre
de l'Univers; mais ce point central, vers lequel notre
Univers gravite, eſt néceſſairement dans le corps de
cet Aſtre, & toutes les Planétes, ayant reçu une fois
le mouvement de projectile, doivent toutes tourner
autour de ce point, qui eſt dans le Soleil. En voici
la preuve.

Soient ces deux Globes A & B le plus grand re- Figure 53.
préſentant le Soleil, le plus petit repréſentant une
Planéte quelconque. S'ils ſont abandonnés l'un & l'autre à la loi de la gravitation, & libres de tout autre
mouvement, ils ſeront attirés en raiſon directe de
leurs maſſes : ils ſeront déterminés en ligne perpendiculaire l'un vers l'autre ; & A plus gros un million
de fois que B ſe jettera vers lui un million de fois plus
vîte que le Globe A n'ira vers B.

Mais qu'ils ayent l'un & l'autre un mouvement
de projectile en raiſon de leurs maſſes, la Planéte en
B, C, le Soleil en A, D : alors la Planéte obéïit à deux   Démon-
mouvemens : elle ſuit la ligne B, C, & gravite en ſtration du
même-tems vers le Soleil ſuivant la ligne B, A ; elle mouvement
parcourera donc la ligne courbe B, F, le Soleil même de la Terre
ſuivra la ligne A, E ; & gravitant l'un vers l'autre, autour du
ils tourneront autour d'un centre commun. Mais le Soleil tirée
Soleil ſurpaſſant un million de fois la Terre en groſ- de la gravi-
ſeur, tation.

O 4

feur , & la courbe A, E qu'il décrit étant un million
de fois plus petite que celle que décrit la Terre , ce
centre commun eſt néceſſairement preſqu'au milieu
du Soleil.

Il eſt démontré encore par-là que la Terre &
les Planétes tournent autour de cet Aſtre ; & cette démonſtration eſt d'autant plus belle & plus puiſſante,
qu'elle eſt indépendante de toute obſervation, & fondée ſur la Mécanique primordiale du Monde.

Groſſeur<br>du Soleil.

Si l'on fait le Diamétre du Soleil égal à cent
Diamétres de la Terre , & ſi par conſéquent il ſurpaſſe un million de fois la Terre en groſſeur , il eſt
464 fois plus gros que toutes les Planétes enſemble en
ne comptant ni les Satellites de Jupiter ni l'Anneau de
Saturne.   Il gravite vers les Planétes & les fait graviter toutes vers lui ; c'eſt cette gravitation qui les fait
circuler en les retirant de la tangente , & l'attraction
que le Soleil exerce ſur elles , ſurpaſſe celles qu'elles
exercent ſur lui , autant qu'il les ſurpaſſe en quantité
de matiere.   Ne perdez jamais de vûë que cette attraction réciproque n'eſt autre choſe que la loi des mobiles gravitans tous & tournans tous vers un centre
commun.

Il tourne<br>ſur lui-mê-<br>me autour<br>du centre<br>commun du<br>Monde pla-<br>nétaire.

Le Soleil tourne donc ſur ce centre commun,
c'eſt-à-dire ſur lui-même 25 jours & $\frac{1}{2}$, ſon point de
milieu eſt toujours un peu éloigné de ce centre commun de gravité , & le corps du Soleil s'en éloigne à
proportion que pluſieurs Planétes en conjonctions l'attirent vers elles ;   mais quand toutes les Planétes ſe
trouveroient d'un côté & le Soleil d'un autre, le centre commun de gravité du Monde Planétaire ſortiroit
à peine du Soleil , & leurs forces réunies pourroient
à peine déranger & remuer le Soleil d'un diamétre
entier.

Il

Il change donc réellement de place à tout moment, à mesure qu'il est plus ou moins attiré par les
Planétes : & ce petit approchement du Soleil rétablit
le dérangement que les Planétes opérent les unes sur
les autres ; ainsi le dérangement continuel de cet Astre
entretient l'ordre de la Nature.

*Il change toujours de place.*

Quoiqu'il surpasse un million de fois la Terre
en grosseur, il n'a pas un million plus de matiere,
comme on l'a déja dit.

S'il étoit en effet un million de fois plus solide,
plus plein que la Terre, l'ordre du Monde ne seroit
pas tel qu'il est : car les révolutions des Planétes &
leurs distances à leur centre dépendent de leur gravitation, & leur gravitation dépend en raison directe de
la quantité de la matiere du Globe où est leur centre ;
donc si le Soleil surpassoit à un tel excès notre Terre
& notre Lune en matiere solide, ces Planétes seroient
beaucoup plus attirées , & leurs Ellipses très - dé-
rangées.

En second lieu, la matiere du Soleil ne peut être
comme sa grosseur ; car ce Globe étant tout en feu,
la rarefaction est nécessairement fort grande , & la
matiere est d'autant moindre que la rarefaction est
plus forte.

*Sa densité.*

Par les loix de la gravitation il paraît que le Soleil n'a que 250000 fois plus de matiere que la Terre ;
or le Soleil un million plus gros n'étant que le quart
d'un million plus matériel , la Terre un million de
fois plus petite aura donc à proportion quatre fois plus
de matiere que le Soleil, & sera quatre fois plus dense.

Le même corps en ce cas , qui pese sur la surface la Terre comme une livre, peseroit sur la sur-

O 5

face

face du Soleil comme 35 livres ; mais cette proportion est de 24 à l'unité , parce que la Terre n'est pas en effet quatre fois plus dense , & que le diamétre du Soleil est ici supposé être 100 fois celui de la Terre.

En quelle
proportion
les corps
tombent sur
le Soleil.

Le même corps qui tombe ici de 15 pieds dans la premiere seconde ; tombera d'environ 415 pieds sur la surface du Soleil , toutes choses d'ailleurs égales.

Le Soleil perd toujours , selon Neuton , un peu de sa substance , & seroit dans la suite des siécles réduit à rien , si les Cométes qui tombent de tems en tems dans sa Sphére , ne seroient à réparer ses pertes : car tout s'altére & tout se répare dans l'Univers.

## MERCURE.

Depuis le Soleil jusqu'à onze ou douze millions de nos lieuës ou environ , il ne paraît aucun Globe.

A onze ou douze millions de nos lieuës du Soleil est Mercure dans sa moyenne distance. C'est la plus excentrique de toutes les Planétes : elle tourne dans une Ellipse qui la met dans son périhélie près d'un tiers plus près que dans son aphélie ; telle est à peu près la courbe qu'elle décrit.

Figure 54.

Mercure est à peu près vingt-sept fois plus petit que la Terre ; il tourne autour du Soleil en quatre-vingt-huit jours , ce qui fait son année.

Idée de
Neuton sur
la densité
du corps de
Mercure.

Sa révolution sur lui-même qui fait son jour est inconnuë ; on ne peut assigner ni sa pesanteur, ni sa densité. On sait seulement que si Mercure est précisément une Terre comme la nôtre, il faut que la matiere de ce Globe soit environ huit-fois plus dense que la nôtre , pour que tout n'y soit pas dans un degré d'effervescence qui tueroit en un instant des Animaux

maux de notre efpéce , & qui feroit évaporer toute matiere de la confiftence des eaux de notre Globe.

Voici la preuve de cette affertion. Mercure reçoit environ 7 fois plus de lumiere que nous, à raifon du quarré des diftances , parce qu'il eft environ 2 fois $\frac{2}{3}$ plus près du centre de la lumiere & de la chaleur; donc il eft 7 fois plus échauffé , toutes chofes égales. Or, fur notre Terre la grande chaleur de l'Eté étant augmentée environ 7 à 8 fois, fait incontinent bouillir l'eau à gros bouillons ; donc il faudroit que tout fût environ 7 fois plus denfe qu'il n'eft, pour réfifter à 7 ou huit fois plus de chaleur que le plus brûlant Eté n'en donne dans nos Climats; donc Mercure doit être au moins 7 fois plus denfe que notre Terre, pour que les mêmes chofes qui font dans notre Terre puiffent fubfifter dans le Globe de Mercure , toutes chofes égales. Au refte , fi Mercure reçoit environ 7 fois plus de rayons que notre Globe , parce qu'il eft environ 2 fois $\frac{2}{3}$ plus près du Soleil, par la même raifon le Soleil paraît , de Mercure , environ 7 fois plus grand , que de notre Terre.

## VENUS.

Après Mercure eft Vénus à vingt-un ou vingt-deux millions de lieuës du Soleil dans fa diftance moyenne; elle eft groffe comme la Terre , fon année eft de 224 jours. On ne fait pas encore ce que c'eft que fon jour, c'eft-à-dire, fa révolution fur elle-même. De très-grands Aftronomes croyent ce jour de 25 heures, d'autres le croyent de 25 de nos jours. On n'a pas pû encore faire des obfervations affez fûres pour favoir de quel côté eft l'erreur ; mais cette erreur, en tout cas , ne peut être qu'une méprife des yeux, une erreur d'obfervation , & non de raifonnement.

L'El-

*Figure 55.*       L'Ellipfe que Vénus parcourt dans fon année eſt moins excentrique que celle de Mercure ; on peut fe former quelqu'idée du chemin de ces deux Planétes autour du Soleil par cette figure.

Prédiction de Coper- nic fur les Phafes de Vénus.
Il n'eſt pas hors de propos de remarquer ici que Vénus & Mercure ont par rapport à nous des Phafes différentes ainfi que la Lune. On reprochoit autre- fois à Copernic, que dans fon Syſtême ces Phafes de- voient paraître, & on concluoit que fon Syſtême étoit faux, parce qu'on ne les appercevoit pas. Si Vé- nus & Mercure, lui difoit-on, tournent autour du Soleil, & que nous tournions dans un plus grand cercle, nous devons voir Mercure & Vénus, tantôt pleins, tantôt en croiffant, &c. mais c'eſt ce que nous ne voyons jamais. C'eſt pourtant ce qui arrive, leur difoit Copernic, & c'eſt ce que vous verrez, fi vous trouvez jamais un moyen de perfectionner votre vûë. L'invention des Telefcopes & les obfervations de Galilée fervirent bien-tôt à accomplir la prédiction de Copernic. Au reſte, on ne peut rien affigner fur la maffe de Vénus & fur la pefanteur des corps dans cette Planéte.

CHA-

# CHAPITRE IX.

## *Théorie de la Terre, examen de sa figure.*

Je m'étendrai davantage sur la Théorie de la Terre.

D'abord j'examinerai sa figure qui resulte necessairement des Loix de l'attraction & de la rotation de ce Globe sur son axe.

Je ferai voir les mouvemens qu'elle a, & je finirai cette Théorie de notre Globe par les preuves les plus évidentes de la cause des marées, Phénomène inexpliquable jusqu'à Neuton, & devenu le plus beau témoignage des vérités qu'il a enseignées.

Je commence par la forme de notre Globe.

De

## De la Figure de la Terre.

Les premiers Aſtronomes en Aſie & en Egypte, s'apperçurent bien-tôt par la projection de l'ombre de la terre dans les Eclipſes de Lune que la terre eſt ronde, les Hebreux, qui étoient de fort mauvais Phyſiciens, l'imaginerent platte ; ils ſe figuroient le Ciel comme un demi ceintre couvrant la terre dont ils ne connaiſſoient ni la figure , ni la grandeur, mais dont ils eſpéroient être tôt ou tard les maîtres. Cette imagination d'une terre étroite & platte a long-tems prévalu parmi les Chrétiens : chez beaucoup de Docteurs au quinziéme ſiécle, il étoit aſſez reçu que la terre étoit platte & longue d'Orient en Occident , & fort étroite du Nord au Sud. Un Evêque d'Avila qui écrivit en ce tems-là, traite l'opinion contraire d'héréſie & d'abſurdité ; enfin la raiſon & le voyage de Chriſtophe Colombe, rendirent à la terre ſon ancienne forme ſphérique, alors on paſſa d'une extrémité à l'autre. On crut la terre une ſphére parfaite, comme on crut enſuite que les Planétes faiſoient leurs révolutions dans un vrai cercle.

Cependant dès qu'on commença à bien ſavoir que notre Globe tourne ſur lui-même en 24 heures, on auroit pû juger de cela ſeul qu'une forme véritablement ronde ne ſauroit lui appartenir. Non ſeulement la force centrifuge éleve conſiderablement les eaux dans la région de l'Equateur par le mouvement de la rotation en 24 heures , mais elles y ſont encore élevées d'environ 25 pieds deux fois par jour par les marées ; il ſeroit donc impoſſible que les terres vers l'Equateur ne fuſſent perpetuellement inondées; or elles ne le ſont pas ; donc la région de l'Equateur eſt beaucoup plus élevée à proportion que le reſte de la

la terre, donc la terre eſt un ſphéroïde élevé à l'E-
quateur, & ne peut être une ſphére parfaite ; cette
preuve ſi ſimple avoit échappé aux plus grands génies,
parce qu'un préjugé univerſel permet rarement l'examen.

On ſait qu'en 1672 Richer dans un voyage à la
Cayenne près de la ligne, entrepris par l'ordre de
Louis XIV, ſous les auſpices de Colbert, le pere de
tous les Arts, Richer, dis-je, parmi beaucoup d'obſervations, trouva que le Pendule de ſon Horloge ne
faiſoit plus ſes oſcillations, ſes vibrations auſſi fré-
quentes que dans la latitude de Paris, & qu'il falloit
abſolument racourcir le Pendule d'une ligne & de
plus d'un quart.

La Phyſique & la Géometrie n'étoient pas alors
à beaucoup près ſi cultivées qu'elles le ſont aujourd'-
hui ; quel homme eût pû croire que de cette remarque ſi petite en apparence, & que d'une ligne de
plus ou de moins, puſſent ſortir les plus grandes vérités Phyſiques? On trouva d'abord qu'il falloit néceſſairement que la peſanteur fût moindre ſous l'Equateur dans notre latitude, puiſque la ſeule peſanteur
fait l'oſcillation d'un Pendule.

Par conſéquent puiſque la peſanteur des Corps
eſt d'autant moins forte que ces Corps ſont plus éloignés du centre de la Terre, il falloit abſolument que
la région de l'Equateur fût beaucoup plus élevée que
la nôtre, plus éloignée du centre, ainſi la Terre ne
pouvoit être une vraie ſphére.

Beaucoup de Philoſophes firent à propos de ces
découvertes, ce que font tous les hommes, quand il
faut changer ſon opinion, on diſputa ſur l'expérience
de Richer, on prétendit que nos Pendules ne faiſoient
leurs vibrations moins promptes vers l'Equateur, que
parceque la chaleur allongeoit ce métal ; mais on vit,
que

*Découver-*
*te de Richer*
*& ſes ſuites.*

que la chaleur du plus brulant Eté l'allonge d'une ligne
sur trente pieds de longueur, & il s'agissoit ici d'une
ligne & un quart, d'une ligne & demie, ou même de
deux lignes sur une verge de fer longue de trois pieds
huit lignes.

Quelques annéés après, Messieurs Varin, Desha-
yes, Feuillée, Couplet, repeterent vers l'Equateur la
même expérience du Pendule, il le fallut toujours racourcir, quoique la chaleur fût très souvent moins
grande sous la ligne même qu'à quinze ou vingt degrés
de l'Equateur. Cette expérience vient d'être confirmée de nouveau par les Académiciens que Monsieur
le Comte de Maurepas a fait partir pour le Perou, &
on apprend dans le moment que vers Quito, sur des
montagnes où il geloit, il a fallu racourcir le Pendule
à secondes d'environ deux lignes *.

* Ceci étoit
écrit en
1736.

A peu près au même tems, les Académiciens, qui
ont été mesurer un Arc du Méridien au Nord, ont
trouvé qu'à Pello par-de-là le Cercle Polaire, il faut
allonger le Pendule pour avoir les mêmes oscillations
qu'à Paris, par conséquent la pesanteur est plus grande
au Cercle polaire que dans les climats de la France,
comme elle est plus grande dans nos climats que vers
l'Equateur. Si la pesanteur est plus grande au Nord,
le Nord est donc plus près du centre de la Terre que
l'Equateur, la terre est donc applatie vers les Poles.

Théorie de
Huguens.

Jamais l'expérience & le raisonnement ne con-
coururent avec tant d'accord à prouver une vérité.
Le celébre Huguens par le calcul des forces centrifuges, avoit prouvé que la pesanteur devoit être plus
grande à l'Equateur qu'aux régions Polaires, & que
par conséquent la terre devoit être un sphéroïde aplati
aux Poles. Neuton par les principes de l'attraction
avoit trouvé les mêmes rapports à peu de chose près,
il faut seulement observer qu'Huguens croyoit, que
cette

cette force inhérente aux corps qui les détermine vers le centre du globe, cette gravité primitive eſt par tout la même. Il n'avoit pas encore vû les découvertes de Neuton, il ne conſideroit donc la diminution de la peſanteur que par la Théorie des forces centrifuges. L'effet des forces centrifuges diminuë la gravité primitive ſous l'Equateur. Plus les Cercles, dans leſquels cette force centrifuge s'exerce, deviennent petits, plus cette force cede à celle de la gravité: ainſi ſous le Pole même, la force centrifuge qui eſt nulle, doit laiſſer à la gravité primitive toute ſon action.

Mais ce Principe d'une gravité toujours égale, tombe en ruine par la découverte que Neuton a faite, & dont nous avons tant parlé dans cet ouvrage, qu'un corps tranſporté, par exemple, à dix diametres du centre de la terre, peſe cent fois moins qu'à un diametre.

C'eſt donc par les Loix de la gravitation combinées avec celles de la force centrifuge qu'on fait voir véritablement, quelle figure la Terre doit avoir. Neuton & Gregory ont été ſi ſûrs de cette Théorie, qu'ils n'ont pas héſité d'avancer, que les expériences ſur la peſanteur étoient plus ſûres pour faire connaître la figure de la Terre, qu'aucune meſure géographique.

Louis XIV avoit ſignalé ſon regne par cette méridienne, qui traverſe la France; l'Illuſtre Dominique Caſſini l'avoit commencée avec Monſieur ſon fils; il avoit en 1701 tiré du pied des Pyrenées à l'Obſervatoire une ligne auſſi droite qu'on le pouvoit, à travers les obſtacles preſque inſurmontables que les hauteurs des montagnes, les changemens de la refraction dans l'air, & les alterations des inſtrumens oppoſoient ſans ceſſe à cette vaſte & délicate entrepriſe; il avoit donc en 1701 meſuré ſix dégrés dix-huit minutes de cette méridienne. Mais de quelque endroit que vînt l'erreur,

*[marginale:]* Celle de Neuton.

*[marginale:]* Diſputes en France ſur la figure de la Terre.

il avoit trouvé les dégrés vers Paris, c'eft-à-dire, vers le Nord, plus petits que ceux qui alloient aux Pyrenées vers le Midi; cette mefure démentoit & celle de Norvood & la nouvelle théorie de la terre applatie aux Poles.

Cependant cette nouvelle théorie commençoit à être tellement reçûë, que le Sécretaire de l'Académie n'héfita point dans fon hiftoire de 1701 à dire que les mefures nouvelles prifes en France prouvoient que la Terre eft un fphéroïde dont les Poles font applatis. Les mefures de Dominique Caffini entraînoient à la vérité une conclufion toute contraire; mais comme la Figure de la Terre ne faifoit pas encore en France une queftion, perfonne ne releva pour lors cette conclufion fauffe.    Les dégrés du meridien de Collioure à Paris pafferent pour exactement mefurés, & le Pole qui par ces mefures devoit néceffairement être allongé, paffa pour applati.

Un Ingénieur nommé Mr. des Roubais, étonné de la conclufion, démontra que par les mefures prifes en France, la Terre devoit être un fphéroïde oblong, dont le méridien qui va d'un Pole à l'autre, eft plus long que l'Equateur, & dont les Poles font allongés *. Mais de tous les Phyficiens à qui il addreffa fa differtation, aucun ne voulut la faire imprimer, parcequ'il fembloit que l'Académie eût prononcé, & qu'il paraiffoit trop hardi à un particulier de reclamer.

Quelque tems après, l'erreur de 1701 fut reconnuë, on fe dédit, & la Terre fut allongée par une jufte conclufion tirée d'un faux principe.    La meridienne fut continuée fur ce principe de Paris à Dunkerque; on trouva toujours les dégrés du méridien plus petits en allant vers le Nord.

Envi-

* Son mémoire eft dans le journal littéraire.

Environ ce tems-là des Mathématiciens, qui faifoient les mêmes operations à la Chine, furent étonnés de voir de la différence entre leurs dégrés, qu'ils penfoient devoir être égaux, & de les trouver après plufieurs vérifications plus petits vers le Nord que vers le Midi. C'étoit encore une puiffante raifon pour croire le fphéroïde oblong, que cet accord des Mathématiciens de France & de ceux de la Chine.

On fit plus encore en France, on mefura des paralleles à l'Equateur. Il eft aifé de comprendre, que fur un fphéroïde oblong, nos dégrés de longitude doivent être plus petits que fur une fphére. Mr. de Caffini trouva le parallele qui paffe par Saint-Malo, plus court de mille trente-fept toifes, qu'il n'auroit dû être dans l'hypothefe d'une terre fphérique. Ce dégré étoit donc incomparablement plus court, qu'il n'eût été fur un fphéroïque à Poles allongés.

Tant de mefures renverferent pour un tems en France la démonftration de Neuton & d'Huguens, & on ne douta pas, que les Poles ne fuffent d'une figure toute oppofée à celle dont on les avoit crûs d'abord.

Enfin les nouveaux Académiciens, qui allerent au Cercle Polaire en 1736, ayant trouvé par les mefures prifes avec la plus fcrupuleufe exactitude, que le dégré étoit dans ces climats beaucoup plus long qu'en France, on douta entr'eux & Meffieurs Caffini. Mais bien-tôt après on ne douta plus; car les mêmes Aftronomes qui revenoient du Pole, examinerent encore ce dégré mefuré en 1677 par Picard au Nord de Paris, ils vérifierent que ce dégré eft de 123 toifes plus long que Picard ne l'avoit déterminé. Si donc Picard, avec fes précautions, avoit fait fon dégré de 123 toifes trop court, il étoit fort vraifemblable, qu'on eût enfuite trouvé les dégrés vers le Midi plus longs, qu'ils ne de-

P 2                                              voient

voient être.   Ainſi la premiere erreur de Picard, qui ſervoit de fondement aux meſures de la Méridienne, ſervoit auſſi d'excuſe aux erreurs preſque inévitables, que de très-bons Aſtronomes avoient pû commettre dans ce grand ouvrage.

Les Académiciens, revenus du Pole, avoient pour eux dans cette diſpute la théorie & la pratique.  L'une & l'autre furent confirmées par un aveu que fit en 1740 à l'Académie le petit-fils de l'illuſtre Caſſini, héritier du mérite de ſon pere & de ſon grand-pere;  il venoit d'achever la meſure d'un parallele à l'Equateur;  il avoua qu'enfin cette meſure, priſe avec tout le ſoin qu'exigeoit la diſpute, donnoit la Terre applatie. Cet aveu courageux doit terminer la querelle honorablement pour tous les partis.

Au reſte la différence de la ſphére au ſphéroïde ne donne point une circonference plus grande ou plus petite : car un Cercle changé en ovale n'augmente ni ne diminuë de ſuperficie.   Quant à la différence d'un axe à l'autre, elle n'eſt pas de ſept lieuës.   Différence immenſe pour ceux qui prennent parti; mais inſenſible pour ceux qui ne conſiderent les meſures du Globe terreſtre que par les uſages utiles qui en réſultent, il n'y a aucun Géographe qui pût, dans une Carte, faire appercevoir cette différence, ni aucun Pilote qui pût jamais ſavoir, s'il fait route ſur une ſphéroïde ou ſur une ſphére.   Mais entre les meſures qui faiſoient le ſphéroïde oblong, & celles qui le faiſoient applati, la différence étoit d'environ cent lieuës, & alors elle intéreſſoit la navigation.

CHA-

# CHAPITRE X.

## De la periode de 25920 années, causée par l'attraction.

Si la figure de la terre est un effet de la gravitation, de l'attraction, ce principe puissant de la nature est aussi la cause de tous les mouvemens de la terre, dans sa course annuelle. Elle a dans cette course un mouvement, dont la période s'accomplit en près de vingt six mille ans; c'est cette periode, qu'on appelle la précession des équinoxes; mais pour expliquer ce mouvement & sa cause il faut réprendre les choses d'un peu plus loin.

Le langage vulgaire en fait d'Astronomie, n'est qu'une contre-vérité perpetuelle. On dit, que les étoiles font leur révolution sur l'Equateur, que le Soleil chaque jour tourne avec elles autour de la Terre d'Orient en Occident; que cependant les étoiles par un autre mouvement opposé au Soleil tournent lentement d'Occident en Orient, que les Planétes sont stationnaires & retrogrades. Rien de tout cela n'est vrai, on sait, que toutes ces apparences sont causées par le mouvement de la Terre. *Malentendu general dans le langage de l'Astronomie.*

Mais on s'exprime toujours comme si la Terre étoit immobile, & on retient le langage vulgaire, parceque le langage de la vérité démentiroit trop nos yeux & les préjugés reçûs, plus trompeurs encore que la vûë.

Mais jamais les Astronomes ne s'expriment d'une maniere moins conforme à la vérité, que quand ils

disent

difent dans tous les Almanacs ; *Le Soleil entre au Printems dans un tel dégré du belier.* *L'Eté commence avec la figne* du Cancer, *l'Automne avec la Balance*; il y a long-tems que tous ces fignes ont de nouvelles places dans le Ciel, par rapport à nos faifons, & il feroit tems de changer la maniere de parler, qu'il faudra bien changer un jour : car en effet notre printems commence, quand le Soleil fe leve avec les Poiffons, notre Eté avec les Gémeaux ; notre Automne avec la Vierge ; notre Hyver avec le Sagittaire, ou pour parler plus exactement nos faifons commencent quand la Terre dans fa route annuelle eft dans les fignes oppofés aux fignes, qui fe levent avec le Soleil.

*Hiftoire de la découverte de cette période*

Hipparque fut le premier qui chez les Grecs s'apperçut que le Soleil ne fe levoit plus au printems dans les fignes, où il s'étoit levé autrefois. Cet Aftronome vivoit environ foixante ans avant notre Ere vulgaire ; une telle découverte faite fi tard, & qui devoit avoir été faite beaucoup plûtôt, prouve que les Grecs n'avoient pas fait de grands progrès en Aftronomie.

*Peu favorable à la chronologie de Neuton.*

On compte, (mais c'eft un feul Auteur qui le dit, au deuxiéme fiécle,) qu'au tems du voyage des Argonautes l'Aftronome Chiron, fixa le commencement du printems, c'eft-à-dire, le point, où l'écliptique de la Terre coupoit l'équateur, au quinziéme dégré du bélier.

Il eft conftant, que plus de 500 années après, Meton & Euctemon obferverent que le foleil au commencement de l'Eté entroit dans le huitiéme dégré du Cancer, & par conféquent l'équinoxe du Printems n'étoit plus au 15 dégré du bélier. Et le Soleil étoit avancé de 7 dégrés vers l'Orient depuis l'expédition des Argonautes. C'eft fur ces obfervations faites 500
ans

ans après, par Meton & Euctemon un an avant la guerre du Peloponese, que Neuton a fondé en partie son Syftême de la réformation de toute la chronologie, & c'eft fur quoi je ne puis m'empêcher de foumettre ici mes fcrupules aux lumieres des gens éclairés.

Il me paraît, que fi Meton & Euctemon euffent trouvé une différence auffi palpable, que celle de fept dégrés, entre le lieu du Soleil au tems de Chiron, & celui du tems où ils vivoient, ils n'auroient pû s'empêcher de découvrir cette préceffion des Equinoxes ; & la Période qui en refulte. Il n'y avoit qu'à faire une fimple regle de trois, & dire fi le Soleil avance environ de 7 dégrés, en cinq cent & quelques années, en combien d'années achevera-t-il le cercle entier ; la Période étoit toute trouvée.

Cependant on n'en connut rien jufqu'au tems d'Hipparque. Ce filence me fait croire que Chiron n'en avoit point tant fu que l'on dit ; & que ce n'eft qu'après coup que l'on crut, qu'il avoit fixé l'équinoxe du printems au quinziéme dégré du bélier. On s'imagina qu'il l'avoit fait parcequ'il l'avoit dû faire. Ptolemée n'en dit rien dans fon Almagefte : & cette confideration pourroit à mon avis ébranler un peu la chronologie de Neuton.

Ce ne fut point par les obfervations de Chiron, mais par celles d'Ariftille & de Meton comparées avec les fiennes propres, qu'Hipparque commença à foupçonner une viciffitude nouvelle dans le cours du Soleil. Ptolemée plus de deux cens cinquante ans après Hipparque s'affura du fait, mais confufement. On croyoit que cette révolution étoit d'un dégré en cent années ; & c'eft d'après ce faux calcul que l'on compofoit la grande année du monde de trente-fix mille années.

P 4 Mais

Explication
donnée par
les Grecs. Mais ce mouvement n'eſt réellement que d'un
dégré ou environ en ſoixante & douze ans, & la période n'eſt que de 25920 années ſelon les ſupputations
les plus reçûes.    Les Grecs, qui n'avoient point de notion de l'ancien Syſtême connu autrefois dans l'Aſie
& renouvellé par Copernic, étoient bien loin de ſoupçonner que cette période appartenoit à la Terre.    Ils
imaginoient je ne ſai quel premier mobile, qui entraînoit toutes les étoiles, les planétes & le Soleil en
vingt-quatre heures autour de la terre, enſuite un ciel
de criſtal, qui tournoit lentement en trente-ſix mille
ans d'Occident en Orient, & qui faiſoit je ne ſai comment retrograder les étoiles malgré ce premier mobile; toutes les autres planétes, & le Soleil lui-même
faiſoient leur révolution annuelle, chacun dans ſon ciel
de criſtal; & cela s'appelloit de la philoſophie.

Enfin on reconnut dans le ſiécle paſſé que cette
préceſſion des équinoxes, cette longue période ne vient
que d'un mouvement de la terre dont l'équateur d'année en année coupe l'écliptique en des points différens comme on va l'expliquer.

Recherches
ſur la cauſe
de cette pé-
riode. Avant que d'expoſer ce mouvement & d'en faire
voir la cauſe, qu'il me ſoit encore permis de recher-
cher, quelle pourroit être la raiſon de cette période.

Quelque audace, qu'il y ait à déterminer les raiſons du Créateur, on ſemble du moins excuſable d'o-
ſer dire qu'on devine l'utilité des autres mouvemens
de notre Globe, s'il parcourut d'année en année, dans
ſon grand orbe, environ cent quatre-vingt-dix-huit
millions de lieuës au moins autour du Soleil, cette
courſe nous améne les ſaiſons.    S'il tourne en vingt-
quatre heures ſur lui-même, la diſtribution des jours &
des nuits eſt probablement un des objets de cette rotation ordonnée par le Maître de la Nature.

Il

Il me paraît qu'il y a encore une autre raifon néceffaire de ce mouvement journalier, c'eft que fi la terre ne tournoit pas fur elle-même, elle n'auroit aucune force centrifuge, toutes ces parties preffées vers le centre, par la force centripète, aquerreroient une adhéfion, une dureté invincible qui rendroit notre Globe fterile.

En un mot on comprend aifément l'utilité de tous les mouvemens de la Terre, mais pour ce mouvement du Pole en 25920 années, je n'y découvre aucun ufage fenfible, il arrive dès ce mouvement que notre étoile Polaire ne fera plus un jour notre étoile Polaire, & il eft prouvé qu'elle ne l'a pas toujours été, l'Equinoxe, & les folftices changent ; le Soleil n'eft plus à notre égard dans le bélier à l'équinoxe du printems, quoi qu'en difent tous les almanacs. Il eft dans les Poiffons, & avec le tems il fera dans le Verfeau. Mais qu'importe? ce changement ne produit ni faifons nouvelles, ni diftribution nouvelle de chaleur, & de lumiere, tout refte dans la nature fenfiblement égal.

Quelle eft donc la caufe de cette Période de vingt-cinq mille neuf cens années, fi longue & en même tems fi inutile en apparence?

Dans toutes les machines compofées que nous voyons, il y a toujours quelque effet qui par lui-même ne produit pas l'utilité qu'on retire de la Machine, mais qui eft une fuite néceffaire de fa compofition ; par exemple dans un moulin à eau il fe perd une grande partie de l'eau qui tombe fur les aubes. Cette eau que le mouvement de la rouë éparpille de tous côtés ne fert en rien à la Machine, mais c'eft un effet indifpenfable du mouvement de la rouë.

Le

Le bruit que fait un marteau n'a rien de commun avec les corps que le marteau façonne fur l'enclume. Mais il eſt impoſſible que l'ébranlement de l'ènclume n'accompagne pas cette action. La vapeur qui s'exhale d'une liqueur que nous faiſons bouillir, en ſort néceſſairement ſans contribuer en rien à l'uſage que nous faiſons de cette liqueur, & celui qui juge que tous ces effets ſont néceſſaires quoiqu'ils ne ſoient ſouvent d'aucune utilité ſenſible, en juge bien.

S'il nous eſt permis de comparer un moment les œuvres de Dieu à nos faibles Ouvrages, on peut dire que dans cette Machine immenſe il a arrangé les choſes de façon que pluſieurs effets s'enſuivent indiſpenſablement ſans être pourtant d'aucune utilité pour nous. Cette période de vingt-cinq mille neuf cens vingt années paraît tout à fait dans ce cas; elle eſt un effet néceſſaire de l'attraction du Soleil & de la Lune.

Pour ſe faire une idée nette de ce mouvement périodique de 25920 ans, concevons d'abord la Terre portée annuellement ſur ſon grand axe. A, B, parallele à lui-même autour du Soleil ~~& étoile polaire.~~

*Figure 56.*

Cet axe porté d'Occident en Orient ſemble toujours dirigé vers cette étoile polaire; la Terre dans la moitié de ſa courſe annuelle, c'eſt-à-dire, ſi l'on veut, du printems à l'automne, à fait environ quatre-vingt-quinze millions de lieuës; mais cet eſpace n'eſt rien par rapport à l'extrême éloignement de cette étoile qu'elle regarderoit toujours également, ſi cet axe de la Terre étoit toujours dans le même ſens A, B, que vous le voyez.

Mais cet axe ne perſiſte pas dans cette poſition & au bout d'un très-grand nombre d'années, cet axe

cette marque ✳ étoile Polaire doit être dans la figure.

axe conçû fur cette ligne de l'écliptique n'eſt plus
dans la fituation A, B. Il ne regarde plus ſon mouvement de Parallelifme, il n'eſt plus dirigé vers cette
étoile polaire. Cette différente direction n'eſt preſque
rien par rapport à l'immenfe étenduë des cieux ; mais
c'eſt beaucoup par rapport au mouvement de notre
Pole.

Imaginez donc ce petit Globe de la Terre faifant fa très-petite révolution d'environ cent quatre-
vingt-dix-huit millions de lieuës, qui n'eſt qu'un point,
dans l'eſpace immenfe rempli d'étoiles fixes. Son *Figure 57.*
Pole qui repond à cette étoile Polaire en P, au bout
de foixante-douze ans fera éloigné d'un degré.

Dans fix mille cinq cens ans ce Pole regardera
l'étoile T, & au bout d'environ treize mille ans re-
pondra à l'étoile qui eſt en Z, fucceffivement notre
axe de Z ira en F & retournera en P, de façon qu'au
bout de 25920 ans ou à peu près nous aurons la même
étoile Polaire qu'aujourd'hui.

Après avoir expofé la figure de cette revolution
de notre axe, il fera aifé d'en connaître la raifon
Phyfique. Souvenons-nous qu'en parlant des inégalités du cours de la Lune, Neuton a demontré qu'elles dépendent toutes de l'attraction du Soleil & de la
Terre combinées enfemble. C'eſt cette attraction,
cette gravitation qui change continuellement la pofition de la Lune comme on l'a déja vû au Chapitre 6 ;
reciproquement l'attraction du Soleil & celle de la
Lune agiffant fur la Terre, changent continuellement
la pofition de notre Globe ; ne perdons pas de vûë
que la Terre eſt beaucoup plus haute à l'équateur
que vers les Poles. Imaginez la Terre T la Lune en *Figure 58.*
L, le Soleil en S.

Si

Si la Terre & la Lune tournoient toujours dans le plan de l'Equateur, il est constant que cette élevation des Terres D, E, seroit toujours également attirée; mais quand la Terre n'est pas dans les Equinoxes, cette partie élevée, E, par exemple, est attirée par le Soleil & par la Lune, que je suppose en cette situation. Alors il arrive ce qui doit arriver à une boule, qui chargée inégalement, rouleroit sur un Plan; elle vacilleroit, elle inclineroit.    Concevez cette partie D tombée vers E par l'attraction du Soleil, elle ne peut aller de D en E, qu'en même-tems le Pole terrestre L ne change de situation, & n'aille de P en Z; mais ce Pole ne peut tomber de P en Z, que l'Equateur de la Terre ne réponde à une autre partie du Ciel qu'à celle, à qui il répondoit auparavant; ainsi les Points de l'Equinoxe & du Solstice répondent successivement au bout de soixante-douze ans à un dégré différent dans le Ciel: ainsi l'Equinoxe arrivoit, du tems d'Hipparque, autrefois quand le Soleil paraissoit être dans le premier Point du Bélier, c'est-à-dire, quand la Terre entroit réellement dans la Balance, signe opposé au Bélier, & ce même Equinoxe arrive de nos jours quand le Soleil paraît être dans les Poissons, c'est-à-dire, quand la Terre est dans la Vierge, signe opposé aux Poissons.    Par-là, toutes les constellations ont changé de place, le Taureau se trouve où étoit le Bélier, les Gemeaux sont où étoit le Taureau.

Cette gravitation, qui est l'unique cause de la révolution de vingt-cinq mille neuf cens vingt ans dans notre Globe, est aussi la cause de la révolution lunaire de dix neuf ans, qu'on appelle le Cicle lunaire & de la révolution des apsides de la Lune en neuf ans.    Il arrive à la Lune, tournant autour de la Terre, précisément la même chose qu'à cette élevation de

notre

notre Globe vers l'Equateur, de forte qu'on peut confiderer la Lune comme fi c'étoit une élevation, un anneau tenant à la Terre ; & on peut pareillement confiderer cette éminence de l'Equateur, comme un anneau de plufieurs Lunes.

On fent bien que le Soleil doit avoir plus de part que la Lune à ce mouvement de la Terre, qui fait la préceffion des Equinoxes. L'action du Soleil eft à celle de la Lune en ce cas précifement comme celle de la Lune eft à celle du Soleil dans les marées.

Le Lecteur foupçonne fans doute, que puifque les Mers fe foulevent à l'Equateur, le Soleil & la Lu-ne, qui agiffent fur cet Equateur, agiffent plus fen-fiblement fur les marées. Le Soleil contribuë com-me trois à peu près à ce mouvement de la préceffion des Equinoxes, & la Lune comme un. Dans les ma-rées au contraire, le Soleil n'agit que comme un & la Lune comme trois, calcul étonnant refervé à notre Siécle, & accord parfait des loix de la gravi-tation que toute la nature confpire à démontrer.

CHA-

# CHAPITRE XI.

## *Du Flux & du Reflux. Que ce Phénomene est une suite nécessaire de la gravitation.*

*Les prétendus tourbillons ne peuvent être la cause des marées.*

Si les tourbillons de matiere subtile ont jamais eu quelque air de vraisemblable en leur faveur, c'est dans le flux & le reflux de l'Ocean, que les eaux s'enfoncent sous les tropiques, quand elles s'élevent vers les poles, c'est que l'air, dit-on, les presse sous les tropiques. Mais pourquoi l'air y presse-t-il plus qu'ailleurs ? C'est qu'il est lui-même plus pressé, c'est que le chemin de la matiere subtile est rétreci par le passage de la Lune. Le comble à cette vraisemblance étoit encore, que les marées sont plus hautes à la nouvelle & pleine Lune qu'aux quadratures, & qu'enfin le retour des marées à chaque meridien, suit à peu près le retour de la Lune à chaque meridien Ce qui paraît si vraisemblable, est pourtant en effet très-impossible. On a déja fait voir que ce tourbillon de matiere subtile ne peut subsister ; mais quand même il existeroit, malgré toutes les contradictions qui l'anéantissent, il ne pourroit en aucunes manieres causer les marées.

*Preuve.*

*1°.)* Dans la supposition de ce prétendu tourbillon de matiere subtile, toutes les lignes presseroient vers le centre de notre globe également ; ainsi la Lune devroit presser également dans ses quartiers en R,

*Figure 59.*

& dans son plein en P supposé qu'elle pressât. Ainsi il n'y auroit point de marée.

*2°.)* Par une aussi forte raison, aucun corps entraîné par un fluide quelconque, ne peut certainement

ment preſſer ce fluide plus que ne feroit un pareil volume de ce fluide ; un corps en équilibre dans l'eau ,
tient lieu d'un pareil volume d'eau. Qu'on mette
dans un vivier cent pieds cubiques d'eau de plus , ou
bien cent poiſſons nageants entre deux eaux , chacun
d'un pied cubique ; ou qu'on mette un ſeul poiſſon
avec quatre - vingt - dix - neuf pieds d'eau de plus dans
le vivier ; cela eſt abſolument égal ; le fonds du vivier n'en ſera ni plus ni moins chargé dans aucun de
ces cas. Ainſi, qu'il y eût une Lune au-deſſus de
nos Mers , ou cent Lunes , cela eſt abſolument égal
dans le Syſtême imaginaire des tourbillons & du plein :
aucune de ces Lunes ne doit être conſiderée que comme une égale quantité de matiere fluide.

3°.) Le flux arrive dans la circonférence de l'O- *Figure 60.*
cean ſous un même meridien en même-tems dans les
points oppoſés ; la mer s'enfonce à la fois en A, &
en B. Or ſuppoſé que la Lune pût preſſer le prétendu torrent de matiere ſubtile ſur l'Ocean A, les
eaux alors s'éleveroient en B, au lieu de s'enfoncer ; car la peſanteur vers le centre dans ce Syſtême, eſt l'effet de la prétenduë matiere ſubtile. Or
ce fluide imaginaire, preſſant en A les eaux ſur la
Terre, doit élever les eaux ſur leſquelles elle preſſe
moins ; or ſur quelles eaux preſſera-t-elle moins que
ſur B ? Que veut-on dire, quand on prétend que
B s'enfonce auſſi par le contre-coup ? Depuis
quand, lorſqu'on frappe ſur un côté d'un corps quel
qu'il puiſſe être, enfonce-t-on en dedans le côté oppoſé ? Preſſez une veſſie aſſez remplie d'air, s'en-
foncera-t-elle auſſi à un bout, quand vous l'enfonce-
rez à l'autre ? ne s'élevera-t-elle pas au contraire
par le bout oppoſé au côté frappé ?

4°.) Si

*4°.)* Si cette preſſion chimerique avoit lieu, l'air preſſé ſous les tropiques, ne feroit-il pas alors monter le Mercure dans le Barometre ? Mais au contraire, le Mercure eſt toujours un peu plus bas dans la Zône torride que vers les Poles. Ce qui paraiſſoit ſi vraiſemblable devient donc impoſſible à l'examen.

La gravitation, ce principe ſi reconnu, ſi démontré, cette force ſi inhérente dans tous les corps, ſe déploye ici d'une maniere bien ſenſible : elle eſt la cauſe évidente de toutes les marées ; ceci ſera bien facile à comprendre. La Terre tourne ſur elle-même ; les eaux qui l'entourent tournent avec elle ; le grand Cercle de tout ſphéroïde tournant ſur ſon axe, eſt celui qui a le plus de mouvement ; la force centrifuge augmente à meſure que ce Cercle eſt grand.

La gravitation eſt la ſeule cauſe évidente des marées.

*Figure 61.*

Ce Cercle A éprouve plus de force centrifuge que les Cercles B, les eaux de la Mer s'élevent donc vers l'Equateur par cette ſeule force centrifuge ; & non ſeulement les eaux, mais les Terres qui ſont vers l'Equateur ſont élevées auſſi néceſſairement.

Cette force centrifuge emporteroit toutes les parties de la Terre & de la Mer, ſi la force centripète ſon antagoniſte ne les retenoit en les attirant vers le centre de la Terre ; or toute Mer qui eſt au-delà des tropiques vers les Poles, ayant moins de force centrifuge, parce qu'elle tourne dans un bien plus petit cercle, elle obéit davantage à la force centripète, elle gravite donc plus vers la Terre, elle preſſe de cette même Mer Oceane qui s'étend vers l'Equateur, & contribuë encore un peu, par cette preſſion, à l'élévation de la Mer ſous la ligne. Voilà l'état où eſt l'Ocean par la ſeule combinaiſon des forces centrales ; maintenant, que doit-il arriver par l'attraction

ction de la Lune & du Soleil ; cette élevation conftante des eaux entre les tropiques doit encore augmenter, fi cette élevation fe trouve vis-à-vis quelque
Globe qui l'attire. Or la région des tropiques de notre Terre, eft toujours fous le Soleil & fous la Lune ;
donc l'élevation du Soleil & de la Lune doit faire quelque effet fur ces tropiques.

*1°).* Si le Soleil & la Lune exercent une action
fur ces eaux qui font en ces régions, cette action doit
être plus grande dans le tems, où la Lune fe trouve
plus vis-à-vis du Soleil, c'eft-à-dire, en oppofition &
en conjonction, en pleine & nouvelle Lune, que dans
les quartiers ; car dans les quartiers, étant plus oblique
au Soleil, elle doit agir d'un côté, quand le Soleil agit
de l'autre ; leurs actions doivent fe nuire ; & l'une
doit diminuer l'autre ; auffi les marées font-elles plus
hautes dans les Syzygies que dans les quadratures.

*2°.)* La Lune étant nouvelle, fe trouvant du
même côté que le Soleil, doit agir d'autant plus fur la
Terre qu'elle l'attire à peu près dans le même fens que
le Soleil attire. Les marées doivent donc être un peu
plus fortes, toutes chofes égales, dans la conjonction
que dans l'oppofition, & c'eft ce que l'on éprouve.

*3°.)* Les plus hautes marées de l'année, doivent
arriver aux Equinoxes, & être plus hautes dans la nouvelle Lune que dans la pleine. Tirez une ligne du Soleil paffant près de la Lune L, & arrivant fur l'équateur
de la Terre. L'équateur A, Q, eft attiré prefque dans la
même ligne par ces globes ; les eaux doivent s'élever plus
qu'en tout autre tems ; & comme elles ne peuvent s'é-
lever que par dégré, leur plus grande élevation n'eft
pas précifément au moment de l'Equinoxe ; mais un
jour ou deux après en D, Z.

*Figure 62.*

*4°.)* Si

4°.) Si par ces loix les Marées de la nouvelle Lune à l'Equinoxe font les plus hautes de l'année, les Marées dans les quadratures après l'Equinoxe doivent être les plus baffes de l'année; car le Soleil eft encore à peu-près fur l'Equateur, mais la Lune s'en trouve alors fort loin, comme vous le voyez.

*Figure 62.* Car la Lune L, en huit jours fera vers R. Alors il arrive à l'Océan la même chofe qu'à un poids tiré par deux puiffances agiffant perpendiculairement à la fois fûr lui, & qui n'agiffent plus qu'obliquement; ces deux puiffances n'ont plus la même force, le Soleil n'ajoûte plus à la Lune le pouvoir qu'il y ajoutoit, quand la Lune, la Terre & le Soleil étoit prefque dans la même perpendiculaire.

5°.) Par les mêmes Loix nous devons avoir des marées plus fortes immédiatement avant l'Equinoxe du Printems qu'après, & au contraire plus fortes immédiatement après l'Equinoxe d'Automne qu'avant. Car fi l'action du Soleil aux Equinoxes ajoûte à l'action de la Lune, le Soleil doit d'autant plus ajoûter d'action que nous ferons plus près de lui; or nous fommes plus près du Soleil avant le vingt & un Mars à l'Equinoxe, qu'après, & nous fommes au contraire plus près du Soleil après le vingt & un Septembre qu'avant ce tems; donc les plus hautes marées, année commune, doivent arriver avant l'Equinoxe du Printems, & après celui d'Automne comme l'expérience le confirme.

Ayant prouvé que le Soleil confpire avec la Lune aux élevations de la mer, il faut favoir quelle quantité de concours il y apporte. Neuton & d'autres ont calculé que l'élevation moyenne dans le milieu de l'Océan eft douze pieds, le Soleil en éleve deux & un quart, & la Lune huit & trois quarts.

Beau-

Beaucoup de gens d'efprit, à qui les découvertes de Neuton ne font pas familieres, font une objection fpécieufe contre cette action, qui éleve les eaux.

Si le Soleil & la Lune, difent - ils, font élever *Figure 64.* les eaux en C fur la Terre par l'attraction, les eaux en D, fous le même méridien doivent donc s'abaiffer.

Vous avez, dira - t - on, la même difficulté à ré-foudre que les Cartéfiens ; & s'ils ne peuvent expliquer, comment la prétenduë preffion de la Lune enfonce à la fois les eaux aux deux points oppofés, vous ne pour-rez expliquer davantage, comment votre gravitation é-leve à la fois les eaux en C, & en D, & le Phenomêne des Marées reftera toujours un Problême. Une telle objection ne peut partir que d'un efprit droit ; il y a du mérite à fe tromper ainfi, & à objecter par fa rai-fon ce que la raifon éclairée réfoud enfuite : voici la folution de cette difficulté. Ce qui fait que dans l'hypothéfe de Defcartes il eft impoffible que les eaux s'enfoncent à la fois aux points oppofés du même Mé-ridien, c'eft que la pefanteur eft fuppofée par lui n'ê-tre que le refultat d'un Tourbillon, & que dans ce cas la Lune fuppofée preffer ce prétendu Tourbillon ( s'il étoit poffible qu'elle preflât) ne pourroit pas preffer à la fois deux endroits oppofés.

Mais ici il n'y a aucune hypothéfe, on ne confi-dére que les Loix de la pefanteur , de la gravitation, toutes les eaux gravitent vers le centre de la Terre, tout fluide doit être en équilibre; voilà les eaux éle-vées en G, voilà donc l'équilibre rompu; les eaux en F ont donc alors plus de gravitation vers le centre de la Terre : donc elle preffent plus qu'elles ne preffoient; *Figure 65.* donc les eaux en F doivent s'approcher davantage, s'applatir, s'enfoncer vers la Terre.

Q 2      Les

Les eaux en F ne peuvent preſſer, s'applatir en proportion de l'élevation des eaux en C, qu'elles ne forcent les eaux en D, de s'alonger, de s'élever en proportion de la preſſion en F, donc les eaux en D doivent être auſſi élevées qu'en C, & quand cette preſ-ſion ſe fait aux Equinoxes, l'ovale de la Terre en eſt augmenté. Ainſi, non ſeulement le Soleil eſt une des cauſes du flux de la Mer ( ce qu'on étoit bien loin de ſoupçonner ) mais la Lune que l'on croyoit fouler les eaux par ſa preſſion, les éleve au contraire par la force de l'attraction. Nous penſions, que quand l'Océan ſe retire de nos côtés, c'étoit parceque rien n'agiſſoit plus ſur lui; au contraire, il ſe retire ainſi, & ne s'a-moncelle ſous l'Equateur, que par une très-grande force, qui l'y contraint, & le tems du flux qu'on ap-pelle Marée, eſt le tems auquel la mer redeſcend par ſon propre poids, lorſque cette force d'attraction di-minuë.

Figure 66. Vous voyez évidemment, que quand la Lune éleve les eaux en L, ſix heures après la Terre ayant fait le quart de ſon chemin autour d'elle-même, les eaux qui étoient en L, ſe trouvent en S, & doivent par conſéquent s'abaiſſer, puiſque rien ne les éleve plus. Quand eſt-ce que ces mêmes eaux recommenceront par l'action immédiate de la Lune ? Quand elles ſe trouveront ſous cette Planéte; ce ne ſera pas au bout de vingt-quatre heures, mais de vingt-quatre & trois quarts, parceque la Lune avance tous les jours de trois quarts-d'heure à peu près dans ſon cours autour de la Terre; ainſi le jour Lunaire, c'eſt-à-dire, le retour de la Lune à notre Méridien, eſt plus long de trois quarts d'heure que notre jour.

Au reſte, ces Marées de la Mer Océane ſemblent être, auſſi-bien que la préceſſion des Equinoxes, &
que

que la période de la Terre en vingt-cinq-mille neuf cens ans, un effet néceſſaire des Loix de la gravitation, ſans que la cauſe finale en puiſſe être aſſignée ; car de dire, avec tant d'Auteurs, que Dieu nous donne les Marées pour la commodité de notre commerce, c'eſt oublier que les hommes ne commercent au loin par l'Océan que depuis deux cens ans, c'eſt hazarder beaucoup encore que de dire que le flux & reflux rendent les Ports plus avantageux ; & quand il ſeroit vrai, que les Marées de l'Océan fuſſent utiles au commerce, doit-on dire, que Dieu les envoye dans cette vûë ? Combien la Terre & les Mers ont-elles ſubſiſté de ſiécles avant que nous fiſſions ſervir la navigation à nos nouveaux beſoins : Quoi, diſoit un Philoſophe ingénieux, parcequ'au bout d'un nombre prodigieux d'années, les Beſicles ont été enfin inventées, doit-on dire, que Dieu a fait nos nez pour porter des Lunettes ?

Réfutation de ceux qui prétendent aſſigner la cauſe finale des Marées.

Les mêmes Auteurs aſſûrent auſſi que le flux & le reflux ſont ordonnés de Dieu de peur que la Mer ne croupiſſe, & ne ſe corrompe : Ils oublient encore que la Méditerrannée ne croupit point, quoiqu'elle n'ait point de Marée. Quand on oſe aſſigner ainſi les raiſons de tout ce que Dieu a fait, on tombe dans d'étranges erreurs. Ceux qui ſe bornent à calculer, à peſer, à meſurer, ſe trompent ſouvent eux-mêmes : Que ſera-ce de ceux qui ne veulent que deviner ?

Q 3 CHA-

# CHAPITRE XII.

## *Théorie de la Lune & du reste des Planétes.*

La Lune qui eſt le Satellite de la Terre n'en eſt é-loignée que d'environ quatre-vingt-dix mille lieuës, dans ſa moyenne diſtance.

Elle gravite vers la Terre comme la Terre vers elle; elles ont donc l'une & l'autre un centre de gravité commun. Ce centre de gravité commun ſe trouve près de la ſurface de la Terre; c'eſt ce centre de gravité commun qui emporte la Terre & la Lune autour du Soleil, foyer univerſel de toutes les Planétes & de tous les Satellites.

**Pourquoi la Lune tourne plus vîte autour de la Terre que la Terre autour du Soleil.** La Lune étant beaucoup plus près de la Terre que la Terre ne l'eſt du Soleil, doit, ſuivant les Loix de l'attraction, tourner bien plus vîte autour de la Terre, que la Terre ne tourne dans ſon grand orbe autour du Soleil. Auſſi la Lune acheve ſon cours autour de notre Globe en vingt-ſept jours & demi à peu près, au lieu que la Terre en met 365 à parcourir ſon orbite autour du Soleil.

**Elle ne nous montre jamais que le même côté.** La Lune tourne ſur elle-même ſur ſon axe, préciſément dans le même tems qu'elle fait ſa révolution de 27 jours & demi autour de nous, ainſi la Terre voit toujours le même côté de la Lune à quelque petite différence près. Si la Lune ne tournoit ſur elle-même que dans la moitié du tems qu'elle parcoure ſur ſon orbite d'un mois, nous verrions ſucceſſivement toute ſa ſurface. Si dans le cas où elle eſt, elle tournoit préci-

précifément dans un cercle autour de la Terre, nous verrions toujours précifément la même moitié de cette furface ; mais elle parcourt une ellipfe dont la Terre occupe un foyer, ainfi elle va tantôt plus lentement ; tantôt plus vite, & elle nous montre, tantôt un peu plus, tantôt un peu moins de cette moitié tournée vers nous.

La Terre étant emportée autour du Soleil en une année par fa gravitation, emporte auffi la Lune, qui doit la fuivre dans fon grand orbe.

*Pourquoi l'année de laLune n'eft que de 354 jours.*

Mais cette révolution annuelle de la Lune, ne peut être la même que celle de la Terre. Car en faifant fon mois qu'on appelle périodique de 27 jours & demi, elle fait fon mois fynodique, fa lunaifon en 29 jours & demi, c'eft-à-dire, qu'il lui faut 29 jours & demi pour aller d'une conjonction avec le Soleil. Or douze fois 29 & demi font 354. Ainfi l'année commune de la Lune ne peut être que d'environ trois cens cinquante-quatre jours, tandis que celle de la Terre eft d'environ 365.

Elle a une révolution, qui s'acheve en neuf années, c'eft la révolution de fes apfides. Les apfides font les points de plus grande diftance d'une Planéte au centre de fa révolution ; c'eft dans la Lune l'apogée & le périgée. L'apogée eft le point le plus éloigné de la Terre ; le périgée eft le plus près. La ligne qui traverfe ces points eft la ligne des apfides de la Lune, qui a un mouvement de près de neuf années d'Occident en Orient, de forte qu'au bout de neuf années, l'éloignement de laLune à la Terre eft le même.

*Ses divers mouvemens, mouvemens des apfides en neuf ans.*

Sa plus grande révolution eft un autre mouvement de dix-neuf années. Cette période de dix-neuf années eft ce qu'on nomme le Cicle lunaire. Il fe fait

*Celui des nœuds en 19 ans.*

Q 4                         d'Orient

d'Orient en Occident fur les Poles de la Lune, de forte que les nœuds de la Lune changent fans ceffe & fe retrouvent les mêmes au bout de dix-neuf années. Ces nœuds de la Lune font les points aufquels l'orbe qu'elle décrit autour de la Terre, coupent l'Ecliptique de la Terre; ce mouvement des nœuds de ces orbes fe fait d'Orient en Occident, de même que la préceffion des Equinoxes.

Nous pouvons donc confiderer cinq révolutions dans la Lune. 1°.) Celle de fes nœuds en dix-neuf ans. 2°.) Celle des apfides en neuf ans. 3°.) Celle de fon année autour du Soleil en 354 jours. 4°.) Celle de fon mouvement autour de la Terre en vingt fept jours & demi, mouvement qui doit être regardé comme le même avec celui du mois fynodique en vingt-neuf jours & demi, puifque l'un ne différe de l'autre que par le tems. 5°.) La rotation fur fon axe qui s'accomplit dans le même tems qu'elle tourne autour de la Terre.

**La Lune va plus vîte qu'elle n'alloit autrefois.** La Lune a acceleré infenfiblement fon mouvement moyen autour de la Terre, fi l'on en croit le Philofophe Halley, qui ayant comparé les plus anciennes obfervations, que nous ayons des Eclipfes de Lune avec les dernieres, a trouvé que la Lune depuis le tems de ces premieres obfervations a augmenté la rapidité de fon cours.

La Lune eft environ cinquante fois moins groffe que notre Terre, & cinquante millions moins que le Soleil, la matiere de la Lune eft environ un cinquiéme plus denfe, plus compacte que celle de la Terre, & environ cinq fois plus que celle du Soleil, & ainfi le Soleil qui la furpaffe cinquante millions de fois en groffeur, ne la furpaffe que dix millions de fois en quantité de matiere.

La

La Terre pèfe fur le Soleil plus que la Lune, & cela en raifon directe de la maffe de la Terre & de la maffe de la Lune. Or la groffeur de la Terre étant à celle de la Lune comme 50 à un, & la maffe, la quantité de matiere n'étant que comme quarante, le poids de la terre eft quarante fois plus grand que le poids de la Lune, c'eft-à-dire, que la gravitation faifant tendre la Terre & la Lune en raifons directes de leurs maffes vers le Soleil, agit fur la Terre comme quarante & fur la Lune comme un.

*Elle pefe fur le Soleil quarante fois moins que la Terre.*

Elle attire vers fon centre les corps qui font à la furface environ trente fois moins que ne fait la Terre, & non pas quarante fois moins ; car fi fon attraction eft 40 fois moins grande à raifon de la quantité de matiere, cette Attraction eft d'un autre côté dix fois plus grande que fur la Terre, à raifon de la petiteffe de fon diametre, ôtez 10 de 40, refte 30.

*Pefanteur des corps à la fuperficie de la Lune.*

Ainfi, par exemple ; les mêmes corps qui pefent 400 livres fur le Soleil, pefent près de 15 livres fur la Terre, & près d'une demie livre fur le Globe de la Lune.

## MARS.

Mars eft à plus de cinquante millions de nos lieuës, du Soleil, dans la moyenne diftance ; il embraffe dans fon grand orbe la Terre, la Lune, Vénus, Mercure ; il tourne dans fon ellipfe en près de deux ans, & fur lui-même en 24 heures trois quarts. Il eft cinq fois plus petit que notre Globe. Nous remarquerons ici que comme nous tournons, ainfi que lui dans une ellipfe autour du même centre ; il arrive que tantôt nous fommes beaucoup plus près, tantôt beaucoup plus éloignés l'un de l'autre. Dans notre plus grande proximité nous en fommes à douze millions

Q 5                                    de

de lieuës & dans notre plus grand éloignement, nous en fommes à foixante millions, nous fommes donc éloignés alors cinq fois davantage à peu près en cette maniere.

*Figure 67.*    La quantité de l'illumination eft, comme nous l'avons dit, en raifon inverfe du quarré des diftances. Vingt-cinq eft le quarré de cinq, ainfi par cette regle, nous devrions voir Mars, tantôt vingt-cinq fois plus gros, tantôt vingt-cinq fois plus petit ; mais comme il reçoit auffi moins d'illumination du Soleil quand il en éft plus éloigné, cette perte de lumiere qu'il éprouve empêche qu'il ne nous paraiffe 25 fois plus grand, & de même quand il eft plus éloigné de la Terre, il ne parait pas pour cela 25 fois plus petit, attendu qu'il eft alors plus fortement éclairé, ce qu'il perd par fon éloignement de notre Globe, il le re-gagne un peu par fon illumination, & au contraire, il faut en dire autant des autres Planétes.

On ne peut rien ftatuer fu les effets de la gra-vitation dans les Planétes de Mars.

### J U P I T E R.

A peu près à cent cinquante millions de lieuës eft Jupiter dans la moyenne diftance du Soleil. On voit ici une grande difproportion, car depuis Mercu-re jufqu'à Mars, il y a des Planétes d'environ dix mil-lions en dix ou onze millions de lieuës, ou appro-chant, Mercure, Vénus, la Terre, Mars, font à des diftances peu difproportionnées, mais ici on trou-ve de Mars à Jupiter un vuide de plus de cent mil-lions de lieuës, fans qu'on puiffe appercevoir la moin-dre raifon de cette inégalité. On pourroit dire qu'il y a eu peut-être autrefois des Planétes dans cette efpa-ce, mais quel fonds faire fur un peut-être ?

Tous

Tous les autres Astres, dont nous venons de parler, font chacun plus petits que la Terre, mais Jupiter est onze cens soixante & dix fois plus gros qu'elle.

Il tourne autour du Soleil dans son ellipse en près de douze ans, à raison de sa distance suivant la regle de Kepler, & cependant il tourne sur lui-même en neuf heures cinquante-six minutes; Preuve évidente que la rotation des Planétes sur leur Axe est le résultat d'une Loi dont nous n'avons aucune connaissance.

Jupiter voit le Soleil vingt-cinq fois plus petit que nous ne le voyons, & en reçoit vingt-cinq fois moins de lumiere, puisqu'il en est cinq fois plus éloigné que notre Globe, il fait donc dans le tems le plus chaud de Jupiter vingt-cinq fois plus froid que dans notre Eté, toutes choses égales d'ailleurs, mais aussi sa matiere est plus de cinq fois moins solide, & ainsi elle s'échauffe environ cinq fois plus aisément.

Quoiqu'il soit onze cens soixante & dix fois plus gros que la Terre, il n'a pourtant que deux cens vingt fois plus de matiere.

Jupiter, vû sa distance & son tems Périodique pese sur le Soleil trente fois moins que la Terre, malgré son énorme grosseur. *Grosseur & masse de Jupiter.*

Les corps qui pesent ici une livre, ne pesent à peu près que deux livres sur la surface de Jupiter; les corps qui tombent sur la Terre de 15 pieds à la premiere seconde, tombent de 30 pieds sur Jupiter. *Pesanteur & chûte des corps sur Jupiter.*

Les Astronomes ont reconnu que l'Axe de l'Equateur de Jupiter est plus grand sensiblement que l'Axe des Poles, c'est-à-dire, que la figure de Jupiter est un sphéroïde applati vers les Poles comme est *Plan élevé à l'Equateur applati aux Poles.*

la

la Terre, & comme font probablement toutes les autres Planétes.

**Ses Satellites.**

De quatre Lunes qui tournent autour de Jupiter, la premiere n'est éloignée de lui que d'environ trente-cinq mille de nos lieuës.

Notre Lune est près de trois fois plus éloignée de notre Terre, que le premier des Satellites de Jupiter n'est éloigné de sa Planéte, & le dernier de ses Satellites en est à trois cens soixante mille lieuës, & il lui donne peu de secours.

## SATURNE.

Saturne dans la moyenne distance est à deux cens quatre-vingt-six millions de lieuës du Soleil. Il fait sa révolution autour de cet Astre en près de trente années, embrassant dans un Orbe de presque dix-huit cens millions de lieuës toutes les Planétes que nous venons de voir. Sa révolution sur son Axe est ignorée; mais on croit probable qu'il tourne en dix heures comme Jupiter, parce que la distance de ses Lunes est à peu près la même. Il est gros comme neuf cens quatre-vingt de nos Terres, & par conséquent bien plus petit que Jupiter, quoique bien plus éloigné du Soleil.

**Comment de Saturne on voit le Soleil.**

Comme il est environ dix fois plus loin du Soleil que nous, il en est cent fois moins éclairé & toutes choses égales moins échauffé, & il ne voit pas le Soleil aussi gros que nous voyons Vénus.

**Sa densité. Remarque sur la densité des Planétes.**

La matiere dont il est composé est probablement moins dense que la nôtre dans la proportion de quinze à cent, c'est-à-dire, que la matiere de la Terre est six fois & $\frac{2}{3}$ plus massive que celle de Saturne.

Ainsi

Ainsi on voit que plus une Planéte est éloignée du Soleil, moins sa matiere est compacte & dure, par conséquent elle s'échauffe plus aisément, la matiere, dont Mercure est composé, est d'autant plus compacte que Mercure est plus proche de ce feu auquel il doit resister. Et la matiere de Saturne d'autant plus rare & lâche qu'elle est plus loin de ce feu qui doit l'animer. Les corps pesent sur sa surface un peu plus que sur celle de la Terre, ce qui pese 4 livres sur la Terre, pese environ 5 livres sur Saturne.

Pesanteur des corps sur Saturne, & de ce globe sur le Soleil.

Saturne pese lui-même près de cent fois moins que la Terre sur le Soleil; le même corps qui dans la premiere seconde tombe ici de 15 pieds, tombera de 12 sur Saturne.

Il a autour de lui cinq Lunes, la plus prochaine en est éloignée de trente mille lieuës, & la cinquiéme d'environ cent soixante mille, à peu près comme le premier & le dernier des Satellites de Jupiter sont distans de Jupiter. Nous n'entrons ici dans aucun détail sur son anneau, pour lequel il faudroit un Volume à part.

Il y a entre Jupiter & Saturne une Attraction sensible qui n'est point marquée entre les autres Planétes principales, quand, par exemple, Vénus, la Terre & Mars s'approchent, sont en conjonction, leur gravitation ne dérange que très-peu leur mouvement dans leurs Orbes, parce que leurs Orbes sont assez proche du Soleil, & la masse de cet Astre surpasse tellement la masse réunië de ces Planétes, que leurs forces centripètes ne sont pas capables d'opérer une résistance bien sensible contre la force centripète résultante de la masse du Soleil qui les attire.

Dérangement entre les Orbites de Saturne & de Jupiter, assez sensible, & causé par l'attraction.

Il n'en est pas de même de Jupiter & de Saturne. Ces deux Globes énormes par rapport au nôtre,

nôtre, font à une diftance immenfe du centre qui les attire.

Jupiter eft moins attiré que nous vingt-cinq fois, & Saturne eft moins attiré que nous près de cent fois, à raifon du quarré des diftances; quand ces deux Aftres font en conjonction, ils font bien plus près l'un de l'autre que Jupiter ne l'eft du Soleil; ainfi ils gravitent davantage l'un vers l'autre, & ils s'éloignent fenfiblement de leur Orbite ordinaire. Leur cours eft dérangé, c'eft ici le plus beau triomphe de l'Attraction : ces deux Globes qui fe trouvent fi rarement en conjonction s'y trouverent du tems de Neuton ; il calcula par les loix de l'Attraction, de combien leur cours devoit être alteré. L'Illuftre Halley obferva ces aftres, & fes Obfervations démontrerent ce que Neuton avoit deviné, comme les mefures prifes au Pole ont confirmé depuis ce que Neuton avoit dit de la Figure de la Terre.

Ainfi donc ce qui fe paffe fur la **Terre** & ce qui fe paffe à cent cinquante ; à près de trois cent millions de lieuës de la Terre, prouve également cette admirable proprieté de la matiere que Neuton a découverte.

CHA-

# CHAPITRE XIII.

## Des Cométes ; du pouvoir de l'attraction sur elles.

Puisque l'attraction agit ainsi sur tous les corps céleftes, on voit aisément que sa puissance doit s'étendre sur les Cométes qui viennent traverser un Ciel au centre duquel est le Soleil. Pour voir les progrès de la raison humaine, il n'est pas inutile de rappeller ici la pensée d'Aristote & de tous les Péripatéticiens, sur les Cométes; ils croyoient que c'étoit des exhalaisons. Ces Globes dont l'Orbite s'étend si loin au-dessus de Saturne leur paraissoient des feux folets placés fort au-dessous de la Lune, qui étoit selon eux la Sphére du feu.

Il est vrai que long-tems avant Aristote, on avoit eu en Egypte & à Babylone des notions bien plus saines de l'Astronomie. Pythagore qui avoit voyagé dans l'Orient en avoit rapporté non seulement la connaissance du vrai Systême du monde renouvellé depuis par Copernic, mais il y avoit encore puisé l'idée que les Cométes font des Planétes qui tournent autour du Soleil.

Anciennes idées sur les Cométes.

Il est à croire que les Orientaux avoient deviné ces vérités par une suite de conféquences qui apparemment ne parvinrent pas jusqu'aux Grecs lorsqu'Alexandre envoya les obfervations Babyloniennes à Ariftote. Il faut faire l'honneur aux Grecs de croire qu'ils n'auroient point corrompu à plaisir des Syftêmes bien prouvés, pour leur en substituer de si faux & de si peu Philofophiques.

Tycho

Rectifiées par Tycho Brahé.

Tycho Brahé fut le premier des Modernes qui osa dire que les Cométes n'étoient point au-deſſous de la Lune, & qu'elles alloient juſqu'à l'apogée de Vénus. Il étoit trop peu hardi.

Vérité & erreur dans Deſcartes.

Deſcartes qui n'en avoit point obſervées jugea pourtant qu'elles pouvoient dans leurs cours s'élever fort au-deſſus de Saturne; mais en quoi il ſe trompa, ce fut en aſſûrant ſans aucune preuve, & même ſans vraiſemblance, que les Cométes ne s'approchoient jamais plus près de nous que vers l'Orbe de Saturne; ce qui le jettoit dans cette erreur, étoit cette hypothéſe de tourbillons de matiere ſubtile qui mene toujours à la fauſſeté.

Il ſentoit la difficulté qu'il y auroit eu dans ſon Syſtême à faire circuler contre l'ordre des ſignes, ces Globes étrangers au milieu de nos Planétes, & dans ce plein de matiere ſubtile.

Il les regardoit donc à la vérité comme des Globes céleſtes, mais ne ſe ſervant dans cet examen que de ſon imagination, il diſoit que c'étoit des Soleils encroutés, qui ayant quitté le centre de leur tourbillon, s'en alloient éternellement & le plus qu'ils pouvoient en ligne directe des confins d'un tourbillon dans les confins d'un autre tourbillon, ſans que dans ce plein infini, & dans les cours de ces torrens immenſes différemment emportés, leur marche fût interrompuë.    De quel égarement ſont ſuſceptibles les plus grands génies, quand l'eſprit de Syſtême & d'Hypothéſe les conduit!

Les Cométes doivent néceſſairement décrire une Section conique autour du Soleil.

Les Cométes ne vont point en ligne droite, & n'y ſauroient aller; car puiſqu'elles traverſent les Orbes des Planétes, elles ſont dans la Sphére d'activité de la gravitation du Soleil, ainſi que les Planétes. Il faut

faut donc de deux chofes l'une , ou que le Soleil les
attire à fon centre par une ligne perpendiculaire , ou
qu'elles décrivent autour du Soleil quelque fection
conique. Or Neuton aidé du célebre Aftronome
Halley, le Caffini d'Angleterre, ayant fuivi dans fon
cours cette Cométe de 1680, qui fit tant de bruit, inventa une nouvelle théorie par laquelle il détermina
la figure de l'Orbite, qui devoit décrire cette Cométe.
Caffini le pere avoit déja fixé la route que devoit décrire la Cométe de 1664. Il avoit ofé le premier pré-
dire le cours d'une Cométe , l'Aftronomie n'avoit
encore produit rien de fi hardi. Neuton embraffa
une Théorie générale , il prouve que toute Cométe
doit paraître décrire une parabole autour du Soleil,
& affigne l'efpéce de parabole qu'elle doit paraître
décrire dans tous les cas.

Enfuite par cette même Théorie, il détermine,
comment cette parabole apparante fe change en effet
en une Ellipfe, & il fait voir que la Cométe de 1680
acheve fon cours dans une Ellipfe fi approchante de
la parabole, & fi excentrique au Soleil qu'elle doit
faire fon chemin en 500 & tant d'années ; ce qui
prouve l'extréme longueur de fon Orbite , puifque
Saturne fi éloigné du Soleil acheve pourtant fon cours
en trente années.

Voici le chemin de la Cométe A , dans une Ellipfe autour du Soleil ; cette Cométe fuivroit fon
cours en G, & ne reviendroit plus, fi elle fuivoit une
parabole.

Chemin
des Comé-
tes.

**Figure 69.**

Mais puifqu'elle eft dans la Sphére d'activité du
Soleil, elle doit l'avoir pour centre de fon mouvement ; ainfi à mefure qu'elle décrit la parabole A, G,
elle eft ramenée par la gravitation vers le Soleil , dans

cette autre courbe A, E, D, ceux qui demandent pourquoi les Planétes, étant dans leur périhélie, ne tombent point dans le Soleil , peuvent à plus forte raison s'étonner qu'une Cométe qui paſſe ſi près de cet Aſtre, ne ſoit point engloutie par la force de l'attraction, qui augmente ſelon le quarré de l'approchement, c'eſt-à-dire que la Cométe étant cent fois plus près, eſt dix mille plus fois attirée vers le centre du Soleil.

**Pourquoi une Cométe en paſſant près du Soleil ne tombe point ſur cet Aſtre.**　　La Cométe de 1680, par exemple deſcendit ſi près du Soleil qu'elle n'en étoit éloignée que de la ſixiéme partie de cet Aſtre.

Qu'on ſe ſouvienne ici de la grande régle de Galilée ; un corps, qui tombe, acquiert toujours de nouveaux dégrés de vîteſſe , or cette Planéte tombant preſque en ligne parabolique vers le corps du Soleil, garde à chaque inſtant la ſomme des forces acquiſes dans les inſtans précédans : ainſi cette force augmente tellement, qu'elle en a autant pour remonter qu'elle en a eu pour deſcendre , & elle repaſſe par les mêmes dégrés de vîteſſe , comme une pendule qui fait ſes vibrations.

**Les Cométes ſont des corps opaques.**　　Si on demande à préſent, quelle preuve on a que les Cométes ſont des corps opaques comme des Planétes , & non des exhalaiſons de feu ; cette preuve eſt auſſi aiſée qu'indubitable.

*1°.)* La Cométe de l'année 1680 n'étoit pas dans ſon périgée éloignée du bord du Soleil de la ſixiéme partie du diſque de cet Aſtre. Il eſt aiſé de calculer de combien cette Cométe devoit être plus échauffée que la Terre : donc il falloit que ce fût un corps très-ſolide , pour que cet embraſement ne le détruiſît pas.

*2°.)* La

2º.) La clarté des Comètes augmente à nos yeux quand elles font près du Soleil, & diminuë quand elles s'en éloignent; donc elles réfléchissent la lumiere du Soleil comme les autres Planétes.

Voilà donc notre monde bien augmenté de ce qu'il étoit autrefois. Avant Galilée on comptoit fept Planétes en y mettant très-mal à propos le Soleil. En voici feize aujourd'hui dans lefquelles la Terre fe trouve, fans compter l'anneau de Saturne, & il y a quelque apparence qu'on connaîtra un jour un certain nombre de ces autres Planétes, qui fous le nom de Comètes, tournent comme nous autour du Soleil; mais il ne faut pas efpérer qu'on les connaiffe toutes. *Elles font des Planétes.*

Il est vrai qu'il faut des obfervations bien fines & des mefures exactes, jufqu'au plus grand fcrupule, pour déterminer l'Orbite de ces Globes; la moindre erreur peut faire une différence de plufieurs centaines d'années. *Difficulté de connaître leur retour.*

C'eft peut-être une de ces petites erreurs qui trompa le célebre Mathématicien Jacques Bernoulli. Il affûra que la Comète de 1680 reparaîtroit au mois de Mai 1719; il ne lui donnoit qu'une période d'environ quarante années, ce n'étoit que dix ans de plus qu'à Saturne; cependant fon Orbite étoit incomparablement plus excentrique au Soleil que celui de Saturne. Neuton trouve que l'Orbite de cette Comète eft à celui que décrit Saturne, à peu près comme feize eft à un & qu'ainfi fon cours devoit être de plus de cinq cens années.

Pour s'affûrer du cours & du retour des Comètes il faudroit premierement une longue fuite bien

R 2

fon-

confervée d'obfervations exactes , enfuite fi une Cométe fait en même tems le même chemin à la même
diftance avec la même chevelure & à la même queuë,
qu'une Cométe obfervée autrefois , on ne fera pas
encore abfolument certain que cette Cométe foit la
même.	Car il fe peut très - bien faire qu'une Comé-
te dont on attendoit le retour ait été détournée de
fon chemin par l'attraction de quelques corps céle-
ftes, laquelle aura changé fa courbe.	Cette courbe
qui paffoit auparavant à quelque diftance du Soleil,
aura paffé depuis dans cet Aftre, & la Cométe y aura
été engloutie , une autre aura pris fa place par l'attraction de ce même corps célefte , & ce fera cette autre
Cométe qu'on reverra à la place de celle qu'on atten-
doit.	Ainfi après des obfervations de plufieurs mil-
liers de fiecles , on ne pourroit fe flatter d'avoir une
théorie bien démontrée des Cométes.

Ce que c'eſt
la queuë
des Comé-
tes.

Quant à ce qu'on nomme la queuë, la chevelure & la barbe de la Cométe , c'eft une longue trainée
de lumiere affez faible qui l'accompagne, tant qu'elle
eft expofée à notre vûë ; on l'appelle barbe, quand
la Cométe paraît à l'Orient du Soleil, & que cette
lumiere femble la précéder, on l'appelle queuë, quand
elle eft à l'Occident , & que cette lumiere femble la
fuivre.	On l'appelle chevelure lorfqu'étant en oppo-
fition avec le Soleil , fa lumiere femble plus repanduë
autour d'elle.

La fituation de cette lumiere qui varie par rapport à nous eft toujours la même par rapport au Soleil ; elle eft toujours oppofée à cet Aftre ; & cette vérité étoit connuë dès le feiziéme fiécle ; elle avoit été
découverte par Pierre Appien.

La

La queuë des Cométes eft toujours moins brillan-
te à mefure qu'elles s'éloignent du Soleil.

Defcartes s'eft mépris dans l'explication de cette Méprife
queuë des Cométes, il prétendoit que c'étoit une ré- de Defcartes
fraction de la lumiere de ces Aftres.   Une feule ré- fur la queuë
flexion renverfe ce Syftême.   Les Planétes ont beau- des Co-<br/>métes.
coup plus de lumiere que les Cométes, elles devroient
donc avoir des queuës, des chevelures, des barbes
beaucoup plus longues, elles n'en ont point du tout.
Cette explication de Defcartes eft donc fenfiblement
fauffe.

Neuton ajoute à cet argument contre Defcartes
une autre objection, non moins décifive, c'eft que
fi la réfraction de la lumiere réfléchie du corps des
Cométes caufoit ces trainées de lumiere, on devroit
y voir des couleurs différentes ; attendu la grande inégalité des réfractions dans la longueur de ces queuës.

Ces trainées de lumiere ne font autre chofe que
des parties enflammées de la Cométe même, que le
Soleil détache de ces Globes qui approchent de lui.
La preuve en eft que ces vapeurs font très-faibles &
à peine vifibles, quand la Cométe commence à venir
dans fon périhélie ; mais à mefure qu'elle en approche, la trainée de feu augmente de grandeur & d'é-
clat, fa plus grande étenduë & fa plus grande clarté
paraiffent, quand elle fort du voifinage du Soleil comme
des charbons qui fortent en fumant d'un foyer ardent.

Ce qu'il y a de plus furprenant, e'eft que Neu- Neuton a
ton a mefuré la ligne que décrit cette fumée de la mefuré la
Cométe, & de combien elle eft moins courbe, quand ligne que<br/>doit décrire
la Cométe remonte dans fa ligne elliptique, & il a la queuë<br/>d'une Co-
fait

fait voir que cette traînée de lumiere étoit continuellement renouvellée.

Si dans une Philofophie toute Mathématique,
toute fondée fur l'expérience & le calcul , il eft permis d'avancer des probabilités , je dirai que Neuton a
foupçonné dans les Cométes, une fin & un ufage fort
contraires à ce qui étoit établi par la fuperftition de
tous les tems.

Loin que les Cométes foient dangereufes , loin
qu'elles doivent exciter la crainte, elles font felon lui
de nouveaux bienfaits du Créateur.    Les hommes,
qui , par je ne fai quelle fatalité , repréfentent toujours la Divinité malfaifante , les regardoient comme
des fignes de colere & comme des préfages de deftru-
ction.    Neuton au contraire les regarde avec raifon
comme des effets de la bonté Divine , & phyfique-
ment néceffaires aux mondes dans le voifinage defquels elles voyagent , il foupçonne que les vapeurs
qui fortent d'elles font attirées dans les Orbites des
Planétes & fervent à renouveller l'humidité de ces
Globes terreftres qui diminuë toujours.    Il penfe encore que la partie la plus élaftique & la plus fubtile de
l'air que nous refpirons , nous vient des Cométes.
Il a fur-tout , me femble , grande raifon de croire
qu'elles renouvellent quelquefois la fubftance du Soleil.    La courbe qu'elles décrivent , la proximité où
elles font fouvent de cet Aftre , rendent cette opinion
plus que probable.    Il me femble que c'eft deviner
en fage , & que fi c'eft fe tromper , c'eft fe tromper
en grand homme.

Mais ce qui n'eft , ce me femble , ni deviner
ni fe tromper , c'eft de conclure de la route des Cométes

métes que le plein & les tourbillons font impoffibles. Car plufieurs Cométes ont traverfé d'Orient en Occident & du Sud au Nord & du Nord au Sud les Orbites des Planétes , & toute Cométe qui fe trouve dans la région de Mars , de Jupiter ou de Saturne va incomparablement plus vîte que Mars, Jupiter & Saturne , comme je l'ai déja dit. Donc enfin les Planétes foumifes aux Loix de la gravitation comme tous les autres corps , anéantiffent fans replique l'hypothéfe du plein & des tourbillons.

CHA-

# CHAPITRE XIV.

*Que l'attraction agit dans toutes les opérations de la Nature; & quelle est la cause de la dureté des corps.*

Vous voyez, que tous les Phénomenes de la Nature, les expériences & la Géométrie concourrent de tous côtés pour établir l'attraction. Vous voyez que ce principe agit d'un bout de notre monde planétaire à l'autre, sur Saturne & sur le moindre atome de Saturne, sur le Soleil & sur le plus mince rayon du Soleil.

Ce pouvoir si actif & si universel ne semble-t-il pas dominer dans toute la Nature, n'est-il pas la cause unique de beaucoup d'effets, ne se mêle-t-il pas à tous les autres ressorts avec lesquels la Nature opére?

Il est, par exemple, bien vraisemblable, qu'il fait seul la continuité & l'adhésion des corps; car l'attraction agit en proportion directe de la masse; elle agit sur chaque corpuscule de la matiere, elle fait donc graviter chaque corpuscule en ce sens, comme Saturne gravite vers Jupiter.

*Figure 70.*

Voyons ce qui arrive aux corps qui sont sur la surface de la Terre.

L'attraction cause de l'adhésion & de la continuité.

1°.) Que je mette ces deux boules d'yvoire A, B, C, D, l'une contre l'autre, elles s'attirent; mais leur tendance réciproque est détruite par leur gravitation vers la Terre.

2°.) Que

*2°.)* Que le Diametre de chaque boule soit deux lignes, c'est 120 secondes de lignes pour chaque Diamétre; qu'il y ait l'espace d'une seconde entre ces deux corps.

Le point D, est éloigné de C, de 120 secondes. Les corps au point de contact s'attirent en raison renversée du cube des distances, & dans une proportion encore plus grande. Ne prenons ici que le cube, alors le point D, attire moins, & est moins attiré, que le point C, un million sept cens vingt-huit mille fois, & comme les points A, & D, sont à quatre lignes l'un de l'autre, ces points A, & D, s'attireront dix millions neuf cens quarante-quatre mille fois moins que les points B, & C.

Or la masse de la Terre est à la masse de chacune de ces deux boules, comme le cube de quinze cens petites lieuës de France, valant trois milliards trois cens vingt-cinq millions de lieuës, est au cube de deux lignes qui vaut huit lignes. La pesanteur de chaque boule vers le centre de la Terre est donc incomparablement plus grande que leur attraction mutuelle. — *Comment deux parties grossieres de matiere ne s'attirent point.*

*3°.)* Mais si les deux boules sont de la derniere petitesse, alors leur Diamétre est regardé comme infiniment petit; toute leur substance se touche presque au point de contact; la force de l'attraction peut devenir immense par rapport aux autres forces contraires, alors les deux petits corps joints ensemble, composent un corps massif & continu. — *Comment les parties plus petites s'attirent.*

*4°.)* Les corps les plus petits sont ceux qui ont le plus de surface, & par conséquent ceux qui auront le plus de points de contact. Les masses des corps solides seront donc composées de molecules plus petites, attirées les unes par les autres.

R 5

*5°.)* L'at-

5°.) L'attraction agit dans les fluides comme dans les solides.    Deux goutes d'eau, deux globules de Mercure se joignent, & dans l'instant même, elles ne forment qu'un globule.    L'air ne peut en être la cause, puisque le même effet arrive dans la machine purgée d'air.    Aucun Ether, aucune matiere subtile qu'on supposeroit presser ces goutes, ne peut causer cette union ; car la prétenduë Matiere subtile ne pourroit presser ces goutes que sur le plan , où elles sont ; elle empêcheroit leur contact, en pressant entre deux, elle les diviseroit, les éparpilleroit, bien loin de les unir, en pressant sur elles.

C'est donc en s'attirant qu'elles se joignent, c'est en s'attirant également l'une & l'autre qu'elles composent un corps rond.

6°.) Tout solide & tout fluide, étant ainsi soumis à l'attraction, la dureté des corps palpables n'est autre chose qu'une attraction de parties.    Plus un métal contient de matiere sous un petit volume, plus il est dur, mais plus il contient de matiere, plus chaque partie a un contact immédiat avec sa partie voisine, c'est alors qu'est la plus grande attraction , qu'on y songe bien.    C'est dans le tems éclairé où nous sommes qu'aucun Philosophe ne peut rien trouver qui satisfasse sur la cause de la continuité, de l'adhésion, de la cohérence, de la dureté des corps.    Je ne m'en étonne pas, ils n'en trouvent point, & n'en trouveront jamais, parcequ'il n'y en a point.    Quelque fluide, quelque enchaînement qu'on imagine, il reste toujours à savoir pourquoi les parties de ce fluide, pourquoi ces parties enchaînées sont contigues. Il faut qu'il y ait une force donnée de Dieu à la matiere qui en lie ainsi les parties, & c'est cette force que je nomme *attraction* ;
je l'ai

je l'ai déja dit, il n'y a point de Philofophie, qui
mette plus l'homme fous la main de Dieu.

7°.) Si vous pofez l'un fur l'autre deux corps Expériences
auffi polis qu'ils puiffent être, foit acier, foit étain, foit qui prou-
criftal, vous ne pourrez plus les féparer que difficile-vent l'attra-
ment; & fi vous mettez entre eux quelque matiere,
qui rempliffe les inégalités de leurs furfaces, comme
de la poix, alors vous ne pouvez plus les féparer du
tout. Pourquoi ? parceque les parties de la poix touchent immédiatement les parties de ces verres, qui ne
fe touchoient pas ainfi auparavant. Alors l'attraction
augmente à proportion de la plenitude du contact.

8°.) Pourquoi les tubes, qu'on nomme capillaires, attirent-ils dans leur capacité toutes les liqueurs
dans lefquelles on les plonge? ce n'eft pas encore une
fois l'air, qui en eft la caufe. Car la pefanteur de
l'air qui fait monter le Mercure à près de 28 pouces
dans le Baromètre ne peut le faire du tout dans le tube capillaire; de plus cette expérience des liqueurs
montant dans cette extrémement petite capacité fe
fait dans la machine Pneumatique comme dans l'air.
L'Ether, la matiere fubtile n'y feroit pas davantage.
Au contraire elle prefferoit la cavité de ce tuyau, elle
empêcheroit l'eau d'y monter.

C'eft donc l'attraction feule du haut du verre
qui eft la caufe de ce Phénomene. La preuve en eft
palpable.

1°.) L'eau monte toujours d'autant plus dans ces
tubes capillaires, qu'ils font plus longs, & l'air au contraire ne laiffe jamais monter le Mercure à plus de hauteur que fa pefanteur n'en détermine, quelque longueur
qu'ait le Baromètre.

2°.) L'al-

2°.) L'altération de la pesanteur de l'air, de son élasticité fait varier la hauteur du Mercure dans le même Baromètre & jamais la hauteur de l'eau ne varie dans le même tube capillaire, parceque l'attraction est toujours la même.

Maintenant si cette force domine sur tous les corps, elle doit entrer pour beaucoup dans une infinité d'expériences de Physique & de Chymie dont on n'a jamais sû se rendre raison.

Attraction en Chymie. Les actions des Acides sur les Alkali pourroient bien être des chimeres Philosophiques, aussi bien que les tourbillons. On n'a jamais pu définir ce que c'est qu'un Acide & un Alkali ; quand on a bien assigné les proprietés de l'un, on trouve à la premiere expérience que ces proprietés appartiennent aussi à l'autre; ainsi tout ce qu'on sait jusqu'à présent, c'est qu'il y a des corps qui fermentent avec d'autres corps, & rien de plus. Mais si on songe, qu'il y a une force réelle dans la Nature qui opére la gravitation de tous les corps les uns vers les autres, on pourra croire, que cette force est la cause de toutes les dissolutions des corps & de leurs plus grandes effervescences.

Examinons ici la plus simple des dissolutions, celle du Sel dans l'eau.

Jettez dans le milieu d'un bassin plein d'eau un morceau de sel, l'eau qui est aux bords sera long-tems sans être salée, elle ne peut le devenir que par le mouvement. Elle ne peut être en mouvement que par les forces centrales ; les parties d'eau les plus voisines de la masse du sel, doivent graviter vers ce corps de sel ; plus elles gravitent plus elles le divisent, & cela en raison composée du quarré de leur vitesse & de leur masse, les parties divisées par cet effort nécessaire sont mises mifes en mouvement. Leur mouvement les porte dans toute l'étenduë du baffin, cette explication eft non feulement fimple ; mais fondée fur toutes les loix de la Nature.

Concluons en prenant ici la fubftance de tout ce que nous avons dit dans cet ouvrage.

Conclu-
fion & réca-
pitulation.

*1°.)* Qu'il y a un pouvoir actif qui imprime à tous les corps une tendance les uns vers les autres.

*2°.)* Que par rapport aux Globes céleftes ce pouvoir agit en raifon renverfée des quarrés des diftances au centre du mouvement, & en raifon directe des maffes ; & on appelle ce pouvoir l'attraction par rapport au centre, & gravitation par rapport aux corps qui gravitent vers ce centre.

*3°.)* Que ce même pouvoir fait defcendre ces mobiles fur notre Terre, dans les progreffions que nous avons viïës.

*4°.)* Qu'un pareil pouvoir eft la caufe de l'adhéfion, de fa continuité & de la dureté, mais dans une proportion toute différente de celle dans laquelle les Globes céleftes s'attirent.

*5°.)* Qu'un pareil pouvoir agit entre la lumiere & les corps, comme nous l'avons vû, fans qu'on fache en quelle proportion.

A l'égard de la caufe de ce pouvoir fi inutilement recherchée & par Neuton & par tous ceux qui l'ont fuivi, que peut-on faire de mieux que de traduire ici ce que Neuton dit à la derniere page de fes principes ?

Voici comme il s'explique en Phyficien auffi fublime qu'il eft Géometre profond.

J'ai

„ J'ai jufqu'ici montré la force de la gravitation
„ par les Phénomenes céleftes & par ceux de la mer,
„ mais je n'en ai nulle-part affigné la caufe. Cette force
„ vient d'un pouvoir qui pénétre au centre du Soleil &
„ des Planétes, fans rien perdre de fon activité, & qui
„ agit, non pas felon la quantité des fuperficies des
„ particules de matiere, comme font les caufes Méca-
„ niques, mais felon la quantité de matiere folide &
„ fon action s'étend à des diftances immenfes, dimi-
„ nuant toujours exactement felon le quarré des diftan-
„ ces &c.

C'eft dire bien nettement, bien expreffément,
que l'attraction eft un principe, qui n'eft point mécanique.

Et quelques lignes après il dit, „ je ne fais point
„ d'Hypothéfes, *Hypothefes non fingo.* Car ce qui ne
„ fe déduit point des Phénomenes eft une Hypothéfe;
„ & les Hypothéfes, foit Métaphyfiques, foit Phyfi-
„ ques, foit des fuppofitions de qualités occultes, foit
„ des fuppofitions de Mécaniques, n'ont point lieu dans
„ la Philofophie expérimentale.

Je ne dis pas que ce principe de la gravitation
foit le feul reffort de la Phyfique, il y a probablement
bien d'autres fecrets que nous n'avons point arrachés
à la Nature, & qui confpirent avec la gravitation à
entretenir l'ordre de l'Univers.

La gravitation, par exemple, ne rend raifon ni
de la rotation des Planétes fur leurs propres centres,
ni de la détermination de leurs orbes en un fens plûtôt qu'en un autre, ni des effets furprenans de l'éla-
fticité, de l'électricité du Magnetifme. Il viendra un
tems

tems peut-être, où l'on aura un amas affez grand d'expériences pour reconnaître quelqu'autres principes cachés. Tout nous avertit que la matiere a beaucoup plus de proprietés que nous n'en connaiffons. Nous ne fommes encore qu'au bord d'un Océan immenfe; que de chofes reftent à découvrir! mais auffi que de chofes font à jamais hors de la Sphére de nos connaiffances!

LETTRE

✳✳✳✳✳✳✳✳✳✳✳✳✳✳✳✳✳

# *L E T T R E*

## S U R  L E  M O I N E

## ROGER BACON.

———————————

Vous croyez, Monſieur, que Roger Bacon, ce fameux Moine du treiziéme Siécle, étoit un très-grand-Homme, & qu'il avoit la vraye ſcience parcequ'il fut perſecuté & condamné dans Rome à la priſon par des Ignorans.　C'eſt un grand préjugé en ſa faveur, je l'avouë.　Mais n'arrive-t-il pas tous les jours, que des Charlatans condamnent gravement d'autres Charlatans, & que des fous font payer l'amende à d'autres fous ?　Ce monde cy a été long-tems ſemblable aux petites maiſons, dans leſquelles celui qui ſe croit le Pere éternel anathématiſe celui qui ſe croit le St. Eſprit, & ces avantures ne ſont pas même aujourd'hui extrémement rares.

Parmi les choſes, qui le rendirent recommandable, il faut premierement compter ſa priſon, enſuite la noble hardieſſe avec laquelle il dit, que tous les livres d'Ariſtote n'étoient bons qu'à bruler, & cela dans un tems, où les Scholaſtiques reſpectoient Ariſtote beaucoup plus que les Janſeniſtes ne reſpectent St. Auguſtin.　Cependant Roger Bacon a-t-il fait quelque choſe de mieux que la Poëtique, la Rhétorique & la Logique d'Ariſtote ?　Ces trois ouvrages immortels prouvent aſſurément, qu'Ariſtote étoit un très-

très-grand & très beau genie, pénétrant, profond, metodique, & qu'il n'étoit mauvais Physicien que parcequ'il étoit impossible de fouiller dans les carrieres de la Physique, lorsqu'on manquoit d'instrumens.

Roger Bacon dans son meilleur ouvrage, où il traite de la Lumiere & de la Vision s'exprime-t-il beaucoup plus clairement qu'Aristote, quand il dit?

*La Lumiere fait par voye de multiplication son espéce lumineuse, & cette action est appellée univoque & conforme à l'Agent. Il y a une autre multiplication équivoque par laquelle la Lumiere engendre la Chaleur, & la Chaleur la putréfaction.*

Ce Roger d'ailleurs vous dit, qu'on peut prolonger sa vie avec du sperma ceti de l'Aloes, & de la chair de dragon; mais qu'on peut se rendre immortel avec la pierre philosophale. Vous pensez bien, qu'avec ces beaux secrets il possédoit encore tous ceux de l'Astrologie judiciaire sans exception: aussi assure-t-il bien positivement dans son *Opus majus*, que la tête de l'homme est soumise aux influence du Belier, son cou à celles du Taureau, & ses bras au pouvoir des Gemeaux, &c.

Il prouve même ces belles choses par l'expérience, & il loue beaucoup un grand Astrologue de Paris, qui empêcha, dit-il, un Médecin de mettre un emplâtre sur la jambe d'un malade, parceque le Soleil étoit alors dans le signe du Verseau, & que le Verseau est mortel pour les jambes, sur lesquelles on applique des emplâtres.

C'est

C'eſt une opinion aſſez généralement répandué, que notre Roger fut l'inventeur de la poudre à canon. Il eſt certain, que de ſon tems on étoit ſur la voye de cette horrible découverte ; car je remarque toujours que l'eſprit d'invention eſt des tous les tems, & que les Docteurs, les gens qui gouvernent les eſprits & les corps, ont beau être d'une ignorance profonde, ont beau faire régner les plus inſenſés préjugés, ont beau n'avoir pas le ſens commun, Il ſe trouve toujours des hommes obſcurs, des Artiſtes animés d'un inſtinct ſupérieur, qui inventent des choſes admirables, ſur leſquelles enſuite les Savans raiſonnent.

Voici mot-à-mot ce fameux paſſage de Roger Bacon touchant la poudre à canon. Il ſe trouve dans ſon *Opus majus* page 474, édition de Londres :

Le feu *Gregeois* peut *difficilement* s'éteindre, car *l'eau ne l'éteint pas. Et il y a de certains feux dont l'explosion fait tant de bruit, que ſi on les allumoit ſubitement & de nuit une ville & une Armée ne pourroient le ſoutenir. Les éclats du tonnere ne pourroient leur être comparés. Il y en a qui effrayent tellement la vûë, que les éclairs des nuës la troublent moins, on croit, que c'eſt par de tels artifices, que Gédeon jetta la terreur dans l'Armée de Madianites. Et nous en avons une preuve dans ce jeu d'enfans, qu'on fait par tout le monde. On enfonce du Salpetre avec force dans une petite balle de la groſſeur d'un pouce. On la fait crever avec un bruit ſi violent, qu'il ſurpaſſe le rugiſſement du tonnere, & il en ſort une plus grande exhalaiſon de feu que celle de la foudre.*

Il

Il paraît évidemment, que Roger Bacon ne connaissoit que cette expérience commune d'une petite boule de Salpetre mise sur le feu. Il y a encore bien loin de-là à la poudre à canon dont Roger ne parle en aucun endroit, mais qui fut bien-tôt après inventée.

Une chose me surprend davantage, c'est qu'il ne connut pas la direction de l'aiguille aimantée, qui de son tems commençoit à être connuë en Italie ; mais en recompense il savoit très-bien le secret de la baguette de coudrier, & beaucoup d'autres choses semblables, dont il traite dans sa *Dignité de l'art experimental.*

Cependant malgré ce nombre effroyable d'absurdités & de chiméres, il faut avouër que ce Bacon étoit un homme admirable pour son siécle. Quel siécle ? me direz-vous ; c'étoit celui du gouvernement feodal, & des Scholastiques. Figurez-vous les Samoyedes & les Ostiaques, qui auroient lû Aristote & Avicenes, voilà ce que nous étions.

Roger savoit un peu de Géometrie & d'Optique, & c'est ce qui le fit passer à Rome & à Paris pour un sorcier. Il ne savoit pourtant, que ce qui est dans l'Arabe Alazen. Car dans ces tems là on ne savoit encore rien que par les Arabes. Ils étoient les Médecins & les Astrologues de tous les Rois Chrétiens. Le fou du Roi étoit toujours de la Nation, mais le Docteur étoit Arabe ou Juif.

Trans-

Transportez ce Bacon au tems où nous vivons, il feroit fans doute un très-grand Homme. C'étoit de l'or encrouté de toutes les ordures du tems, où il vivoit. Cet or aujourd'hui feroit épuré.

Pauvres humains que nous fommes! que de fiécles il a fallu pour acquerir un peu de raifon?

SUR

✳✳✳✳✳✳✳✳✳✳✳✳✳✳✳✳✳✳✳✳✳

# SUR
# L'ANTI-LUCRECE
## DE MONSIEUR
## LE
# CARDINAL DE POLIGNAC.

La Lecture de tout le Poëme de feu Mr. le Cardinal de Polignac m'a confirmé dans l'idée, que j'en avois conçuë, lorfqu'il m'en lut le premier Chant. Je fuis encore étonné, qu'au milieu des diffipations du monde, & des épines des affaires, il ait pû écrire un fi long ouvrage en Vers dans une langue étrangére, lui qui auroit à peine fait quatre bons Vers dans fa propre langue. Il me femble, qu'il réünit fouvent la force de Lucrece & l'élegance de Virgile. Je l'admire.——Sur tout dans cette facilité avec laquelle il exprime toujours des chofes fi difficiles.

Il eft vrai, que fon Anti-Lucrece eft peut-être trop diffus & trop peu varié; mais ce n'eft pas en qualité de Poëte, que je l'examine ici, c'eft comme Philofophe. Il me parait, qu'une auffi belle ame que la fienne devoit rendre plus de juftice aux mœurs d'Epicure, qui étant à la vérité un très-mauvais Phyficien, n'en étoit pas moins un très-honnête Homme, & qui n'enfeigna jamais, que la douceur, la temperance, la modération, la juftice, vertus, que fon exemple enfeignoit encore mieux.

S 3

Voici

Voici comme ce grand Homme est apostrophé dans l'Anti-Lucrece.

Si virtutis eras avidus, rectique bonique

Tam sitiens, quid Relligio tibi sancta nocebat ?

Aspera quippe nimis visa est ? asperrima certe

Gaudenti vitiis , sed non virtutis amanti.

Ergo perfugium culpæ, solisque benignus

Perjuris ac fœdifragis , Epicure, parabas.

Solam hominum fæcem poteras devotaque furcis

Corpora.

On peut rendre ainsi ce morceau en Français en lui prêtant, si je l'ose dire, un peu de force:

Ah si par toi le vice eut été combattu,

Si ton cœur pur & droit eut cheri la vertu,

Pourquoi donc rejetter au sein de l'innocence

Un Dieu, qui nous la donne, & qui la récompense.

Tu le craignois ce Dieu ; son Régne redouté

Mettoit un frein trop dur à ton impieté

Précepteur des mechans & Professeur du crime,

Ta main de l'injustice ouvrit le vaste abîme

Y fit tomber la terre, & le couvrit de fleurs.

Mais Epicure pouvoit répondre au Cardinal : si j'avois eu le bonheur de connaître comme vous le vrai Dieu, d'être né comme vous dans une Réligion pure & sainte, je n'aurois pas certainement rejetté ce Dieu revelé, dont les dogmes étoient nécessairement inconnus à mon esprit, mais dont la morale étoit dans mon cœur.

cœur. Je n'ai pû admettre des Dieux tels qu'ils m'étoient annoncés dans le paganisme. J'étois trop raisonnable pour adorer des Divinités, qu'on faisoit naître d'un Pere & d'une Mere comme les mortels, & qui comme eux se faisoient la guerre. J'étois trop ami de la vertu pour ne pas haïr une Réligion, qui tantôt invitoit au crime par l'exemple de ces Dieux mêmes, & tantôt vendoit à prix d'argent la remiffion des plus horribles forfaits.

D'un côté je voyois par tout des hommes infenfés souillés de vices, qui cherchoient à se rendre purs devant des Dieux impurs, & de l'autre des fourbes, qui se vantoient de juftifier les plus pervers, soit en les initiant à des myftéres, soit en faifant couler sur eux goute à goute le sang des taureaux, soit en les plongeant dans les eaux du Gange. Je voyois les guerres le plus injuftes entreprifes saintement dès qu'on avoit trouvé sans tâche le foye du Belier, ou qu'une femme les cheveux épars & l'œil troublé avoit prononcé des paroles, dont ni elle ni personne ne comprenoient le fens. Enfin je voyois toutes les contrées de la terre souillées du sang des victimes humaines que des pontifes barbares sacrifioient à des Dieux barbares; je me sai bon gré d'avoir détefté de telles Réligions. La mienne eft la vertu. J'ai invité mes Difciples à ne se point mêler des affaires de ce monde, parcequ'elles étoient horriblement gouvernées. Un véritable Epicurien étoit un homme doux, moderé, jufte, aimable, duquel aucune Societé n'avoit à se plaindre, & qui ne payoit pas des bourreaux pour affaffiner en public ceux qui ne penfoient pas comme lui.

De ce terme à celui de la Réligion sainte, qui vous a nourri, il n'y a qu'un pas à faire. J'ai détruit les

S 4           faux

faux Dieux, & fi j'avois vécu avec vous, j'aurois connu le véritable.

C'eft ainfi qu'Epicure pourroit fe juftifier fur fon erreur, il pourroit même mériter fa grace, fur le dogme de l'immortalité, de l'ame en difant: plaignez-moi d'avoir combattu une vérité, que Dieu a révélée cinq cens ans après ma naiffance. J'ai penfé comme tous les premiers Légiflateurs payens du monde, qui tous ignoroient cette vérité.

J'aurois donc voulu que le Cardinal de Polignac eut plaint Epicure en le condamnant, & ce tour n'en eut pas été moins favorable à la belle Poëfie.

A l'égard de la Phyfique il me paraît, que l'Auteur a perdu beaucoup de tems & beaucoup de vers à réfuter la déclinaifon des atomes & les autres abfurdités, dont le Poëme de Lucrece fourmille. C'eft employer de l'Artillerie pour détruire une chaumiere. Pourquoi encore vouloir mettre à la place des réveries de Lucrece les réveries de Defcartes?

Le Cardinal de Polignac a inferé dans fon Poëme très-beaux Vers fur les découvertes de Neuton; mais il y combat malheureufement pour lui des vérités démontrées. La Philofophie de Neuton ne fouffre guères qu'on la difcute en Vers; à peine peut-on la traiter en Profe; elle eft toute fondée fur la Géometrie. Le génie poëtique ne trouve point là de prife. On peut orner de beaux Vers l'écorce de ces vérités, mais pour les aprofondir, il faut du calcul & point de Vers.

TABLE

# TABLE

## DES

# MATIERES

## Contenuës dans cet Ouvrage.

❀❁ ❀❁ ❀❁ ❀❁ ❀❁ ❀❁ ❀❁ ❀❁ ❀❁ ❀❁ ❀❁ ❀❁ ❀❁

D *Delu-*

ou

ii

# TABLE DES MATIERES.

*Fin du Tome fixieme.*

## Fautes à corriger.

*Page 2 ligne* 20 Il y a plu *lifez* Il a plu  *p.* 10 *l.* 13 gravidation *lif.*
gravitation  *p.* 29 *l.* 9 être Epicure *lif.* Epicure  *p.* 46 *l.*11 pâtre *lif.* pâftre
*p.* 53 *l.* 9 matirere *lif.* matiere  *p.* 64 *l.*33 fi de le peu *lif.* fi le peu  *p.* 79
*l.* 29 O *lif.* Or  *p.* 96 *l.* 18 revennient *lif.* reviennent  *p.* 105 *l.* 24 Lunette, foit *lif* Lunette. Soit  *p.* 114 *l.*11 grand *lif.* plus grand  *p.* 115 *l.*8 haud
*lif.* haut  *p.*135 *l.*17 preuve ? Sans *lif.* preuve, fans  *p.* 160 *l.* 7 mêmu *lif.* même
*p.* 186 *l.* 28 ce *lif.* ceux  *p.* 195 *l* 19 un *lif.* une  *p.* 218 *l.*11 feroient *lif.* fervoient  *p.*236 *l.*11 L *lif.* P  *p.*274 *l.* 5 des *lif.* de.

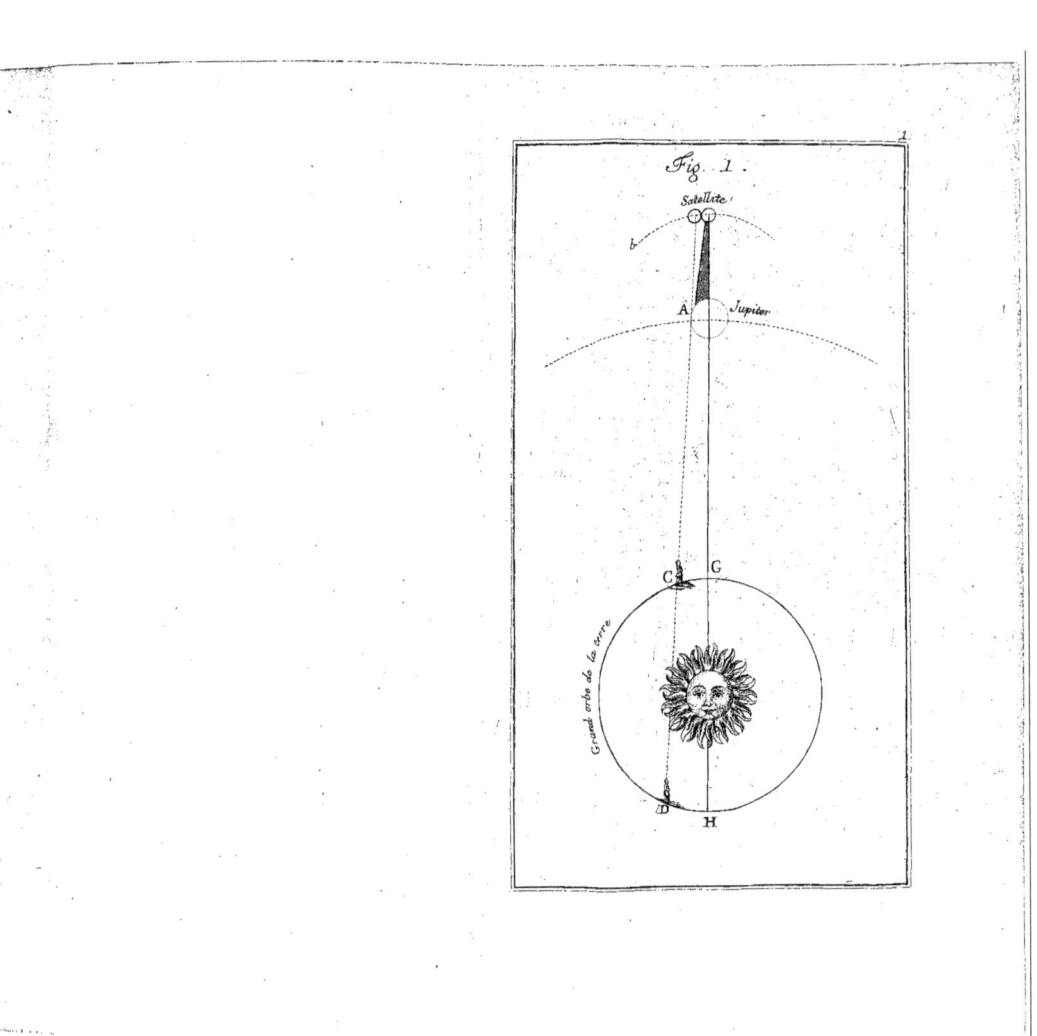

Fig. 1.

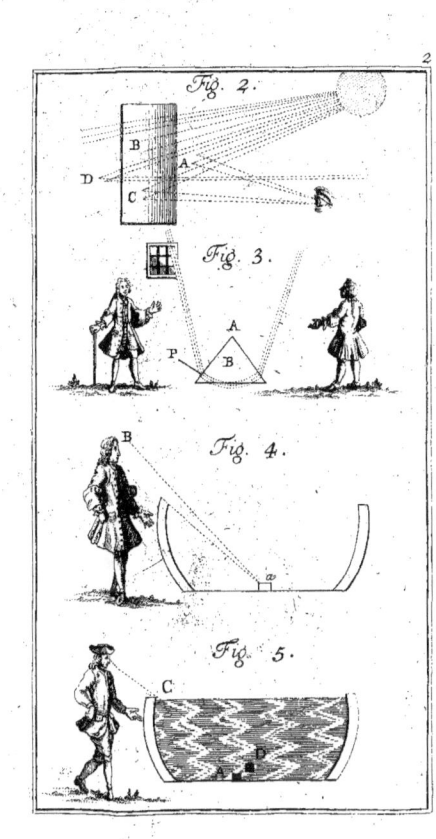

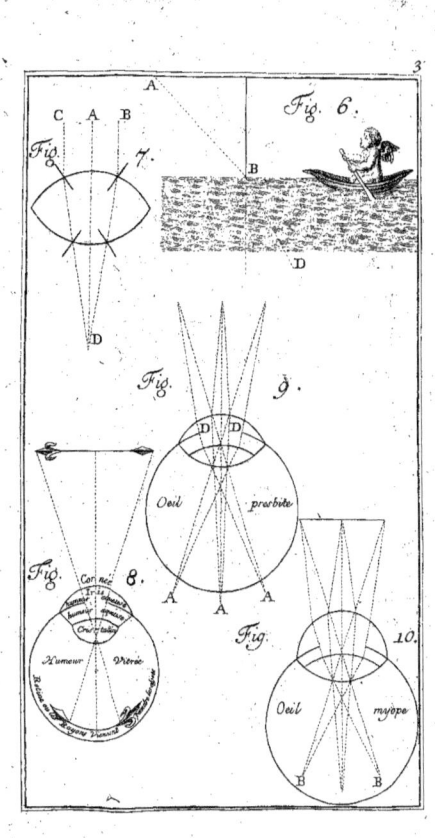

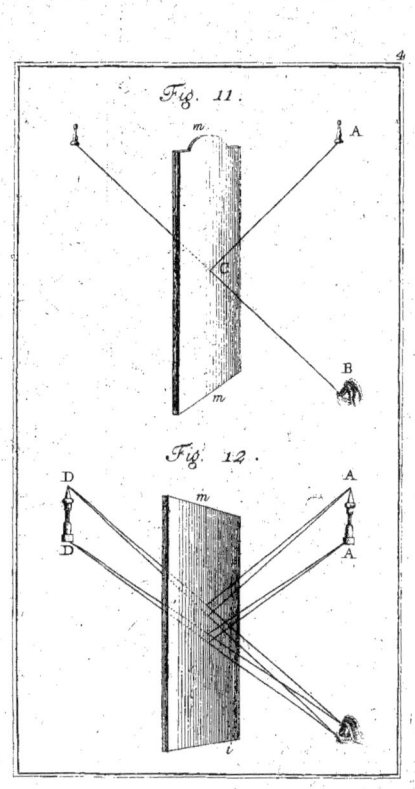

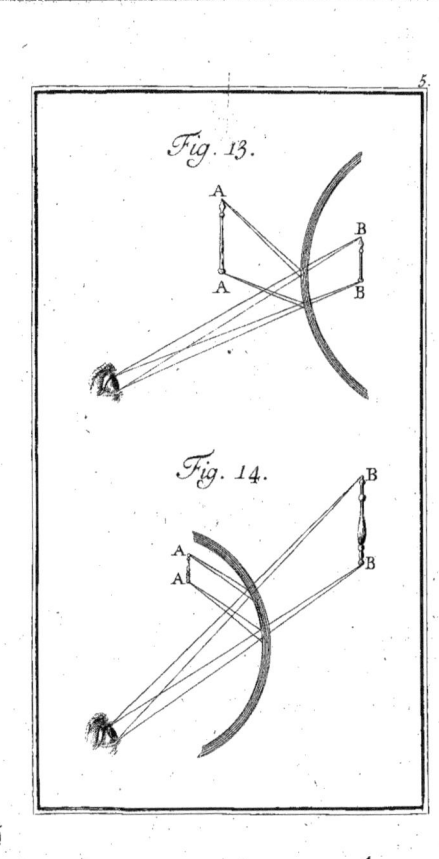

_Fig. 13._

_Fig. 14._

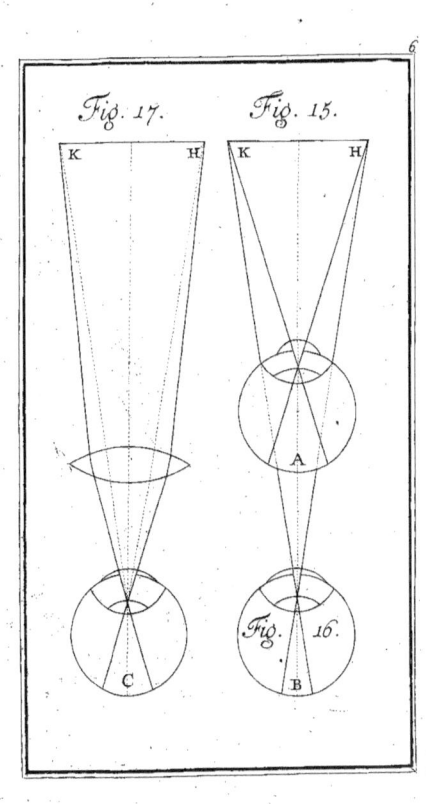

Fig. 17.    Fig. 15.

Fig. 16.

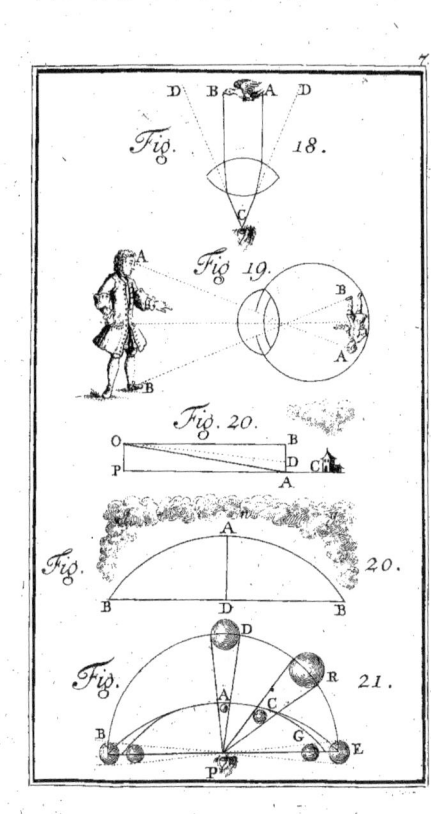

Fig. 18.

Fig. 19.

Fig. 20.

Fig. 20.

Fig. 21.

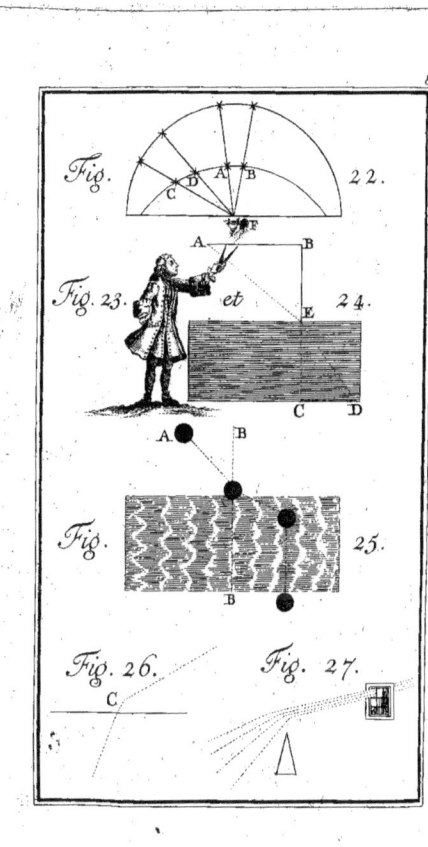

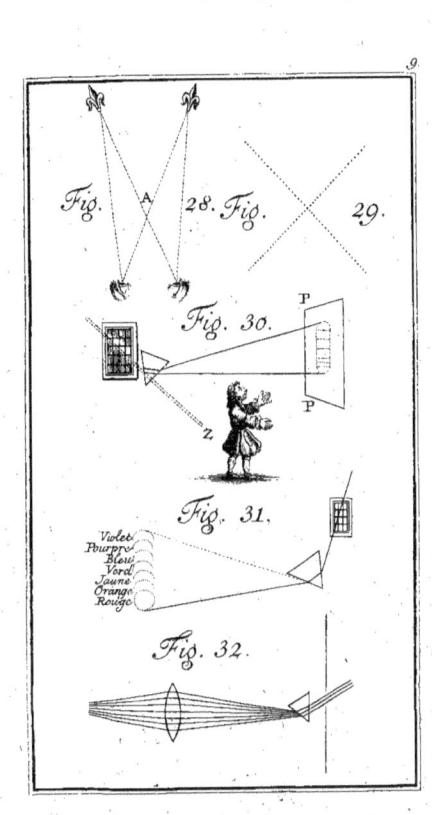

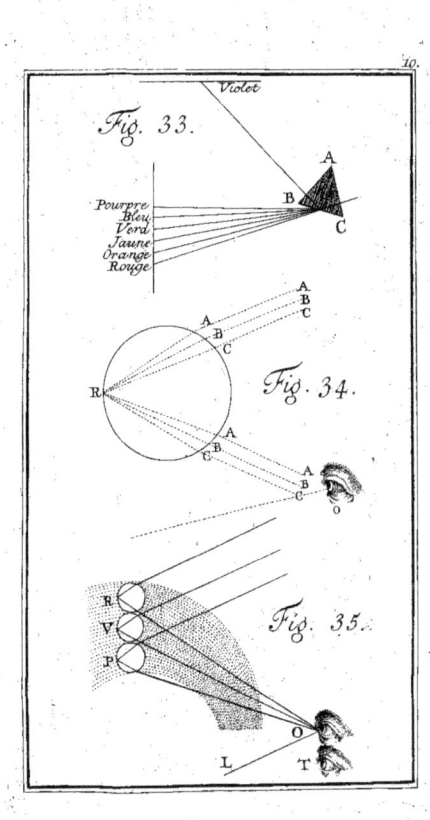

*Violet*

*Fig. 33.*

A
B
C

*Pourpre*
*Bleu*
*Verd*
*Jaune*
*Orange*
*Rouge*

A
B
C

A
B
C

R

A
B
C

A
B
C

o

*Fig. 34.*

R
V
P

*Fig. 35.*

O

L    T

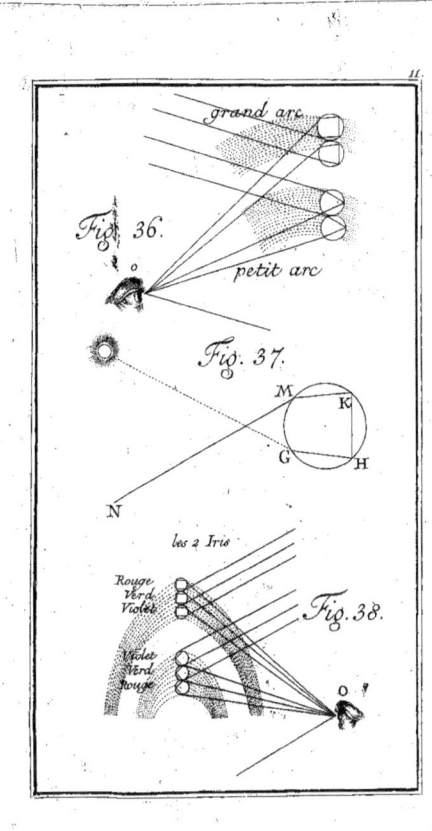

grand arc

*Fig. 36.*

petit arc

*Fig. 37.*

M

K

G

H

N

les 2 Iris

Rouge
Verd
Violet

Violet
Verd
rouge

*Fig. 38.*

O

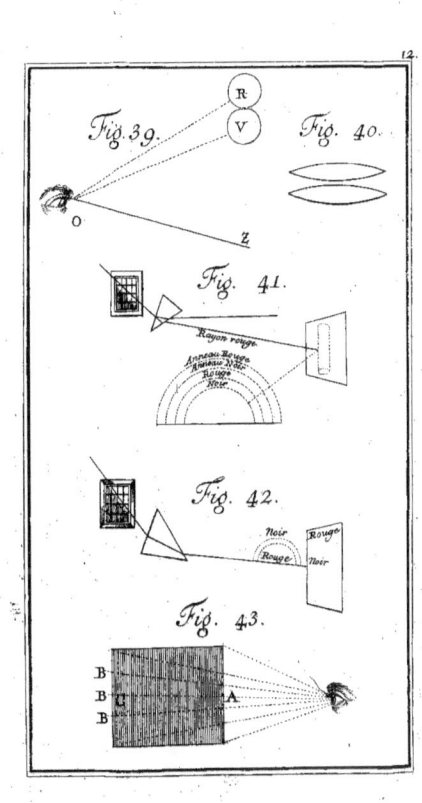

Fig. 39.

R

V

O

Z

Fig. 40.

Fig. 41.

Rayon rouge

Anneau Rouge
Anneau Noir
Rouge
Noir

Fig. 42.

Noir

Rouge

Rouge

Noir

Fig. 43.

B
B
B
B

A

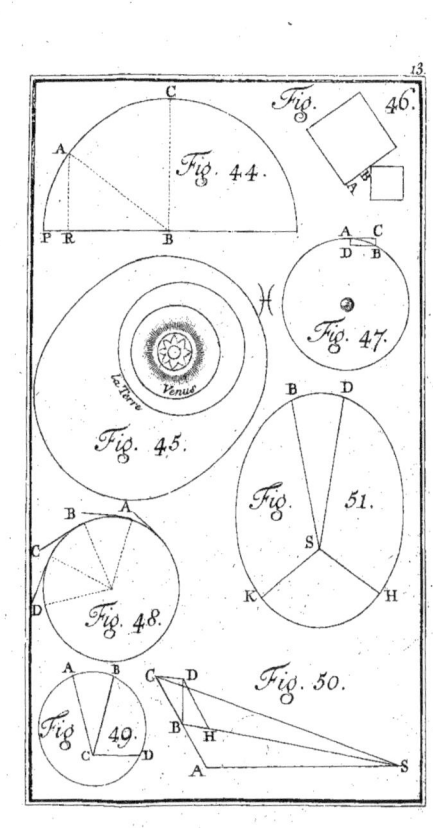

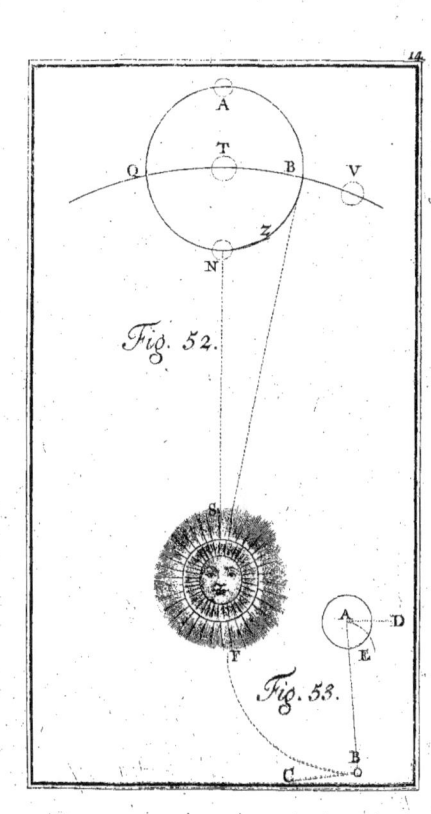

*Fig. 52.*

*Fig. 53.*

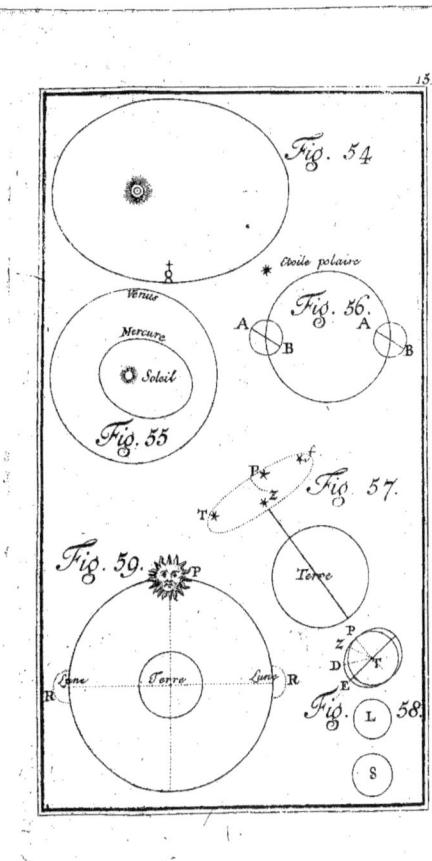

Fig. 54

Fig. 55

Fig. 56.

Fig. 57.

Fig. 58.

Fig. 59.

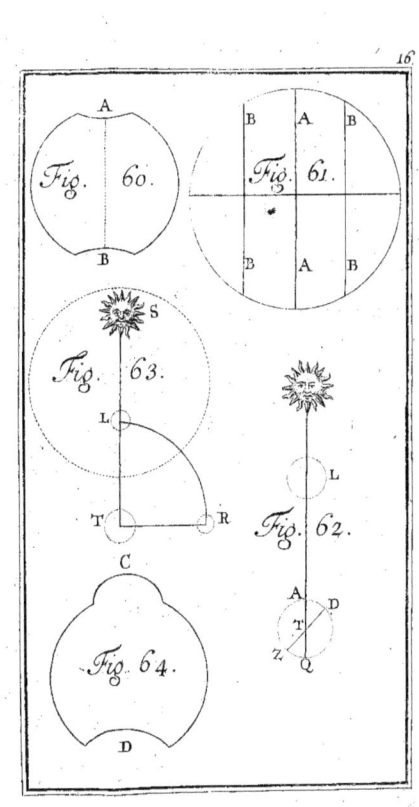

Fig. 60.

Fig. 61.

Fig. 63.

Fig. 62.

Fig. 64.

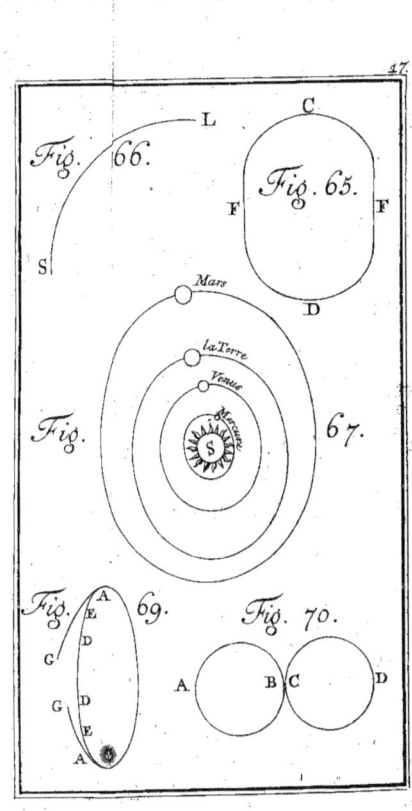

*Fig.* 66.

L

S

*Fig.* 65.

C

F          F

D

Mars

la Terre

Venus

Mercure

S

*Fig.* 67.

*Fig.* 69.

A
E
D

G

G
D
E
A

*Fig.* 70.

A          B C          D

www.ingramcontent.com/pod-product-compliance
Lightning Source LLC
Chambersburg PA
CBHW050154030726

47505CB00005B/1372